FOLIO★ JUNIOR

Cheval d'Orage

Lauren St John

Cheval d'Orage

I. Un champion sans prix

Traduit de l'anglais
par Alice Marchand

GALLIMARD JEUNESSE

Pour mon éditrice, Fiona Kennedy,
dont la confiance et le soutien ont changé ma vie

Titre original : *The One Dollar Horse*

Édition originale publiée par Orion Children's Books, Londres, 2012
© Lauren St John, 2012, pour le texte

Couverture : beckyglibbery.co.uk.
Photographies : © Dimitar Hristov,
© Costas Anton Dumitrescu/Shutterstock

© Éditions Gallimard Jeunesse, 2013, pour la traduction française
© Éditions Gallimard Jeunesse, 2016, pour la présente édition

1

Casey fixa son regard entre les oreilles de son cheval pour se placer dans la bonne trajectoire, tel un sniper visant sa cible. Malgré la distance, l'obstacle paraissait immense : le mont Everest en miniature. Une savante composition florale essayait de le rendre moins effrayant, mais les fleurs et les arbrisseaux ne parvenaient guère à masquer la réalité de l'obstacle le plus redouté du célèbre concours hippique de Badminton. Les cavaliers qu'il avait mis en échec le surnommaient le Mur de la Peur. Si elle y survivait, elle serait bien partie pour remporter le championnat. Sinon…

« Rythme et équilibre, rythme et équilibre, se dit Casey. Fais confiance à ton cheval, et fais-toi confiance. »

Le mur s'élevait à mesure qu'ils s'approchaient, devenant un monstre gigantesque. Casey poussa son cheval avec ses jambes et son bassin en l'encourageant :

– Allez, mon grand, tu vas y arriver !

Mais Patchwork en avait assez. Aujourd'hui, on lui avait déjà demandé de trimballer un sale gamin qui n'arrêtait pas de lui donner des coups de pied, une femme aussi volumineuse qu'un bus à impériale et un garçon qui avait refusé de partager ses bonbons à la menthe avec lui. Il n'avait aucune intention de sauter l'abomination qui se dressait devant lui. Repérant un chemin direct entre la carrière et l'écurie, où son dîner l'attendait, Patchwork contourna l'obstacle, en donnant au passage un coup d'épaule dans le tas de bric-à-brac. On entendit le vacarme à trois rues de là.

La voix de stentor de Mrs Ridgeley retentit depuis le bureau et, comme à son habitude, s'éleva en crescendo :

– Qui a déplacé mes fleurs ? *Où* est mon meilleur fauteuil ? Où… ? Casey ! CASEY BLUE! SI TU AS ENCORE PILLÉ MON BUREAU POUR FAIRE SEMBLANT DE CONCOURIR À BADMINTON, JE VAIS TE TUER !

Pour tous ceux qui franchissaient son portail rouillé, le club hippique de Hope Lane était connu sous le nom de « club épique » de Hope Lane, sauf lorsque Mrs Ridgeley était à portée de voix. La rue pleine d'ornières qui longeait le club s'appelait effectivement Hope Lane, ou l'« allée de l'Espoir », mais on n'aurait guère pu imaginer d'endroit plus déprimant. Située entre un terrain vague pollué et une rangée de commerces à différents stades de décrépitude – une boutique d'électronique d'occasion, un traiteur chinois, un coiffeur et un garage qui, sous couvert de laver des voitures, servait sans doute de façade pour un trafic de véhicules volés –, avec ses douze chevaux et ses trois ânes, cette écurie abritée par des arbres chétifs était le dernier rempart contre l'avancée du béton urbain.

À moins d'un kilomètre de là, le charmant et verdoyant Victoria Park offrait un havre de paix à la population branchée établie depuis peu dans le quartier de Hackney. De jeunes cadres vêtus de fringues tendance sirotaient des verres de vin blanc insipide dans des bars à la mode, visitaient des galeries d'art où l'on n'exposait aucun tableau et achetaient des fruits et légumes exotiques dans des marchés de rue bigarrés et bondés. Pourtant, rien de cette trépidante opulence n'avait encore atteint les portes du club équestre de Hope Lane, et encore moins le tristement célèbre quartier de Murder Mile, autre point névralgique de Hackney, fréquenté par les gangsters, les trafiquants de drogue et une foule d'immigrés en tous genres, avec ou sans papiers.

Un mur invisible semblait séparer ces deux mondes. Une porte coulissante qui s'entrouvrait parfois un instant, laissant à Casey la possibilité d'entrevoir une autre façon de vivre et de rêver à un moyen d'y accéder. Mais la seconde d'après, la porte se refermait brutalement et l'autre côté redevenait aussi impénétrable que la salle des coffres d'une banque. Casey était soudain ramenée à la réalité. Sa place était ici, dans l'appartement 414 de la tour Redwing où elle vivait avec son père, à deux pas de Murder Mile, au lycée ou avec les chevaux du club épique de Hope Lane.

Toutefois, Casey était loin de le trouver déprimant, son centre équestre. Sous ses dehors miteux et ses toits affaissés, c'était bel et bien une source d'espoir, un lieu d'accueil pour beaucoup de gens. Malgré sa grosse voix, Mrs Ridgeley – personne n'avait jamais osé l'appeler par son prénom, Penelope – était une bonne directrice qui savait motiver la bande de gamins défavorisés et de gens fauchés ou désespérés que des associations caritatives amenaient ici par cars entiers ; la plupart en repartaient regonflés, prêts à affronter une journée de plus. L'une de ces personnes, une femme qui avait trouvé la force de tourner le dos à sa vie de délinquante en se prenant de passion pour l'équitation, avait glissé un jour à Casey que la directrice du club épique de Hope Lane était la sainte patronne des causes perdues.

Mrs Ridgeley était comme une mère pour ses moniteurs – Gillian, une costaude au grand cœur ; Hermione, une brune aux cheveux longs qui semblait attendre qu'on lui tape sur l'épaule pour l'informer qu'il y avait eu une erreur et qu'elle était en fait une princesse ; et Andrew, un garçon insipide qui était amoureux d'Hermione.

Pour Casey et les autres bénévoles du club, elle était à la fois un mentor et un tyran.

– CASEY BLUE ! hurla la directrice. Où te caches-tu ?

– Je peux vous aider, Mrs Ridgeley ? demanda innocemment Casey, en sortant de l'ombre avec un sac de pansage.

Elle avait convaincu un autre bénévole de ramener le cob pie dans son box en vitesse pendant qu'elle profitait de l'obscurité de ce crépuscule d'hiver pour rapporter discrètement les pots de fleurs et le fauteuil ainsi qu'un lit de camp dans le bureau de la directrice.

Mrs Ridgeley leva vers elle des yeux furibonds. Cette blonde robuste, aux cheveux coupés en dents de scie et au visage évoquant une pêche flétrie, lui arrivait à peine à la poitrine, mais elle compensait ce qui lui manquait en stature par sa force de caractère.

– Ne joue pas les innocentes avec moi, ma grande. Je connais tes manigances. Je te l'ai déjà dit, ça ne me gêne pas que tu trottes dans la carrière avec Patchwork à la fin de la journée, une fois que les clients qui payent sont partis. Je m'en fiche comme de l'an quarante que tu t'épuises à le convaincre de sauter une barre ou deux, mais je ne tolérerai pas que tu détournes le matériel du club pour mettre en scène tes fantasmes ridicules !

Elle suivit Casey dans le box de Patchwork et l'observa d'un œil critique pendant qu'elle curait les pieds du petit cheval avec douceur et efficacité. À quinze ans et demi, la plus jeune de ses bénévoles était grande pour son âge et d'une vigueur presque masculine malgré sa maigreur, mais on voyait à la pâleur de son visage encadré de cheveux bruns en bataille qu'elle venait de vivre une année difficile. Au premier coup d'œil, elle paraissait franchement quelconque. Mille personnes auraient pu la croiser dans la rue sans la remarquer. Il fallait l'observer de plus près pour apercevoir la vive lueur d'intelligence qui brillait au fond de ses yeux gris et le bleu qui entourait ses iris. Son regard troublant évoquait un ciel de beau temps assombri par un orage imminent.

Ses cernes violacés trahissaient de nombreuses nuits d'insomnie, ce qui n'avait rien d'étonnant après ce qu'elle venait d'endurer. Qui sait à quoi ressemblait sa vie de famille, avec sa mère morte et le père qu'elle avait.

Mrs Ridgeley reprit d'une voix radoucie :

— Casey, tu es l'une des bénévoles les plus douées que nous ayons jamais eues à Hope Lane. Si tu travailles dur et que tu évites les ennuis, je te promets d'essayer d'obtenir une bourse pour que tu prépares le monitorat quand tu auras fini le lycée, l'été prochain. Tu as les qualités pour devenir une excellente prof d'équitation un jour. Tu nous serais très utile ici, mais ta manie délirante de sauter des obstacles de plus en plus insensés doit cesser. Sinon…

— Sinon quoi ? demanda nerveusement Casey en se redressant.

Mrs Ridgeley pinça les lèvres.

— Oh, passons. Il faut panser Patchwork, et moi,

je dois fermer le club. N'oublie pas d'éteindre les lumières en partant.

En étrillant le dos poussiéreux du cob, d'un noir et blanc grisâtre, Casey réfléchit à la proposition de Mrs Ridgeley. Elle avait bien conscience qu'elle n'avait aucune chance d'avoir mieux. Toutefois, ce n'était pas ce qu'elle voulait. Malgré toute son affection pour Patchwork, elle savait qu'elle ne serait jamais comblée en montant toute sa vie des chevaux tels que lui : têtus, léthargiques et durs de la bouche[1]. Elle ne voyait pas l'intérêt de tenter d'inculquer semaine après semaine les finesses de la « légèreté[2] » et du trot enlevé sur le « bon diagonal[3] » à des adultes et des gamins qui cherchaient juste à oublier leurs problèmes pendant une heure. Elle n'avait pas l'autorité de Mrs Ridgeley, la passion de Gillian pour l'enseignement ni le plaisir d'Hermione à être vénérée par des dizaines d'enfants fous de poney.

Casey rêvait de décoller au-dessus d'obstacles terrifiants sur un cheval fougueux. De réussir d'incroyables exploits pour remporter les plus grands trophées d'équitation : ceux des concours complets de

---

1. Cheval qui a tendance à s'appuyer sur le mors, à ne pas répondre à l'action de la main sur les rênes.
2. Parfaite obéissance du cheval aux plus légères indications de la main ou des jambes de son cavalier.
3. Au trot enlevé, le cavalier se dresse au-dessus de la selle, en appui sur les étriers, lors d'un temps sur deux. Pour trotter sur le diagonal droit, il se soulève en même temps que l'antérieur droit (et le postérieur gauche) et inversement pour trotter sur le diagonal gauche.
(Toutes les notes sont de la traductrice.)

Badminton, Kentucky et Burghley, les trois piliers de l'inaccessible grand chelem[1] équestre.

Bien sûr, pour cela, il lui faudrait des tonnes d'argent, de magnifiques chevaux élevés dans ce seul but, ce qui se faisait de mieux en matière de harnachement, de tenues et de bottes, les meilleurs instructeurs… La liste était longue et donnait du poids aux remarques de Mrs Ridgeley qui voulait qu'elle renonce à ses « fantasmes ridicules ». Casey était pratiquement adulte, elle aurait bientôt seize ans. D'après ses professeurs, il était temps qu'elle se montre raisonnable et se concentre sur un projet de carrière réaliste et réalisable. Malheureusement, Casey n'avait jamais été très forte pour se conformer à ce que l'on attendait d'elle.

– Plus que cinq minutes avant la fermeture, lança Gillian par-dessus son épaule en passant.

– Bonne nuit.

– À plus.

Casey tendit sa carotte du soir à Patchwork et tapota affectueusement sa croupe granit.

– Mais tu ne la mérites pas, lui dit-elle. Avec un tout petit effort, tu aurais presque pu le sauter au pas, cet obstacle. Il semblait effrayant, mais il ne faisait même pas cinquante centimètres de haut. Un cheval quatre étoiles, un cheval *digne de Badminton*,

---

1. Victoire successive aux trois plus grands concours complets d'équitation : celui de Kentucky aux États-Unis, de Badminton et de Burghley en Grande-Bretagne.

remarquerait à peine quelque chose d'aussi bas. Mais bon, ces chevaux-là ont des ailes.

Quand elle repartit, le cob pie continuait de mastiquer sans réagir. Il ne se souvenait plus de sa jeunesse fougueuse, avant que les cavaliers débutants du club épique n'émoussent son impétuosité, et il était décidé à finir ses jours en leur rendant la monnaie de leur pièce. Si une grenade avait éclaté dans son box, il n'aurait probablement pas remué d'un poil.

C'était un vendredi soir. Au-delà de Hope Lane, l'East End[1] bouillonnait d'une effervescence à la fois grisante et lugubre. De la musique arabe, indienne ou africaine et de la pop ringarde jaillissaient des fenêtres ouvertes, accompagnées de nuages de fumée illicites et de bribes de conversation en langues étrangères. Des vapeurs de nourriture parvenaient aux narines de Casey : cuisine libanaise, coréenne, chinoise, caribéenne, thaïe, grecque, mais aussi McDonald's et diverses variantes de poulet frit.

L'eau à la bouche, Casey se mit à trotter pour raccourcir la durée de son trajet jusqu'à la tour Redwing, qui lui prenait généralement un quart d'heure. La petite partie de son visage qui n'était pas couverte par la capuche de son sweat-shirt était glacée. Sur les marches menant à l'entrée de la sinistre tour où elle habitait, un groupe de garçons se bagarraient et vidaient des cannettes. Elle attendit qu'ils s'en aillent

---

1. Quartier populaire du nord-est de Londres.

13

avant d'entrer. Redwing, comme aimait à dire son père, était pire que certaines tours HLM et moins horrible que d'autres, mais elle estimait pour sa part qu'il valait mieux éviter les gens les soirs de fête comme le vendredi, pour ne pas se compliquer la vie.

Quand elle arriva au quatrième étage et s'engagea dans le couloir en direction du numéro 414, elle eut l'impression d'être observée. Sa nuque la picotait. «Non, je ne regarderai pas», se dit-elle. Regarder dans son dos, c'était un signe de faiblesse. C'était de la lâcheté.

En glissant sa clé dans la serrure, n'y tenant plus, elle se retourna d'un bond. Un rideau de mousseline voleta, mais le couloir était vide. Il n'y avait rien ni personne.

Casey soupira. Cela faisait près de quatre mois que son père était sorti de prison, mais l'angoisse diffuse qui l'avait suivie comme une ombre pendant son absence mettait longtemps à desserrer son étau autour d'elle. Casey resta figée dans l'obscurité jusqu'à ce que les battements de son cœur reprennent leur rythme normal. Puis elle tourna la clé et entra.

2

– Salut, ma puce. Tu arrives pile au bon moment. Le dîner sera prêt dans dix minutes.

Casey ne put s'empêcher de sourire. Son père savait à la minute près l'heure à laquelle elle rentrait chaque jour. Le mardi, le vendredi et le dimanche après-midi, elle restait au club d'équitation jusqu'à six heures. Le lundi, le mercredi et le jeudi, elle était au lycée jusqu'à cinq heures. Les samedis étaient moins prévisibles, car elle travaillait au Tea Garden de huit heures du matin à trois heures de l'après-midi avant d'aller chez Mrs Smith pour boire un café et manger des sablés au chocolat faits maison. En général, ils venaient de sortir du four et ils étaient encore chauds.

Une fois que Mrs Smith et elle commençaient à bavarder, les heures avaient tendance à filer à toute vitesse, et quand Casey rentrait chez elle, elle avait mangé tellement de sandwichs gratinés au Tea Garden et de délicieux biscuits chez Mrs Smith qu'elle ne pouvait plus rien avaler. Le samedi soir, selon ce qui était convenu depuis longtemps, Roland Blue sortait avec « les garçons » (qui avaient tous au moins cinquante ans) ; Casey avait donc l'appartement pour elle toute seule. Elle pouvait rester affalée sur le canapé pendant des heures d'affilée à regarder des films sur les chevaux, comme *Secrétariat* et *L'Étalon noir*, ou à revoir des concours de dressage, de saut d'obstacles et de cross, les trois disciplines équestres, qu'elle avait enregistrés elle-même sur DVD, entre deux comédies romantiques.

Malgré la régularité de cet emploi du temps, Roland Blue faisait toujours comme si c'était un merveilleux hasard qu'elle arrive dix minutes avant que le dîner soit prêt, d'autant plus qu'il venait juste de penser à jeter quelques ingrédients dans la poêle, ayant lui-même été très occupé. Casey savait qu'en réalité c'était tout le contraire. Son père passait la majeure partie de ses journées à éplucher les petites annonces ou à parcourir la ville en quête d'un emploi. En prison, on l'avait convaincu de suivre une formation de comptable, malgré ses objections : d'après lui, personne ne confierait la gestion de ses comptes à un ancien détenu condamné pour vol. Et la suite lui avait donné raison.

Depuis, Roland Blue avait cessé de chercher une place de comptable et il était prêt à tout faire, « à part balayeur de rues ou esclave attelé à une friteuse », mais quatre mois après sa libération, il était toujours au chômage. À plusieurs reprises, il avait été sur le point d'être embauché jusqu'à ce qu'il parle de son passé criminel. Il devenait soudain trop qualifié ou pas assez pour le poste, trop expérimenté ou trop peu, trop vieux, trop lent, trop décontracté ou trop nerveux. Par deux fois, on lui avait même reproché d'être trop gourmand quand il avait refusé des horaires harassants pour la moitié du salaire minimum.

Au fil des mois, il avait perdu espoir. Son assurance s'était réduite comme une peau de chagrin. Le retour de Casey à la maison était le meilleur moment de sa journée. Il avait beau s'efforcer de prendre un air désinvolte, son visage rayonnait de bonheur. Sa sincérité ne lui avait pas rendu service au tribunal, mais c'était l'une des nombreuses qualités que Casey aimait chez lui.

– Je reviens tout de suite, papa. Je vais me laver les mains.

À la table de la cuisine, Roland Blue, un homme de haute taille légèrement voûté qui ressemblait à un chanteur de country fauché, avec sa chemise en denim et son jean délavé, servait des louchées de pâtes couvertes de crème fumante dans un bol. Ce n'était pas le meilleur cuisinier du monde, mais il adorait faire à manger. Il passait des heures à étudier des livres de recettes qu'il dénichait chez des bouquinistes pour trois fois rien : Jamie Oliver, Madhur Jaffrey, Gordon Ramsay, il les aimait tous. Comme on ne pouvait pas dire que l'argent coulait à flots au numéro 414, nombre des ingrédients préconisés par les recettes manquaient et c'était devenu une blague rituelle entre lui et sa fille.

– Qu'est-ce qu'on mange ce soir, papa ? demandait Casey.

– Un hachis Parmentier végétarien.

– Il manque quelque chose ?

– Juste le romarin, la purée de tomates, la gelée de groseille et, euh… le hachis. Étant donné le montant des loyers actuels, je n'avais pas les moyens.

Il manquait des épices dans les currys de Madhur Jaffrey, le glaçage sur les gâteaux de Delia Smith, et jusqu'à vingt ingrédients dans les recettes de Gordon Ramsay.

Ce soir-là, Casey demanda :

– Qu'est-ce qu'on mange, papa ? Ça a l'air bon.

– Les macaronis au fromage de Jamie Oliver.

– Il manque quelque chose ?

– Juste l'origan, la mozzarella, le parmesan, le mascarpone et la fontine. J'ai dû me débrouiller avec du banal cheddar égayé par de la noix de muscade.

Casey prit une bouchée qu'elle savoura, bien que ce soit effectivement assez fade.

– Miam ! C'est délicieux, papa.

– Tu trouves ? demanda modestement Roland Blue. J'ai bricolé ça très vite.

Il prit le moulin à poivre.

– Comment s'est passée ta journée ?

Casey haussa les épaules.

– Le lycée, c'était comme d'habitude. Et Patchwork,

aussi était égal à lui-même. Mrs Ridgeley m'a dit d'arrêter de rêver à un avenir de championne d'équitation, parce que c'est un rêve inaccessible. Il faut que je me cantonne à un projet réalisable, comme préparer un brevet de monitrice assistante.

Son père reposa sa fourchette.

– Et ça pourrait te rendre heureuse ?

– C'est un super métier et les moniteurs du club épique ont l'air de l'adorer… enfin, à part Andrew, qui ne s'intéresse qu'à Hermione, à vrai dire… et au moins, je travaillerais avec des chevaux, mais…

– Mais quoi ?

– Mais rien. Mrs Ridgeley a raison. Je devrais oublier mes fantasmes stupides. C'est juste que… Oh, papa, tu sais que ce qui me plairait le plus au monde, c'est m'envoler au-dessus d'obstacles insensés sur un cheval ailé et concourir contre les plus grands cavaliers du monde, mais ce genre de choses n'arrive jamais à des filles comme moi.

Son père changea d'expression. Il se pencha vers elle et enveloppa les deux mains de sa fille entre les siennes, larges et calleuses. Son regard d'un bleu aussi vif que l'Atlantique plongea dans les yeux sérieux de Casey.

– Je ne veux plus jamais t'entendre parler comme ça. Ta mère se retournerait dans sa tombe. Tout peut arriver à une fille comme toi, tout ce dont tu rêves. Peut-être pas demain ou le mois prochain, l'année prochaine ou celle d'après. Mais si tu y crois assez fort et que tu travailles assez dur, tu peux accomplir n'importe quoi. Je le sais.

Chaque fois que son père parlait ainsi, ce qu'il faisait souvent, Casey songeait avec un pincement de culpabilité : « Et toi, papa ? Que sont devenus tes rêves à toi ? Regarde où ça t'a mené de vouloir quelque chose, de rêver et d'y croire. »

Mais elle chassait aussitôt cette pensée, car c'était le genre de remarques que pouvait faire la sœur de son père, Erma Delaney – qu'elle *avait* faites, à vrai dire, et avec une insistance accablante, au cours des huit mois où elle avait dû s'occuper de Casey pendant que Roland Blue purgeait sa peine à la prison de Wandsworth, dans le sud-ouest de Londres. C'était huit mois de sa vie que Casey ne récupérerait jamais. Sans Mrs Smith et les chevaux du club épique, elle serait certainement devenue folle.

Erma était un tyran dévoué qui passait l'essentiel de son temps à étouffer sous ses bontés un mari résigné, Ed, et leurs filles mortellement ennuyeuses, Chloe et Davinia, dans leur maison d'Inverness, en Écosse. Quand Roland avait été arrêté, Casey n'avait que quatorze ans ; Erma avait sauté dans un avion pour Londres afin d'arracher sa nièce aux services sociaux, qui menaçaient de l'envoyer en famille d'accueil.

– Tu es une rêveuse comme ton père, lui avait dit Erma. Inutile de sourire ! Ne le prends pas comme un compliment, c'est tout le contraire. Les rêves donnent de faux espoirs aux gens. Ça leur donne des idées de grandeur et leur attire des ennuis. Ta mère aussi était une rêveuse – pas étonnant, pour une Américaine. Chez eux, c'est génétique. À mon avis, c'est à cause d'Hollywood. Les gens subissent un lavage de cerveau dès la naissance, et en fin de compte, ils croient que n'importe qui peut réussir n'importe quoi. Ta mère a appris la dure réalité à ses dépens. Elle a passé un certain temps à New York, libre comme l'air, à rêver de devenir écrivain, et la minute d'après, elle était folle amoureuse de ton père, un traîne-savates qui habitait une HLM à Hackney avec des gangsters pour voisins. Voilà ce qui arrive quand on rêve.

Casey avait entendu ce refrain si souvent qu'elle n'avait plus l'énergie de protester ou de défendre son père en rappelant qu'il avait un emploi respectable de jardinier dans une université du quartier quand sa mère était encore en vie. Elle s'était contentée de répondre avec douceur :

– Maman et papa étaient tellement amoureux l'un de l'autre qu'ils se fichaient bien de leurs conditions de vie, du moment qu'ils étaient ensemble. Papa raconte que la première fois qu'ils se sont vus, chacun à un bout de la place enneigée de Covent Garden, il s'est tourné vers son ami et lui a dit : « Voilà la fille que je vais épouser. » Ils ont eu le coup de foudre. Je trouve ça romantique.

– Tu parles d'un coup de foudre, avait jeté Erma d'un ton dédaigneux. Quand je me suis mariée avec

21

ton oncle, c'est à peine si je pouvais le supporter, et quarante ans plus tard, on est toujours mariés.

« Sauf que maintenant, vous ne pouvez plus vous voir en peinture », avait répliqué Casey en pensée. Mais elle n'en avait rien dit. À quoi bon ?

– Tu recommences, tu es dans les nuages, l'avait réprimandée Erma. Redescends sur terre, ma grande. Réveille-toi. Tu verras, quand tu auras fini le lycée et que tu feras la queue pour toucher tes allocations de chômage. Là, tu vas te confronter à la réalité. On a besoin de bonnes notes dans ce monde. De *diplômes*. Si tu continues à rêvasser, tu vas finir derrière les barreaux, comme ton père. Voilà où ses rêves l'ont mené !

À l'exception d'une ou deux hallucinées de sa classe qui avaient autant d'oreille qu'une pompe à essence, mais qui étaient absolument certaines qu'elles allaient gagner le concours d'une émission de télé-réalité et devenir des stars de la pop du jour au lendemain, son père et Angelica Smith étaient les deux seules personnes de sa connaissance qui aimaient poursuivre des chimères et, par-dessus le marché, l'encourageaient à faire de même.

– Allô, la Terre appelle Casey. La Terre appelle Casey.

Casey gloussa en s'apercevant qu'elle s'était mise à rêvasser en plein milieu de sa conversation avec son père.

– Excuse-moi, papa. J'ai eu une longue journée. D'accord, je vais m'accrocher à mes rêves jusqu'au jour où je serai obligée de trouver un vrai boulot. Attention, Badminton, j'arrive !

Elle débarrassa les assiettes et emplit l'évier d'eau savonneuse.

– Tu ne m'as pas parlé de ta journée à toi. Comment ça s'est passé ?

Son père afficha un grand sourire.

– J'ai une nouvelle à t'annoncer. Une bonne nouvelle, pour une fois.

Casey se rendit enfin compte qu'il brûlait de lui dire quelque chose depuis son arrivée.

– Tu as trouvé du boulot !

– Eh bien, non, pas encore, mais ça semble bien parti. J'ai obtenu un entretien pour une place d'apprenti tailleur. La paye est lamentable, mais la place offre de grandes chances d'évolution. Les bons tailleurs, c'est aussi difficile à trouver qu'une aiguille dans une meule de foin, apparemment. Ton cher vieux papa finira peut-être dans Savile Row[1]. Tu imagines, Casey, je pourrais te coudre des vestes d'équitation à la main pour tes compétitions quand tu seras célèbre.

Casey s'empara d'un torchon et entreprit d'essuyer la vaisselle pour cacher les émotions contradictoires qu'elle ressentait toujours dans ce genre de situation. D'un côté, l'enthousiasme de son père était si contagieux qu'il lui était difficile de ne pas s'emballer à son

---

1. Rue de Londres connue pour ses tailleurs de luxe proposant des vêtements sur mesure.

tour. En même temps, la voix de la raison lui soufflait de le mettre en garde, de lui conseiller de se calmer et de ne pas vendre la peau de l'ours avant de l'avoir tué. De lui rappeler les catastrophes du passé. Mais il croyait en elle et elle tenait désespérément à croire en lui.

Elle se tourna vers lui avec un sourire.

– C'est formidable, papa. Tu ferais un tailleur fabuleux, ils seraient idiots de ne pas t'engager. Est-ce que tu as précisé…

Il se décomposa.

– Que j'ai fait de la prison pour vol ? Pas encore, mais je vais le faire. Casey… je me demandais si tu serais d'accord pour m'accompagner à l'entretien. Enfin, jusqu'à la boutique du tailleur. Ça m'aiderait à garder mon calme, tu comprends. J'ai rendez-vous demain à trois heures et quart. Je sais que tes après-midi avec Mrs Smith sont sacrés, mais avec un peu de chance, tu n'aurais pas plus de quelques minutes de retard.

Il la regardait si gravement que Casey se précipita aussitôt vers lui pour le serrer dans ses bras.

– Bien sûr que je peux, papa. Aucun problème. Je ne voudrais pas rater ça.

3

C'est Roland Blue qui repéra le billet de un dollar traînant dans le caniveau. Il était plié en deux, si bien qu'on ne voyait que les mots « *In God we* » et une partie de l'aigle du grand sceau des États-Unis. Mais lorsque Roland le déplia et le tendit à Casey, elle put lire la devise en entier, « *In God we trust* », et reconnaître, sur l'autre face, le portrait de George Washington, le premier président des États-Unis.

– Je me demande qui a perdu ça ici, commenta Casey en l'époussetant. C'est rare de trouver un dollar américain dans les rues de Londres, surtout dans une ruelle de l'East End. Ce n'est pas vraiment touristique, comme quartier.

– C'est un signe, dit son père en lui reprenant le billet pour le ranger précieusement dans sa poche, avant de se remettre à marcher d'un pas vif dans Half Moon Lane.

Casey accéléra l'allure pour le rattraper.

– Comment ça, un signe ?

– Un signe que ta mère est avec nous aujourd'hui et que tout va bien se passer. Que je vais avoir le boulot.

Si un inconnu l'avait entendu parler ainsi à sa fille, il l'aurait sans doute désapprouvé, mais ces dernières années, Casey et lui avaient trouvé réconfortant d'imaginer que Dorothy veillait sur eux. Casey avait deux ans lorsque sa mère était entrée à l'hôpital pour une banale ablation de l'appendice et n'en était jamais revenue. Elle avait mal réagi à l'anesthésie et elle était morte sur la table d'opération.

À part les photos aux couleurs passées montrant une femme rieuse aux boucles brunes, Casey n'avait conservé aucune image de sa mère en mémoire. Elle se souvenait seulement d'une sensation de chaleur, de sécurité et de douceur. C'est peut-être pour cette raison que lorsqu'elle remarquait un détail d'une beauté inattendue – un petit tas de pétales de rose, la fleur préférée de sa mère, sur un trottoir bondé ; une jolie plume sur un rebord de fenêtre crasseux ; un rouge-gorge chantant de tout son cœur par un matin gris –, elle aimait penser que c'était un message d'amour de cette maman qu'elle avait si peu connue, mais dont elle sentait constamment la présence auprès d'elle.

Elle ne vit donc aucune objection à ce que son père considère le dollar qui venait du pays natal de sa mère comme un bon présage. Elle était tentée de penser la même chose. Quarante minutes plus tard, ils en eurent la confirmation quand Roland Blue sortit en trombe de chez Half Moon, la boutique du tailleur, et fit virevolter Casey jusqu'à ce qu'elle ait le tournis.

– OK, OK, j'ai compris, dit-elle en riant. Tu es content. Tu as eu le boulot.

Une larme roula sur la joue de son père. Gêné, il l'essuya d'un geste brusque. Ses grandes mains étaient toutes tremblantes.

– Ouf ! Je n'ai pas été aussi stressé depuis le jour où j'ai demandé à ta mère de m'épouser. Le pire, c'est que Mr Singh m'a proposé le poste avant que j'aie eu le temps de lui parler de mon séjour en prison. J'ai failli me taire en pensant qu'il y avait de grandes chances pour qu'il ne l'apprenne jamais, mais je n'ai pas voulu faire ça, partir du mauvais pied. Ça m'aurait pesé sur la conscience. J'ai bredouillé et bafouillé, mais j'ai finalement réussi à le dire. Je lui ai tout expliqué. Comme tu peux l'imaginer, ça lui a fait un choc. Il est devenu tout pâle et il a gardé le silence pendant un bon moment. Puis il m'a confié qu'il avait eu beaucoup de problèmes avec la police, dans sa jeunesse, et que si on ne lui avait pas donné sa chance, il ne serait jamais arrivé là où il en est aujourd'hui. Il m'a remercié pour mon honnêteté et m'a dit que le boulot était pour moi si je le voulais. Je commence lundi.

Casey était si fière qu'elle en avait les larmes aux yeux, elle aussi. Elle voyait là un nouveau départ. Une nouvelle chance qui s'offrait enfin à eux.

Elle lui pressa la main.

– Félicitations, tu es un vrai champion. Je suis super

27

heureuse pour toi. Il faut absolument que tu ailles boire un verre avec les garçons ce soir pour fêter ça ! Bon, dépêchons-nous, il est près de quatre heures et je suis attendue chez Mrs Smith pour le goûter. Prenons à gauche dans cette ruelle. Je crois que je connais un raccourci.

C'est ainsi qu'ils se retrouvèrent dans cette rue – au mauvais endroit au bon moment, ou au bon endroit au bon moment, selon le point de vue. Par la suite, Casey ne put s'empêcher de penser qu'il y avait une chance sur un million qu'ils soient précisément là, à ce moment précis. S'ils étaient arrivés quelques minutes plus tard, ou si Mr Singh avait davantage pinaillé pendant l'entretien, ils seraient passés trop tard. Des années après, cette idée la faisait encore frissonner.

L'odeur aurait dû les alerter. L'air en était chargé. Un horrible mélange de peur, de mort et de transpiration. Mais en ce samedi après-midi, les rues étaient pleines d'un parfum d'excès et de débauche que Roland Blue appelait « Eau de Week-end ». Le père et sa fille, absorbés par leur conversation, ne prêtaient aucune attention aux alentours ni même aux premiers flocons de neige quand, soudain, ils entendirent un hurlement lugubre et s'arrêtèrent net.

– Bon Dieu, qu'est-ce que c'était que ça ? souffla Roland Blue. On aurait dit que quelqu'un se faisait assassiner.

Casey en avait la chair de poule. Elle avait immédiatement compris de quoi il s'agissait, mais elle ne voulait pas le croire.

Le hurlement retentit de nouveau, suivi cette fois d'un bruit qu'elle aurait reconnu entre mille, un bruit de sabots sur du béton, et de cris d'hommes. Sur la droite, devant eux, quelque chose heurta brutalement un haut portail en bois doté d'un panneau au nom de BJ Enterprises.

– Je ferais mieux d'aller voir, dit Roland Blue. Je ne sais pas ce qui se passe là-dedans, mais ça ne m'a pas l'air sympa du tout. Attends ici, Casey.

– Il n'est pas question que je reste dehors…, commença-t-elle, indignée.

Elle n'eut pas le temps d'en dire plus. Le portail s'ouvrit à la volée dans un vacarme de bois brisé, et une vision de cauchemar en jaillit : une créature mi-cheval, mi-squelette dont la robe gris terne portait des traces de sang et d'écume blanche. L'animal s'arrêta net, comme surpris de se trouver à l'air libre, avant de filer dans leur direction, en pleine rue, poursuivi par trois hommes aux visages cramoisis.

Le cheval se ruait vers Casey et son père. Tétanisée, la jeune fille n'eut qu'une fraction de seconde pour remarquer l'effroyable maigreur de l'animal et la haine terrible brillant au fond de ses yeux. Malgré la force de son regard, c'était un miracle s'il tenait encore debout.

Fais quelque chose.

Casey ne se rendit pas compte tout de suite qu'elle avait parlé tout haut. Mais personne ne semblait prêt à faire quoi que ce soit, parce que le cheval fonçait à toute allure dans la ruelle : les hommes levaient les mains au ciel en signe d'impuissance et son père était aussi effaré qu'elle.

Fais quelque chose avant qu'il ne débarque sur la route.

Le cheval l'avait presque dépassée quand elle bondit pour attraper sa longe ballante. La corde lui brûla les mains, mais elle tira dessus de tout son poids pour le forcer à s'arrêter. Il la fit déraper sur le bitume, puis la souleva en se cabrant. Le temps d'un éclair, elle entrevit ses sabots. Elle comprit soudain qu'il pouvait la tuer, et pourtant, elle était étrangement calme. Quelque part, au loin, son père criait son nom. Tout lui faisait mal – ses paumes brûlées par la corde, sa poitrine qui avait percuté le flanc osseux du cheval, sa cheville gauche qu'elle avait tordue en retombant – mais elle continua à se cramponner. Le cheval poussa encore un hennissement de révolte, mais il faiblissait. Presque sans forces, il titubait.

Casey s'arracha à sa torpeur et se hâta de saisir son licol. Il frissonna, les naseaux dilatés. Pendant une seconde, ses yeux farouches se retrouvèrent à la hauteur des siens, et elle pensa à la citation d'un auteur inconnu que Mrs Smith avait brodée au point de croix, encadrée et accrochée au mur de son salon :

... et il murmura au cheval : « Ne fais jamais confiance

à un homme si ton reflet dans ses yeux ne te montre pas comme un égal… »

Une vague d'émotion la submergea. À cet instant, elle sut qu'elle était prête à faire n'importe quoi, absolument n'importe quoi pour le protéger.

– Doucement, mon grand, tu es en sécurité, maintenant, lui dit-elle d'un ton apaisant. Tu es en sécurité. Je ne les laisserai pas te faire de mal, je te le promets.

Les hommes accoururent, brisant le charme du moment. Son père lança :

– Bien joué, Casey. C'était héroïque. Pauvre bête. Elle était folle de terreur.

– Je ne suis pas sûr que le mot « héroïque » soit juste, rétorqua le plus grand des trois hommes, un chauve vêtu d'une combinaison bleue couverte de taches et de sang, aux doigts épais comme des saucisses.

Il sentait les os bouillis, la mort et le désinfectant.

– Je dirais plutôt « dingue ».

Il s'approcha, et le cheval recula à petits pas précipités, en levant la tête avec effroi.

– Merci, ma belle, tu as sauvé la situation. Il est cinglé, ce foutu bestiau. C'est bon, on va prendre le relais, maintenant.

Casey serra la longe plus fort et se plaça devant le cheval pour faire bouclier.

– Que se passe-t-il ? demanda-t-elle avec autorité. Pourquoi criait-il comme ça ? Qu'est-ce que vous lui faisiez ?

Un petit homme rondouillard avec une trace de

31

brûlure sur la joue ricana. Sa combinaison était tout aussi sale.

— Y gueule pasqu'y sait ce qui l'attend. C'est toujours les plus malins qui nous posent problème, pas vrai, Dave ? Ceux qui savent pourquoi y sont là. Ben ouais, quoi, c'est un abattoir ici. Y sait qu'il est là pour s'faire zigouiller.

— *Zigouiller* ?

Casey était sur le point de défaillir. Un abattoir. Elle avait entendu parler de ce genre d'endroits, mais avait toujours préféré penser que cette pratique moyenâgeuse avait été reléguée depuis des siècles dans les manuels d'histoire.

— Vous avez l'intention de… ?

Elle baissa la voix.

— Vous avez l'intention de l'abattre ?

— D'achever ses souffrances, plutôt, rugit Dave, qui perdait patience. On a reçu des instructions très claires là-dessus. Hein, Moustique ?

L'homme courtaud gratta son menton hérissé d'une barbe de trois jours.

— Ouaip. L'homme qui l'a amené m'a dit qu'son père était obsédé par cet animal et que ça leur avait gâché la vie. Apparemment, il les a ruinés. Et d'après c'que j'ai compris, ils avaient beaucoup à perdre…

— Comment un cheval pourrait-il ruiner quelqu'un ? demanda Roland. Surtout un cheval dans un état pareil.

— L'a pas toujours été comme ça, d'après ce que

prétendait le fils, répondit le dénommé Moustique. Y m'a raconté une histoire à dormir debout, comme quoi son père a repéré ce cheval alors qu'il pétait les plombs dans un cirque en Lituanie ou en Ukraine, enfin un de ces anciens pays d'URSS – l'était étranger, le père – et s'est figuré qu'il pouvait devenir le plus grand cheval de course du monde. Y l'a ramené en Angleterre et il a dépensé une fortune pour le dresser et le pomponner. En dehors du champ de courses, le canasson faisait des temps records, d'après le fils. Cyclone d'Argent, qu'ils l'ont appelé, à cause de sa couleur, même si elle r'ssemble p'us à grand-chose maintenant. On dirait un pelage de mule.

– C'est n'importe quoi, si vous voulez mon avis, aboya Dave avec humeur. Cyclone d'Argent ! Comme si un baltringue pareil pouvait gagner ne serait-ce qu'une course à la cuillère.

– Que s'est-il passé ? voulut savoir Roland. Cyclone d'Argent a gagné des courses ? C'est très difficile à croire, quand on le voit aujourd'hui.

– Pas une seule. C'était un nul sur le champ de courses. Y voulait même pas quitter son box de départ. L'avait peur de son ombre. Ça a duré des années. La famille a supplié le vieux de s'en débarrasser, mais c'était une tête de pioche. Il n'a lâché l'affaire que lorsque le canasson l'a entraîné au bord de la faillite. Là, il était prêt à s'en débarrasser définitivement, et il l'a amené ici pour qu'on en fasse de la bouffe pour chiens.

33

— Et si vous avez fini de papoter, c'est ce qu'on va faire, maintenant, dit le troisième homme, un individu émacié au teint cireux. Le tuer.

— Très juste, confirma Dave. Je sais que c'est dur, ma belle, mais tu vas devoir accepter l'inévitable.

— Non ! s'écria Casey.

Dave tendit la main vers la corde. Au même moment, le maigre s'approcha du cheval par-derrière. Il y eut un horrible craquement, et il se retrouva par terre, à se tordre de douleur.

— Y m'a cassé la jambe ! brailla-t-il, incrédule. Ce malade m'a cassé la patte. Appelle une ambulance, Moustique.

— C'est ta faute ! jeta Dave à Moustique, qui téléphonait aux secours avec son portable. Toi et ta grande gueule…

Le cheval avait les yeux exorbités de panique et de rage. Le sang coulait de son flanc sur la neige maculée de taches roses, et il tremblait. Quelques flocons blancs se déposaient, légers comme des confettis, sur sa crinière emmêlée. Casey était terrorisée à l'idée qu'il meure là, tout de suite, de froid et de terreur.

— Donnez-le-moi, dit-elle. Donnez-le-moi et vous n'aurez plus besoin de vous embêter avec lui. On va s'en aller, vous ne nous reverrez plus jamais.

— Casey ! s'écria son père, affolé. Réfléchis à ce que tu dis. Qu'est-ce qu'on ferait de lui ? Il ne peut pas venir habiter au 414 avec nous.

Dave éclata d'un rire grossier.

– Tu te fiches de nous, ma grande. Où qu'tu veux l'emmener ? Tu veux le lâcher dans Victoria Park ? On est dans la vraie vie, là, pas dans un film.

Moustique s'accroupit sur la neige pour rassurer son ami, en lui disant qu'une ambulance était en route. Le jean du blessé était déchiré et, comble de l'horreur, un os en dépassait.

– Je suis sérieuse, insista Casey. Donnez-le-moi et vous en serez débarrassés. Plus de problèmes.

– Peux pas faire ça. Ben ouais, c'est la loi. Faut qu'il y ait de l'argent qui change de mains, sinon c'est pas légal. Je pourrais te le vendre, mais j'peux pas te le donner. En plus, j'ai un portail cassé et l'un de mes meilleurs hommes qu'est HS. Y faut penser au dédommagement.

– Casey, je t'en prie, l'implora son père. Je suis aussi désolé que toi pour ce cheval, mais il doit y avoir un autre moyen. Et si on appelait une de ces associations de protection des chevaux, quand on sera rentrés à la maison ?

– J'ai des économies, dit Casey à Dave. Il y a environ cinquante-cinq livres dans ma tirelire. Je peux courir les chercher chez moi ; je serai de retour dans moins d'une heure.

– Et qu'est-ce qu'on est censés faire de lui pendant ce temps ? demanda Dave avec humeur. Tu veux qu'on reste plantés là à siffloter pendant qu'il balance des coups de pied à tous les gars de notre abattoir ?

Non merci ! Rends-le-nous et il sera mort d'ici dix minutes, je peux te l'assurer. Allez, donne-le-moi.

Il arracha la longe des mains de Casey avant qu'elle puisse l'arrêter. Aussitôt, le cheval coucha les oreilles en arrière, tendit l'encolure et planta les dents dans le bras de l'homme, qu'il mordit jusqu'au sang. Dave leva son bras valide avec l'intention de donner un coup de poing sur le nez du cheval, mais Roland Blue, qui avait été champion de boxe dans sa jeunesse, fut plus rapide que lui. Il arrêta le coup de Dave d'une poigne de fer.

– Pas de ça. Je ne tolérerai pas qu'on frappe un animal en ma présence. Certes, il vous a mordu, mais vous l'avez mérité. Ma fille vous a proposé une solution que vous avez refusée. Que faut-il faire pour que vous acceptiez de nous laisser ce cheval ?

– Il y a combien dans votre portefeuille ? rugit l'homme en suçant sa blessure. Donnez-moi tout ce qu'il y a dedans, on va signer les papiers pour le changement de propriétaire et ce sera fini. Je ne pige pas pourquoi vous tenez tant à vous encombrer d'un monstre pareil mais c'est votre problème.

Roland Blue sortit son portefeuille, mais il savait déjà ce qu'il y avait dedans. Rien. Quand le samedi arrivait, en général, il avait déjà dépensé la somme minable que le gouvernement appelait « allocations de chômage » pour payer les courses, les factures et les frais divers. Il lui restait bien les dix-sept livres et vingt pence qu'il avait mis de côté pour sa soirée avec les garçons mais ils étaient sur sa commode, à la maison.

Il se tourna vers sa fille, navré. Elle eut l'air horrifiée.

– Je suis désolé, Casey. La note de gaz et d'électricité a presque tout englouti cette semaine.

– Bon, fit Moustique, abandonnant le blessé étendu face contre terre qui gémissait comme un chiot. Assez rigolé. On prend le cheval.

– Attendez ! cria Casey. Le dollar ! Donne-lui le dollar, papa.

– Un dollar américain ?

Dave prit le billet. En le lissant dans sa paume, il déposa une empreinte digitale sanglante sur la joue de George Washington.

– C'est la meilleure. Vous ne vivez pas sur la même planète que les autres, vous, hein ? Qu'est-ce que vous voulez que je fasse de ça ?

– C'est une monnaie valide. Peut-être pas dans ce pays, mais ça devrait être une preuve de paiement suffisante pour tous les papiers que vous voulez que je signe.

Dave regarda tour à tour le père et la fille, maigre et pâle, qui braquait sur lui un regard perturbant sous ses longs cils. On aurait dit qu'elle lisait dans son âme et n'aimait pas ce qu'elle y voyait. Cela le mettait aussi mal à l'aise qu'il l'avait été deux heures plus tôt, quand il avait pris livraison de ce cheval. L'animal avait descendu en trombe la rampe du van et regardé les hommes rassemblés devant lui d'un œil si haineux que Dave en avait eu des frissons dans le dos. De toutes les années qu'il avait passées à abattre des animaux, il n'en avait jamais vu de pareil. À dire vrai, il était impatient d'en être débarrassé, mais ce qui lui restait de conscience le faisait hésiter à fourguer cette brute dangereuse à deux innocents qui n'y connaissaient rien.

– Je vais te donner une dernière chance. Si tu le veux, il est à toi, mais je te conseille de réfléchir longuement à ce que tu te mets sur le dos.

– C'est fait, et nous sommes sûrs de nous, lui dit Roland Blue.

Mais en se détournant, il glissa dans un souffle :

– Casey, qu'est-ce qu'on va en faire quand on s'en ira d'ici ? On a déjà à peine de quoi se nourrir nous-mêmes, alors je ne vois pas comment nous pourrions entretenir un cheval.

– Je vais l'emmener au club épique. Je m'inquiéterai de la suite une fois là-bas.

– Mais que va dire Mrs Ridgeley ?

– Je ne sais pas et je m'en fiche, déclara Casey. Tout ce qui compte, pour moi, c'est de l'emmener loin d'ici et de lui trouver de l'aide. Il est complètement traumatisé.

La sirène hurlante d'une ambulance s'approcha. Moustique ricana de plus belle.

– Comment qu'tu vas faire pour le transporter ? Tu vas te balader au milieu des voitures avec lui ?

Bonne chance ! Ça fera la une des journaux, demain. « Une fille et un cheval écrasés par un camion de dix tonnes… »

Casey leva le menton. La perspective d'emmener un cheval affolé à travers les rues bondées de Hackney, un samedi après-midi, était plus que terrifiante, mais il n'était pas question de montrer à quiconque qu'elle avait peur, pas même à son père.

– On se débrouillera très bien. Je vais lui bander les yeux avec mon écharpe pour éviter de le rendre encore plus nerveux, et tout ira comme sur des roulettes.

Dave, impressionné, la considéra avec des yeux ronds.

– Bon, alors c'est réglé. *Tu l'auras voulu.* Un cheval siphonné qui n'a plus que la peau sur les os vendu à deux mabouls pour un dollar.

4

Mrs Ridgeley jeta un seul coup d'œil au cheval et dit :

– J'espère que tu as de l'argent dans ta tirelire, Casey Blue. J'appelle le vétérinaire tout de suite pour qu'il le pique, et c'est toi qui devras le payer.

C'était une nuit affreuse. L'obscurité était tombée plus tôt que d'habitude et il faisait atrocement froid. Casey s'attendait à ce genre de réaction de la part de Mrs Ridgeley, mais pas à une telle sévérité. Au cours du pénible trajet depuis l'abattoir, qu'elle avait tenu à faire seule, sans l'aide de son père, le cheval avait renversé un étal de pommes, failli entraîner Casey avec lui sous un bus et presque arraché la tête d'un chien qui aboyait sur ses talons. En arrivant trempée, en sang et frissonnante au club épique, elle avait bien conscience qu'ils devaient faire peur à voir. Tout le club s'était figé, bouche bée.

Suivant les indications de Gillian, Casey avait installé le cheval dans le box occupé d'ordinaire par les trois ânes d'Arthur Moth, qui les avait emmenés dans une foire jusqu'au lendemain. Ensuite, elle s'était préparée à affronter l'orage. Hélas, après avoir vidé le seau d'eau que Casey lui avait donné et battu en retraite vers le fond du box en lui jetant des regards mauvais, le cheval s'était finalement couché sur la paille comme s'il avait perdu la volonté de vivre.

Mrs Ridgeley scruta la pénombre en plissant les yeux.

– Mon pauvre vieux, tu es à bout. Celui qui t'a fait ça devrait être jeté en prison à vie. Casey, je suis sûre que tu avais de bonnes intentions en volant à son secours, mais l'enfer est pavé de bonnes intentions. Le fait est que maintenant, tu vas devoir être cruelle pour prouver que tu as bon cœur. Tu vois bien qu'il est trop mal en point. Il faut mettre fin à ses souffrances. C'est la meilleure solution. La plus *humaine*. Je vais appeler le vétérinaire et je ne veux pas de discussion. Si l'argent pose problème, je peux le régler, tu me rembourseras plus tard.

Casey lui barra le chemin.

– Non ! Je lui ai donné ma parole. Je lui ai promis de prendre soin de lui et de le protéger, et je n'ai aucune intention de briser ma promesse. Il a été trahi par des humains toute sa vie, je ne ferai pas comme eux. Si vous allez appeler le vétérinaire, nous serons partis avant votre retour.

Mrs Ridgeley la regarda comme si elle avait perdu la raison.

– Et où iras-tu ? Dans les rues grouillantes de Hackney ? Dormir sous un buisson, c'est ça ? Tu mourrais d'hypothermie avant l'aube.

Casey songea qu'elle risquait de mourir d'hypothermie de toute façon. Elle avait perdu son manteau lors de l'incident avec le bus, et son sweat-shirt ne la protégeait guère contre la température polaire. Malgré tout, elle continua de lui tenir tête. Alors qu'il semblait prêt à attaquer tous ceux qui l'approcheraient, le cheval lui avait fait suffisamment confiance, à elle, pour accepter qu'elle l'arrête, le tienne et, certes avec quelque difficulté, lui bande les yeux. Pendant le trajet jusqu'au club épique de Hope Lane, en prenant conscience de la responsabilité qu'elle venait d'endosser, elle s'était répété inlassablement la citation du tableau brodé de Mrs Smith. Le cheval l'avait regardée dans les yeux et s'y était vu en égal. Elle en était certaine.

– Alors, Casey ? demanda Mrs Ridgeley d'un ton impérieux. Tu vas me laisser appeler le vétérinaire ? Je t'ai déjà prévenue qu'il ne fallait pas être trop sentimental avec les animaux. Il est important de bien s'en occuper et d'essayer de les comprendre, mais ils ne sont pas dans la même catégorie que les humains. Pas du tout.

Non, ils valent un million de fois mieux que nous.

Casey jeta un coup d'œil au cheval et son cœur se serra. Elle prit sa décision.

– Donnez-moi vingt-quatre heures. Je le soignerai

42

de mon mieux. Si son état ne s'améliore pas ou s'aggrave, j'appellerai le vétérinaire moi-même et j'accepterai qu'il le pique s'il estime qu'on n'a pas le choix. Mais s'il guérit miraculeusement, qu'est-ce qu'on va faire ? Hein ?

– Il ne va pas guérir, crois-moi. Je sais reconnaître un cheval mourant quand j'en vois un.

– Mais imaginons qu'il guérisse. Est-ce qu'il y a une chance pour que vous me laissiez le garder ici ?

– Bonsoir, Mrs Ridgeley. Bonne chance, Casey ! lança Gillian en partant, après avoir jeté un coup d'œil dans le box et haussé les sourcils.

Dehors, dans la cour du club épique, tout était silencieux. Tout le monde était reparti jusqu'au lendemain, à part Casey et la directrice.

– Non, ce n'est pas possible. Tous les box sont occupés et je n'ai pas les moyens de nourrir une bouche de plus. Même s'il guérit, il n'y a aucune chance qu'il devienne utilisable pour des cours d'équitation, ce sac d'os fou furieux.

– Pour commencer, argumenta Casey, ça ne vous coûtera pas un sou. Je paierai moi-même sa nourriture et ses frais de vétérinaire.

Mrs Ridgeley éclata d'un rire si tonitruant que le cheval se réveilla un bref instant, puis laissa ses paupières retomber.

– Quoi, avec ce que tu gagnes le samedi au Tea Garden ? Arrête de rêver. As-tu la moindre idée de ce que ça coûte, l'entretien d'un cheval ? Des centaines de livres par mois, et encore, seulement s'il est en bonne santé. S'il tombe malade ou se blesse, c'est un crédit illimité à la banque qu'il te faudra.

– Mon père vient de trouver un super boulot, dit Casey avec une assurance feinte.

Il restait à voir si Mr Singh allait vraiment honorer sa promesse d'embaucher un ancien détenu. Quoi qu'il arrive, ils auraient du mal à joindre les deux bouts avec le peu d'argent que son père rapportait à la maison, et elle n'avait aucune intention de lui demander de faire plus de sacrifices qu'il n'en faisait déjà, pour aider un cheval qu'elle seule avait décidé de secourir. Naturellement, elle n'allait pas l'avouer à Mrs Ridgeley.

– À nous deux, papa et moi, nous nous débrouillerons, mentit-elle.

Elle reçut un regard noir pour toute réponse.

– Et où as-tu l'intention de le mettre, au juste, Casey? Tous les box sont occupés, et Arthur Moth sera de retour demain après-midi avec ses ânes.

– Et la vieille remise? Vous dites depuis une éternité que vous aimeriez que quelqu'un la débarrasse pour vous. Je vais m'en charger si vous voulez, et il pourra être logé là.

Mrs Ridgeley consulta sa montre. Elle attendait des invités pour le dîner dans moins d'une heure et rien n'était prêt. Sa tension monta brusquement. Elle était très attachée à Casey et s'inquiétait souvent pour elle, mais elle se demandait parfois si ça valait la peine de garder cette fille comme bénévole, avec toutes les difficultés qu'elle lui causait. Il n'y avait qu'elle pour récupérer un cheval à moitié mort dans la rue et s'imaginer qu'on pourrait le sauver sans dépenser autre chose que du temps et de l'affection.

– Vingt-quatre heures, dit Mrs Ridgeley. Vingt-quatre heures, c'est tout ce que je t'accorde. Si le cheval n'est pas sur pied d'ici là, avec des yeux brillants et une queue bien fournie, j'appellerai le véto pour mettre fin à ses souffrances et, comme je l'ai dit, c'est toi qui paieras sa note.

Casey sauta au cou de la petite femme robuste.

– Merci, Mrs Ridgeley! Oh, merci mille fois. Vous ne le regretterez pas.

Mais, alors que les pas de la directrice s'éloignaient dans la nuit, les épaules de Casey s'affaissèrent. La respiration du cheval était si faible qu'elle avait peur qu'il ne tienne pas jusqu'au matin. Et même s'il tenait, que faire ensuite? Elle n'en avait pas la moindre idée, mais elle refusait de s'inquiéter. Quand elle aurait le temps d'y réfléchir, elle trouverait un moyen.

5

Casey disait rarement des gros mots, mais quand elle aperçut l'horloge du club, elle explosa. Il était vingt-deux heures seize, ce qui signifiait qu'elle avait six heures et seize minutes de retard pour son goûter avec Mrs Smith – un rendez-vous qu'elle avait totalement oublié jusqu'à cet instant. Elle aurait voulu la prévenir, mais son amie n'avait pas le téléphone. Elle n'en voyait pas l'intérêt, avait-elle déclaré à Casey, sachant qu'elle n'avait pour toute famille que ses quelques amis – des gens chez qui on pouvait passer n'importe quand – et les chats errants qui utilisaient « comme un hôtel » son appartement de la taille d'un mouchoir de poche.

Pour n'importe qui d'autre, Casey n'aurait pas envisagé un seul instant de laisser son cheval tout seul, mais outre qu'elle risquait sérieusement d'attraper la mort, elle ne supportait pas l'idée d'avoir fait faux bond à l'une des personnes les plus gentilles qu'elle connaisse. Elle s'approcha doucement du cheval évanoui et se pencha vers lui pour déposer un baiser d'adieu sur sa joue râpeuse. Il ne remua pas d'un poil. Elle resta là à le regarder pendant une demi-heure encore, terrifiée à l'idée qu'il puisse être mort quand elle reviendrait.

– Tu n'as pas le droit de mourir, lui dit-elle. Je sais qu'on vient seulement de se rencontrer, mais ça me briserait le cœur. Reste en vie et laisse-moi te montrer ce que c'est d'être aimé. Continue à te battre et je te ferai découvrir le bonheur.

Le cheval ne bougea pas un muscle. Elle ferma la porte du box à contrecœur et se mit à courir dans la neige pour aller supplier Mrs Smith de lui pardonner.

S'ils avaient su que sa meilleure amie était une vieille dame de soixante-deux ans qui adorait les chats, et non quelqu'un de plus cool et de plus proche d'elle en âge, les camarades de classe de Casey auraient trouvé là une énième raison de se moquer d'elle. Mais c'était parce qu'ils ne connaissaient pas Mrs Smith et ne pouvaient pas savoir qu'elle était bien plus cool, plus intelligente et plus généreuse que tous les adolescents de leur entourage. Plus important encore, elle acceptait Casey telle qu'elle était, sans la juger.

Casey avait toujours eu du mal à se faire des amis. Elle était extrêmement timide et elle avait le sentiment d'être toujours *trop* quelque chose. Trop quelconque, trop ordinaire, trop passionnée, trop intelligente ou trop bête, trop studieuse, trop ennuyeuse, trop sage…

Comble de ringardise, elle n'était pas sur Facebook. Pourtant, avant que son père fasse de la prison, elle était raisonnablement appréciée, même si elle avait toujours été un peu à l'écart.

Tout avait changé quand son père avait été arrêté et accusé de vol avec effraction. Malencontreuse coïncidence, il y avait eu un cambriolage le même soir chez l'une des filles les plus populaires du lycée. Les deux délits n'étaient pas liés, mais une fois que le rapprochement avait été fait, la plupart des gens s'en étaient persuadés.

Du jour au lendemain, Casey était devenue une paria. Dans son lycée, il y avait des élèves dont le père était violent, des élèves issus de familles où personne ne travaillait depuis trois ou quatre générations, et d'autres dont les parents passaient tout leur temps chez le bookmaker ou au bistrot, ou dénigraient la réussite et encourageaient leur progéniture à sécher les cours. Énormément de jeunes de son lycée volaient des bonbons à l'étalage presque tous les jours après la classe, et certains appartenaient même à des gangs qui traînaient dans la rue, terrorisant d'honnêtes gens choisis au hasard ou faisant des graffitis à la bombe sur les murs. Mais tout cela n'était rien à côté d'un père cambrioleur.

« Elle est à toi, cette montre, ou ton père l'a volée ? » lui demandait-on régulièrement. « C'est ton argent pour t'acheter à manger à midi, ou est-ce que papa a dû agresser quelqu'un pour l'avoir ? » « Hé, Casey, je vais dans une soirée déguisée. Ça te dérangerait de demander à ton père si je peux lui emprunter sa combinaison rayée de taulard ? »

Certains jours, Casey avait l'impression de porter sur le front un écriteau disant : « Mon père est un voleur. Un mauvais voleur, en plus, puisqu'il s'est fait prendre. » Dans ces moments-là, elle avait envie de rentrer chez elle en courant et de hurler : « Pourquoi tu as fait ça, papa ? Comment tu as pu ? »

C'était inutile, car elle savait déjà pourquoi il l'avait fait. Il s'était expliqué et confondu en excuses à de multiples reprises. Après des années de tentatives échouées, de dettes et de difficultés de toutes sortes, il voulait juste un moment de répit. Il s'était acoquiné avec une bande de malfrats qui l'avaient convaincu que ça lui était dû. « On n'aurait jamais pris d'objets qui avaient une valeur sentimentale, lui avait-il assuré. On en avait juste après l'argent qui était dans son coffre. Quelques milliers de livres. C'est un multimillionnaire. Ça ne lui aurait pratiquement pas manqué. Je l'ai fait parce que je voulais t'offrir la vie que j'ai toujours voulu t'offrir, imbécile que je suis. »

Elle s'était alors sentie coupable à son tour.

Elle avait certes trouvé refuge au club épique, mais l'amitié de Mrs Smith l'avait sauvée. Elles s'étaient mises à papoter un samedi où Casey faisait le service au Tea Garden et s'étaient découvert une passion commune pour les chevaux. Deux semaines plus tard,

Mrs Smith avait invité la jeune fille chez elle pour le goûter, et leur relation s'était renforcée.

Contrairement à Casey, qui passait si facilement inaperçue qu'elle avait souvent l'impression d'être invisible, Angelica Smith était le genre de personne vers qui tous les regards convergeaient lorsqu'elle entrait au Tea Garden. Malheureusement, elle restait vague au sujet de son passé équestre. Casey n'avait réussi à lui soutirer que deux informations : elle avait eu « quelques chevaux » et « gagné quelques flots ». Elle s'était montrée bien plus diserte au sujet de son panier percé d'ex-mari, Robert, qui, à l'en croire, avait dilapidé toute sa fortune personnelle en vin, en femmes et à la roulette.

— Mais il n'a pas tout eu, avait-elle confié à Casey en riant. J'y ai veillé.

Casey ne prenait pas toutes ces histoires pour argent comptant. Si Mrs Smith avait des économies dans un bas de laine, cela ne se voyait vraiment pas. À part la nourriture pour un nombre extravagant de chats errants du quartier et son déjeuner hebdomadaire au Tea Garden, elle vivait modestement. Son deux-pièces était d'une propreté immaculée, mais peu meublé. Hormis la fameuse broderie, peu de tableaux ornaient les murs.

Malgré ses moyens limités, Mrs Smith était élégante et raffinée ; Casey estimait qu'elle ne faisait pas son âge. Elle avait de longs cheveux blond cendré qui tombaient généralement en natte dans son dos.

Elle s'habillait dans les friperies avec un sens du chic qui la rendait presque à la mode. Mais ce qui attirait vraiment l'attention, c'était ce qu'elle dégageait. Une sorte de chaleur, d'énergie vitale.

Toutefois, en apprenant à mieux la connaître, Casey avait remarqué autre chose chez elle. Une tension particulière. Elle avait l'impression que Mrs Smith attendait quelque chose, et pas comme toutes les petites mémés du Tea Garden qui aimaient dire en plaisantant qu'elles étaient « dans la salle d'attente du bon Dieu ».

Quand le cambriolage raté de Roland Blue avait fait la une du journal local, cela avait fait sensation parmi les commères du café, mais Mrs Smith avait à peine sourcillé.

– Oh, ma chérie, je suis désolée pour toi, mais tâche de ne pas trop le prendre à cœur. C'est ton père qui a commis cette erreur, Casey, pas toi. Ça n'en fait pas un mauvais homme, ni même un mauvais père. Juste un idiot qui a fait une bêtise stupide. Rien qu'une ! Avec un peu de chance, il en tirera une leçon et ça le fera avancer. Ce sera peut-être même à l'origine de son futur succès.

Elle avait bu une gorgée de thé.

– Comprends-moi bien, je n'approuve pas le vol, mais sa plus grosse erreur, c'était d'être pauvre et de ne pas avoir les moyens de se payer un avocat correct. Il y a des tas de gens qui se baladent librement dans la rue alors qu'ils devraient être en prison. Demande à mon ex-mari. Il est de ceux-là. On appelle ça les criminels en col blanc. Vole des milliards de dollars à une banque d'investissement, et tu es pratiquement un héros. On te met dans une prison ouverte et on te libère quelques semaines après pour bonne conduite. Les journaux t'achètent ton histoire. Des maisons d'édition te paient plusieurs millions pour que tu expliques pourquoi tu as fait ça dans un livre qui va devenir un best-seller. La criminalité en col bleu, c'est une autre affaire. Si tu es une mère célibataire qui vole dix livres sterling parce qu'elle n'a pas les moyens d'acheter une boîte de lait maternisé ou de payer sa redevance télé, on t'enferme et on jette la clé. Voilà la justice moderne.

Bien qu'elle semblât la soutenir, Casey avait pensé que Mrs Smith trouverait une excuse quelconque pour ne plus l'inviter chez elle. Mais leurs rendez-vous pour le goûter s'étaient poursuivis comme avant. La peine de prison de Roland Blue les avait rapprochées, au contraire, car Casey avait pu constater à cette occasion que Mrs Smith était une véritable amie.

Et maintenant, elle lui avait fait faux bond.

Elle frappa chez elle une troisième fois. La porte s'entrouvrit un tout petit peu avant d'être retenue par sa chaîne. Mrs Smith ne semblait pas disposée à la décrocher. Elle parcourut Casey du regard et remarqua son allure débraillée.

— Il est tard, Casey. J'ai bien peur de ne plus avoir l'énergie de recevoir une visite à cette heure-ci. Nous parlerons un autre jour.

Un chat roux passa le nez par l'ouverture et lâcha un miaulement aigu. Il semblait tout aussi mécontent.

Casey était éperdue.

– Je suis vraiment désolée, Mrs Smith. Si vous me laissez entrer, je vous expliquerai tout.

– Tu n'as pas besoin de t'expliquer, mais j'aurais apprécié que tu essaies de me faire passer un message. Ne te voyant pas venir, j'étais tellement inquiète que je suis allée au café. Une des serveuses m'a dit qu'une discothèque ouvrait à Hackney ce soir et que tu devais être là-bas, avec le reste de l'équipe. Ce n'est pas un problème. Tu es jeune. Tu as envie de t'amuser. Je ne t'en veux pas.

– Une *discothèque* ? Écoutez, je suis absolument désolée de ne pas être venue. Je m'en veux affreusement, mais ce n'est pas à cause d'une discothèque. Il y a eu un grave problème avec un cheval. J'étais tellement occupée à essayer de le sauver que tout le reste m'est sorti de la tête.

Il y eut un silence. Mrs Smith glissa par l'ouverture :

– Patchwork ?

– Non, pas Patchwork. Un cheval paniqué et affamé que mon père et moi avons sauvé de l'abattoir cet après-midi.

La chaîne fut retirée et la porte s'ouvrit à la volée.

– Entre, dit Mrs Smith, et raconte-moi tout. Ne néglige aucun détail. Tu devrais peut-être envoyer un SMS à ton père pour lui dire que tu es avec moi et que tu risques de rentrer très tard, mais que je te mettrai dans un taxi pour plus de sécurité. Bien. Tu sembles sur le point de défaillir. Puis-je te proposer de la quiche aux épinards et aux champignons ?

C'est ainsi que Casey se retrouva au club épique peu après minuit, à regarder Mrs Smith appliquer une pâte sur l'entaille que le cheval avait au flanc. Elle lui avait déjà fait avaler, bien malgré lui, un liquide marron qu'elle était passée prendre chez une amie en venant ici.

— D'après les symptômes que tu décris – fièvre, malnutrition, tremblements, faiblesse générale –, il n'a pas besoin de véto, il a besoin d'une des potions de Janet, avait-elle déclaré à Casey. Un peu de nourriture, de chaleur et de gentillesse, et ça ne m'étonnerait pas qu'il se rétablisse complètement.

— Qu'y a-t-il dans ces potions ? avait demandé Casey avec inquiétude quand Mrs Smith était ressortie d'un manoir en ruine des bas-fonds de Dalston avec une boîte en plastique d'où suintait une pâte blanche et trois grandes bouteilles de soda remplies d'une sorte de jus d'algue.

— Aucune idée, avait dit Mrs Smith. Ne t'en fais pas. Je connais plein de gens qui ont goûté aux mixtures de Janet : personne n'en est mort. En revanche, elles ont guéri beaucoup de monde.

— Mais elle connaît quelque chose aux chevaux ?

Mrs Smith n'avait pas répondu et ne semblait pas

non plus disposée à attendre le lendemain qu'un vétérinaire puisse l'examiner.

– Tu ne veux pas le perdre, j'imagine, avait-elle jeté d'un ton impassible avant de s'agenouiller pour étaler sur le cheval une grosse couverture écossaise qu'elle avait prise sur son lit. Et tu ne veux pas non plus payer une fortune à un toubib. C'est inutile quand on connaît des gens comme Janet.

Casey était trop épuisée pour protester. C'était un soulagement que quelqu'un prenne les choses en main et que ce quelqu'un soit Mrs Smith, qui lui donnait raison de vouloir sauver ce cheval et semblait certaine qu'il allait survivre.

Mrs Smith se leva. Le cheval avait résisté mollement quand elle lui avait fait ingérer le liquide nauséabond, puis s'était de nouveau effondré.

– OK, mon grand, laisse-moi te regarder.

Elle prit sa lampe électrique des mains de Casey et la promena lentement sur la silhouette de l'animal. Elle porta sa main à sa bouche.

– Oh mon Dieu. Oh mon Dieu.

– Quoi ? s'écria Casey. Quoi ?

– Regarde-le. Tu vois la forme de sa tête et la finesse de l'ossature ? C'est moins flagrant en ce moment, parce qu'il a les yeux enfoncés et qu'il a horriblement souffert de malnutrition, mais c'est un cheval de concours, ça. C'est évident.

Casey se pencha vers elle.

– Vous plaisantez ?

– Jamais été plus sérieuse de toute ma vie. Si ses genoux ont l'air cagneux, c'est juste parce qu'il est très amaigri. Regarde de plus près et tu verras qu'il a de beaux membres bien droits, une croupe joliment avalée[1] et des canons[2] courts – ce qui est une bonne chose. Son dos a la longueur idéale : ni trop long ni trop court. Personnellement, j'aime bien quand l'axe du pied prolonge l'axe du paturon[3], et ses paturons sont parfaits.

Elle rit.

– Je pourrais continuer. Rien que la largeur de sa poitrine prouve son pedigree. Il doit avoir un cœur et des poumons énormes. Il est fait pour la vitesse et l'endurance, il n'y a pas de doute. Il n'a plus que la peau sur les os en ce moment, il a perdu toute sa musculature, mais ça a dû être une bombe autrefois, tu peux en être certaine. S'il a vraiment fait de la course, je pense que c'est un pur-sang, à moins qu'il y ait un soupçon de quelque chose de plus lourd chez lui. Ou peut-être que c'est juste la signature génétique de Darley Arabian, un des grands étalons de légende qui sont à l'origine de la race des pur-sang anglais.

Casey n'en croyait pas ses oreilles.

– Vous en êtes sûre ? Il a l'air si…

1. Légèrement tombante.
2. Partie longue et fine de la jambe du cheval, comprise entre le genou (membres antérieurs) ou le jarret (membres postérieurs), et le boulet (zone arrondie de la jambe du cheval située entre le canon et le paturon).
3. Partie de la jambe du cheval qui correspond à la première phalange.

– Brisé ? Pitoyable ? Absolument. Dans son état actuel, il ne vaut pas le dollar que tu as payé pour l'acheter. C'est le plus mauvais cheval du monde. Il vaut à peine les frais à investir pour en faire de la nourriture pour chiens. Mais on peut changer ça, Casey. J'ai examiné ses dents quand je lui ai donné la potion de Janet. C'est un jeune cheval ; sauf erreur de ma part, il a à peine huit ans. S'il survit à cette nuit, ce qui n'a rien de garanti, il aura toute sa vie devant lui.

Elle se remit à genoux. Tendrement, elle caressa l'encolure du cheval.

– Tu as été conçu pour être un animal tout à fait exceptionnel, pas vrai ? Et tu vas le redevenir. Tu vas le redevenir.

6

Quand Casey arriva au club épique le lendemain matin, encore embrumée de sommeil, elle remarqua aussitôt que dans chaque box sauf un, une tête de cheval s'encadrait au-dessus de la porte.

Elle en eut les larmes aux yeux. Durant sa nuit agitée, hantée par des rêves fragmentés, elle s'était persuadée que le cheval allait survivre et qu'elle aurait une monture à elle, un ami. Mais elle ne voyait pas du tout comment trouver les moyens de l'entretenir, cet ami, et elle était sortie de l'appartement 414 sur la pointe des pieds avant que son père ne se réveille et lui pose la question. Elle savait seulement qu'elle tâcherait de lui donner tout l'amour et les soins nécessaires pour lui rendre la santé. Mais s'il était encore couché, ce serait terriblement mauvais signe. Ou bien il était mort, ou bien il n'en était pas loin.

Elle se mit à courir en maudissant Mrs Smith de lui avoir donné la mixture douteuse de Janet, et en se maudissant elle-même de l'avoir laissé tout seul.

Mrs Smith l'avait mise dans un taxi conduit par une femme qu'elles connaissaient bien, pour la voir au café, vers une heure et demie du matin, après avoir convaincu Casey qu'elle ne pourrait pas aider le cheval si elle attrapait une pneumonie. À cette heure-là, Casey avait l'impression d'avoir deux gigots d'agneau surgelés à la place des jambes ; elle n'avait donc pas pu s'empêcher d'acquiescer, d'autant que Mrs Smith lui avait promis de veiller sur lui jusqu'au matin.

– Mais… et vous ? avait-elle demandé, inquiète. Vous devez être épuisée. Et j'aurais peur que vous mouriez de froid.

– De froid ? Aucun risque. Shackleton aurait pu traverser l'Antarctique avec ce manteau. Pour ce qui est du sommeil perdu, j'aurai tout le temps de le rattraper quand je serai morte.

Casey était donc rentrée chez elle, abandonnant le cheval à son sort.

Au matin, en arrivant près de la porte de son box, elle s'arrêta ; elle ne trouvait pas le courage de s'approcher davantage.

Elle entendit alors des rires, et Mrs Smith apparut sur le seuil de la sellerie, suivie de près par Mrs Ridgeley.

– Je suppose que ce sont des larmes de joie, Casey ? lança-t-elle avec malice. Ça y est, tu lui as dit bonjour ?

– Je… Non. Je croyais… Je veux dire… Eh bien, j'avais peur…

Mrs Smith sourit.

– Je sais ce que tu as pensé. Passe donc la tête par-dessus sa porte pour voir par toi-même comment il va…

Casey hésita.

– Je te comprends, intervint Mrs Ridgeley. Quand je suis arrivée, à six heures, j'étais persuadée qu'il serait parti pour le grand paddock céleste. J'ai failli avoir une crise cardiaque quand je l'ai vu bouger. Vas-y, regarde.

Casey marcha vers la porte du box sur des jambes en plomb. Sa vue mit plusieurs secondes à s'habituer à la faible lumière qui régnait à l'intérieur et, dans l'intervalle, elle entendit un *pffffffou* si léger qu'elle pensa l'avoir imaginé. Puis elle le vit. Il était debout dans la pénombre, les oreilles tournées vers l'avant et la tête haute. Elle visualisa un instant la magnifique créature qu'il avait dû être autrefois, puis cette image fugitive se dissipa pour céder la place à la bête famélique qu'elle avait sauvée. Toutefois, il était debout et il avait de nouveau les yeux brillants. Il était encore très fragile, mais il n'était plus à l'article de la mort.

Voyant ses naseaux frémir, Casey crut que son cœur allait cesser de battre. Il était content de la voir. Ce cheval qui, quelques heures plus tôt, semblait prêt à tuer quiconque l'approcherait était content de la voir.

– Oh, merci, Mrs Smith ! Merci de l'avoir sauvé ! s'écria-t-elle sans détacher les yeux de l'animal, de peur qu'il disparaisse comme un mirage.

Mrs Smith s'esclaffa.

– C'est *toi* qui l'as sauvé, Casey. Je ne peux pas m'attribuer ce mérite. Toi et la boisson miracle de Janet. Les granulés ont fait le reste. Certes, j'ai pratiquement dû me mettre à genoux pour en mendier une poignée à cette vieille avare que voici.

Casey fut horrifiée. Durant les dix-huit mois qu'elle avait passés comme bénévole dans ce club hippique, personne, et encore moins une quasi-inconnue, n'avait jamais osé parler à Mrs Ridgeley d'une façon aussi irrespectueuse.

Stupéfaite, elle remarqua que Mrs Ridgeley avait une étincelle dans le regard quand elle rétorqua :

– Avec ce genre d'attitude, pas étonnant que tu aies tout le temps perdu des points en dressage, Angelica.

Devant l'air perplexe de Casey, elle expliqua :

– Il s'avère que ta Mrs Smith et moi avons participé à quelques concours communs, dans le temps. Nous avons connu les mêmes gens et nous avons eu le malheur de passer devant les mêmes juges. Tu te souviens de cet imbécile de Charles Smedley-Wallington ? C'était quelque chose, celui-là.

– Si je m'en souviens ! répondit Mrs Smith. Il ne faisait pas la différence entre un piaffer et Édith Piaf.

Là-dessus, elles éclatèrent de rire une fois de plus.

Casey ne comprenait pas du tout de quoi elles parlaient, et elle était surprise d'apprendre que son amie avait pratiqué le dressage de haut niveau. C'était la première fois qu'elle y faisait la moindre allusion.

– Bon, je dois filer, dit Mrs Ridgeley. Je ne peux pas me permettre de rester là à papoter toute la journée. À propos de notre discussion d'hier soir, Casey, je suis prête à te laisser garder ton cheval ici à l'essai, pour un mois renouvelable, à condition que tu en assumes l'entière responsabilité. C'est *toi* qui le panses, c'est *toi* qui le nourris, c'est *toi* qui paies pour lui. S'il perturbe la vie de mon club, me coûte de l'argent ou pose le moindre problème, vous ficherez le camp tous les deux sur-le-champ. Compris ?

Casey s'efforça de garder son sérieux, mais elle ne put réprimer un large sourire.

– Compris.

– Inutile de faire la fière. Oui, tu avais raison à son sujet et j'avais tort, mais ce n'est pas la peine de prendre la grosse tête. Tu as jusqu'à quinze heures, jusqu'au retour de Moth et de ses ânes, pour dégager dix ans de bazar de la remise. Je n'ose pas imaginer combien de rats et d'araignées ont élu domicile là-dedans.

– Merci, Mrs Ridgeley. Je vous dois une fière chandelle.

– Ne me force pas à le regretter, l'avertit la directrice. Et, Casey…

– Oui ?

– Je suis contente de voir que tu as trouvé quelqu'un de sensé pour défendre ta cause, pour une fois.

Elle fit un clin d'œil à Mrs Smith.

– … Pourvu que ça dure. Et n'oublie pas de me

commander quelques bouteilles de la potion magique de Janet, Angelica. Je vais peut-être me mettre à en boire moi-même.

Elle s'éloigna en gloussant.

– Charles Smedley-Wallington… Quel abruti !

– Une femme bien, commenta Mrs Smith d'un ton songeur quand elles furent seules. Directe et pleine de bon sens. Elle me plaît.

Elle ouvrit le verrou de la porte du box.

– Je n'ai pas encore essayé de lui remettre un licol, Casey, mais je pense que nous devrions l'habituer à la longe le plus tôt possible.

– Du dressage ? lança Casey, ébahie. Pourquoi n'en avez-vous jamais parlé ?

Mrs Smith lui tendit un licol.

– Il n'y avait rien à dire. Je m'y suis un peu essayée, mais je n'ai rien fait qui mérite d'être mentionné. Bien, tu vas lui mettre ce licol, ou tu veux que je m'en charge ?

Curieusement, Casey était mille fois plus nerveuse que la veille, lorsque le cheval était fou furieux et que personne ne lui aurait reproché de filer dans la direction opposée en criant. Elle s'approcha timidement de lui. Quand il vit le licol, il coucha les oreilles en arrière et fit un pas de côté en secouant sa crinière avec colère. Encore plus stressée, elle s'avança tout doucement. Il montra le blanc des yeux et fit mine de la mordre. À la troisième tentative, il tourna l'arrière-train vers elle dans un mouvement menaçant.

Casey battit en retraite. Elle revit une image de la veille : le type de l'abattoir qui se tenait la jambe, plié de douleur, après avoir reçu un coup de pied.

– J'ai toujours trouvé la lecture utile dans ce genre de situations, observa Mrs Smith. Il y a un livre dans les parages ? Quelque chose de bien, de palpitant.

– Pardon ?

Casey n'arrivait pas à croire qu'elle puisse penser à lire dans un moment pareil.

– Un livre. Aurais-tu la gentillesse de me trouver un roman quelconque ?

S'il s'était agi de quelqu'un d'autre, Casey aurait tout simplement refusé, mais Mrs Smith venait de passer une des nuits les plus froides de l'année à veiller sur son cheval, à qui elle avait sans doute sauvé la vie. Cela lui donnait droit à tout ce que Casey aurait la possibilité de lui fournir.

La jeune fille sortit dans la cour du club et revint avec un exemplaire corné de *Dracula* prêté par Gillian.

Mrs Smith haussa un sourcil.

– Excellent. Maintenant, je te suggère de t'asseoir dans un coin du box et de lire.

– De *lire* ?

– Bientôt, il va devenir curieux. Il va tourner une oreille dans ta direction et peut-être faire un pas vers toi. Fais le contraire. S'il s'approche, éloigne-toi de lui. Vois ça comme une sorte de danse. Laisse la porte du box ouverte pour qu'il ne se sente pas à l'étroit. Maintenant, je file boire un thé bien mérité.

– Mais…

Casey ne trouvait plus ses mots.

– Une dernière chose : ne le regarde pas dans les yeux. Pas tout de suite. Garde les yeux baissés quelques heures ou même quelques jours. Il a clairement été martyrisé et battu pendant des années, et hier encore, il était conduit à l'abattoir pour y être tué. Il est fondamental qu'il se sente en sécurité avec nous et que toi, sa nouvelle maîtresse, tu l'approches avec humilité, comme une amie.

Là-dessus, elle laissa Casey seule avec le cheval et les rafales de vent d'hiver. Ne sachant quoi faire d'autre, la jeune fille s'assit en tailleur par terre dans le box, le plus loin possible du cheval. Elle ouvrit le livre en lui présentant ses excuses.

– Désolée. Je suis sûre qu'après la nuit que tu viens de passer et la vie que tu as menée, c'est la dernière chose que tu veuilles entendre. Ça va probablement confirmer tes pires soupçons au sujet des êtres humains. Mais c'est le seul livre que j'aie trouvé. En vérité, il est assez palpitant. Attends, je vais t'en lire un passage…

Quand Mrs Smith revint, Casey était appuyée contre la porte du box et lisait à haute voix :

– « Il s'inclina avec courtoisie pour répondre : "Je suis Dracula et je vous souhaite la bienvenue chez moi, Mr Harker. Entrez, il fait froid, cette nuit, et vous devez avoir besoin de manger et de vous reposer." »

Le cheval se tenait toujours à distance, mais il lui

faisait face, les oreilles tournées vers l'avant. Durant l'heure qui venait de s'écouler, il avait fait plusieurs pas dans sa direction et chaque fois, elle s'était éloignée.

– Ça a marché, lança Casey sans pouvoir dissimuler son excitation. Tout s'est passé exactement comme vous l'avez prédit. Chaque fois que je m'éloignais, ses oreilles tournicotaient d'un air hésitant pendant un moment, et puis au bout du compte, il ne pouvait pas se retenir. Il avait besoin de comprendre ce que je complotais. Qu'est-ce qu'on fait, maintenant ? Je réessaie de lui mettre le licol ?

Mrs Smith sourit.

– Si tu veux mon avis, non, il ne vaut mieux pas. Pas tout de suite. Laisse-le sur sa faim ; laisse-le sur cette impression de sécurité. Va ranger la remise, comme Mrs Ridgeley te l'a suggéré, et reviens le voir plus tard. Tu devras peut-être continuer à lui faire la lecture et à reculer pendant des jours pour qu'il prenne encore plus d'assurance. Essaie seulement de lui mettre le licol quand tu seras certaine qu'il est prêt. Ne laisse personne te bousculer. Au pire, les ânes de Mr Moth devront passer quelques nuits dans la remise. Je suis sûre qu'ils s'en remettront.

Elle fouilla dans sa poche.

– Voici un paquet de Polo. Tu n'as qu'à lui en offrir un pour le remercier d'avoir si bien travaillé.

Casey éprouva une immense allégresse quand le cheval, après une hésitation, tendit son cou grêle et attrapa le bonbon qu'elle lui tendait dans sa paume. C'était comme si elle avait gagné à la loterie.

– Il a un nom ? demanda Mrs Smith en entrant dans le box.

– Cyclone d'Argent, lui dit Casey. Mais ça ne lui va pas et je pense qu'il lui en faudrait un nouveau de toute façon. Ce nom appartient à son horrible passé, j'aimerais autant qu'il y reste.

– Tu as bien raison. Quel nom ridicule, Cyclone d'Argent ! Avec un nom pareil, il refuserait sans doute de courir, par principe. Qu'est-ce que tu voudrais à la place ? Je crois beaucoup à l'importance des noms. Le nom d'une personne ou d'un animal peut changer le cours de son destin. Trouves-en un dont il sera fier.

Casey haussa les épaules.

– Je me suis creusé la tête, mais je ne trouve rien. Tous les noms qui me sont venus à l'esprit sont trop ringards ou trop sophistiqués.

– Hier, d'après ta description, j'imaginais une force de la nature, dit Mrs Smith. Je pense que lorsqu'il sera sur pied, il retrouvera sa puissance.

Elle caressa le flanc du cheval. Il coucha les oreilles en arrière et frémit, nerveux, sans toutefois s'éloigner.

– Je vais te montrer quelque chose d'intéressant. J'ai remarqué ça cette nuit, en soignant sa blessure.

Casey la regarda écarter la crinière gris terne du cheval. En dessous, il y avait une couche de poil gris foncé.

– Ce qui m'a frappée, continua Mrs Smith, même si

sa robe est plus foncée que tes yeux, c'est qu'elle a le même aspect. On dirait l'arrivée d'une perturbation, comme ils disent à la météo.

Casey sourit.

– Comme un ciel d'orage ?

À peine ces mots furent-ils sortis de sa bouche qu'elle comprit : elle avait trouvé.

Mrs Smith frappa dans ses mains.

– Exactement !

Ce fut donc Ciel d'Orage. Ce nom s'était imposé dès qu'elle l'avait prononcé. On aurait dit que le destin mentionné par Mrs Smith avait fait irruption dans le box pour les envelopper, elles et le cheval qu'elles venaient de baptiser, effaçant ainsi le passé. L'avenir s'ouvrait devant eux, imprévisible et incertain.

7

Les fleurs sauvages qui s'épanouissaient au printemps dans le terrain vague pollué étaient sorties de terre quand Casey tenta enfin de monter Ciel, comme on l'appelait désormais. Pendant longtemps, cette idée ne l'avait même pas effleurée ; elle était bien trop occupée à le soigner. Sur le plan physique, cela se passait bien. Rien n'était plus gratifiant que de voir son corps squelettique s'étoffer millimètre par millimètre. En revanche, gagner sa confiance était un processus d'une lenteur éprouvante. Pour chaque pas en avant, ils avaient fait plusieurs pas en arrière.

Pourtant, Casey ne ménageait pas sa peine. Ces trois derniers mois, elle l'avait pansé, nourri et fait travailler en longe dans la carrière tous les jours, avant et après le lycée. Rien de tout cela n'avait été une corvée pour elle. Chaque moment passé avec lui était un plaisir. Casey avait rêvé toute sa vie d'avoir un cheval à elle, sans imaginer un seul instant que son vœu puisse être exaucé un jour. À présent, elle avait un cheval qui la regardait avec des yeux toujours méfiants, mais de plus en plus bienveillants. Un cheval dont l'allure piteuse, presque repoussante, cachait un esprit indomptable. Un cheval capricieux qui avait besoin d'elle, qui dépendait totalement d'elle.

Ce dernier point lui faisait peur. Le contenu chèrement gagné de sa tirelire, ajouté à son maigre salaire du Tea Garden, avait fourni à Ciel ses granulés et sa dose hebdomadaire de la potion vitaminée de Janet, mais il ne restait pas un sou en cas d'urgence. Et avec un cheval comme Ciel d'Orage, c'était un risque important.

Dès le début, des incidents préoccupants étaient survenus. Les grands bruits le rendaient fou. Pour commencer, il avait cassé un portail quand une voiture de police était passée dans Hope Lane, toutes sirènes hurlantes. Casey avait dû solliciter tous les employés et la moitié des clients du club pour empêcher Mrs Ridgeley de s'approcher du portail avant que Roland Blue, qui quittait son travail à dix-sept heures trente, ait pu venir le réparer.

La tendance de Ciel à exploser sans prévenir, c'était une chose. Mais sa haine des gens était bien plus alarmante. À l'exception de Casey et de Mrs Smith, avec qui il était tout à fait courtois, il tolérait bien peu de monde. Gillian et Hermione étaient formidables avec les chevaux, mais il avait fallu six semaines pour que Ciel supporte qu'elles le caressent au passage, et encore, avec mauvaise grâce. Il traitait Andrew, que Casey soupçonnait d'avoir secrètement peur des chevaux, avec une indifférence presque humaine. Et sa bonne volonté s'arrêtait là. Les cavaliers du club épique savaient qu'il fallait faire un grand détour pour l'éviter, car il couchait les oreilles en arrière, claquait des dents ou montrait le blanc des yeux s'ils s'approchaient de la porte de la remise, ses nouveaux quartiers.

Un jour, alors que Casey le rinçait au jet d'eau, Jin, une jeune Chinoise de seize ans qui faisait sa première semaine de bénévolat au club, commit l'erreur de surgir brusquement de l'obscurité et de lui tapoter la croupe. D'une ruade, il l'envoya à l'autre bout de la rangée de box. Par chance, ses sabots avaient heurté la poche de son manteau, où elle avait rangé des gants et un magazine d'équitation. Ce rembourrage avait amorti le choc, mais elle avait boité pendant plusieurs semaines après l'incident.

Par un heureux hasard, Jin, une fille menue, portant des lunettes en cul-de-bouteille, un appareil dentaire et une queue-de-cheval, était une passionnée de chevaux, comme Casey, et jugeait que c'était sa faute, et non celle de Ciel ; elle n'était donc pas allée se plaindre auprès de Mrs Ridgeley. Mais Casey savait que cela aurait pu avoir de graves conséquences.

Quand Ciel était arrivé, ses pieds étaient dans un état épouvantable, et il refusait de laisser Casey y toucher. C'est Mrs Smith qui lui avait conseillé de se servir d'un plumeau pour l'habituer à ce qu'on touche ses jambes. Après quelques jours de ce régime, il levait gentiment le pied dès que Casey passait un doigt sur ses boulets.

Malheureusement, quand le maréchal-ferrant était venu s'occuper des chevaux du club, Ciel s'était comporté comme un mustang sauvage. L'homme avait refusé de le ferrer.

— Mais vous avez sûrement des techniques pour calmer les chevaux difficiles, avait protesté Casey.

— Sûr. J'les évite.

Elle avait été obligée de le supplier pour le convaincre de lui donner des instructions, bien à l'abri derrière la porte, pendant qu'elle rognait et limait elle-même les sabots de Ciel. Le ferrer, naturellement, c'était impossible.

Rien de tout cela n'émoussa ses sentiments pour Ciel. Après l'avoir sauvé de l'abattoir, elle était tombée désespérément et irrévocablement amoureuse de lui en quelques heures. Rien n'avait pu changer cela depuis. Bien au contraire. La flamme d'orgueil qui continuait de brûler chez Ciel, malgré tout ce qu'on lui avait fait subir, était justement ce qu'elle adorait le plus chez lui.

L'idée de le monter ne vint pas d'un désir égoïste, mais d'une remarque de Mrs Smith, selon laquelle, enfermé dans son box toute la journée, il avait besoin de bien plus d'exercice que Casey ne pouvait lui en donner en le faisant trotter en longe dans la carrière.

— Il est comme un bâton de dynamite qu'on vient

d'allumer, avait-elle dit à Casey. Si tu ne canalises pas cette énergie vers quelque chose de positif, elle va se manifester de façon négative. Il est largement assez robuste pour te porter, maintenant, et ça lui remontera le moral de pouvoir travailler au manège tous les jours.

Casey s'était demandé pour la énième fois comment une femme qui n'avait « rien fait qui mérite d'être mentionné » en dressage puisse en savoir autant sur la façon dont pensent les chevaux.

– Un conseil ? demanda Casey, le soir où elle mena Ciel vers le montoir.

Le dernier client de la journée était parti, et tout était calme au club épique. Un coucher de soleil couleur abricot brillait au-dessus des toits irréguliers de la rangée de box délabrés.

C'était le premier samedi des vacances de Pâques. Le rendez-vous de Casey avec Mrs Smith pour le goûter avait, d'un commun accord, été transféré au club hippique. Une fois par semaine, elles pique-niquaient sur une couverture dans le box de Ciel : elles buvaient du café tiré d'une Thermos, mangeaient des sablés et partageaient des morceaux de sucre avec le cheval. Pour Casey, c'était l'occasion de montrer fièrement les progrès de Ciel. Elle n'aurait su dire quel intérêt Mrs Smith y trouvait, même si elle semblait rarement aussi heureuse qu'en compagnie de chevaux.

Jin, l'autre bénévole devenue l'amie de Casey, s'était

jointe à elles une fois ou deux. La jeune Chinoise était une grande admiratrice de Ciel et comptait parmi les rares personnes que le cheval avait appris à tolérer. Comme Casey, elle était très timide et parlait peu, mais il était clair qu'elle adorait Ciel. Ce qui avait largement suffi à Casey pour la prendre en affection. À part Mrs Smith, Jin était la seule autre personne à qui elle aurait pu confier le pansage de Ciel en son absence. Et puis c'était amusant d'écouter Jin et Mrs Smith échanger des opinions occultes sur les plantes et le bouddhisme zen, dont elles discutaient en des termes sibyllins.

— À mains douces, pensées paisibles, répondit Mrs Smith à présent. S'il s'échauffe et s'agite, ne fais pas monter son taux d'adrénaline. Imagine une promenade tranquille au milieu des murmures d'une pinède et des gargouillis d'un ruisseau, pendant que des plumes flottent doucement vers le sol.

Casey rassembla les rênes dans une main.

— Tu entends, Ciel ? Pas d'explosion. Tu n'as droit qu'aux murmures d'une pinède pour ton prochain numéro.

Malgré sa désinvolture apparente, elle avait les mains moites. Elle n'avait pas dormi de la nuit, imaginant que Ciel devenait fou furieux et la jetait à terre si violemment qu'elle devait quitter le club épique en ambulance.

Prudemment, elle mit un pied à l'étrier. Ciel coucha les oreilles en arrière et s'éloigna. Pareil la deuxième fois mais, au troisième essai, elle parvint à se mettre en selle sans difficulté. Dès qu'il sentit son poids sur son dos, il se mit à danser d'un pied sur l'autre et à mordiller le mors. Contrairement à Patchwork, il était excité. Impatient de se mettre en marche. Vivant. Une fois perchée sur sa monture, avec son mètre soixante-dix au garrot, le sol lui parut loin. Mrs Smith ouvrit le portail, et le cheval et sa cavalière entrèrent dignement dans la carrière, comme s'ils avaient fait ça toute leur vie.

Casey avait passé des semaines à préparer ce moment, nouant d'abord une bande lâche autour de Ciel pour lui rappeler la sensation de la sangle, avant d'essayer avec un tapis de selle et un surfaix[1]. Enfin, elle lui avait mis une vieille selle et un vieux filet du club. « Le temps, l'amour et la patience qu'on s'est consacrés ont porté leurs fruits… », songea-t-elle.

Son trac s'atténua et son sourire s'élargit.

– Il vaut sans doute mieux que tu ne dépasses pas le trot, la prévint Mrs Smith. Que tu tâtes le terrain.

Mais Casey était sur un petit nuage. Elle était sur son cheval. Son cheval à elle. Personne ne pouvait lui dire quoi faire.

Ce premier tour sur le dos de Ciel fut inoubliable. Elle se serait crue assise sur un lance-fusée. Il avait les oreilles tournées vers l'avant et l'encolure arquée. Il était osseux, hirsute et rouillé, mais il avait un port

1. Sangle servant à maintenir une couverture sur le dos d'un cheval.

altier. Quand ils passèrent au trot, il rua une fois ou deux et, pour la première fois, elle devina la puissance qui ne demandait qu'à renaître en lui. Pour Casey, qui avait pris dix cours d'équitation en tout dans sa vie – sans compter les conseils glanés par-ci par-là auprès de Gillian, Hermione et Andrew –, c'était un bonheur total de monter un cheval si énergique. Surtout après ceux du club, apathiques et récalcitrants.

– Il bouge bien, commenta Mrs Smith, même s'il n'a aucun tonus musculaire. Ça n'a rien d'étonnant, mais tout de même. Il se tient de guingois et il est paresseux. Et puis il a un peu de ventre.

Casey se sentit insultée au nom de Ciel.

– *Paresseux !* Si je le laissais rênes libres, il serait presque arrivé à Victoria Park, maintenant.

– Il y a plus d'une façon de ne pas se fatiguer, dit Mrs Smith, perchée comme une *cowgirl* sur la barrière de la carrière. Il repose de tout son poids sur les antérieurs, il oublie complètement l'arrière-train. Il est évident qu'il s'est habitué à ne pas réfléchir et qu'il est aussi paresseux mentalement. Ce n'est pas grave. Tout ce que je veux que tu fasses, pour le moment, c'est lui dégourdir les jambes et le réhabituer à être monté.

Mais Casey n'écoutait plus. Elle voulait prouver que Ciel était le contraire d'un paresseux. Elle voulait s'abandonner à son propre goût pour la vitesse. Oubliant que c'était un ancien cheval de course, elle le talonna.

Il partit au grand galop. Ils firent le tour de la carrière comme une fusée, allant de plus en plus vite à chaque passage. Mrs Smith et les têtes des autres chevaux qui s'encadraient au-dessus des portes de leurs box ne formaient plus qu'une tache floue. Casey se répéta : « Mains douces, ruisseaux qui gargouillent, plumes flottantes. » Voyant que cela ne marchait pas, elle tira désespérément sur les rênes. Mrs Smith criait quelque chose, mais le vent sifflait aux oreilles de Casey et elle n'en comprit pas un seul mot.

Il est difficile de dire ce qui se serait passé si l'alarme anti-incendie ne s'était pas déclenchée dans l'appartement qu'occupait Mrs Ridgeley au-dessus du bureau. Peut-être que Casey aurait progressivement repris le contrôle de Ciel et, au fil des mois, en aurait fait un cheval sans risque, amusant à monter. Ils auraient peut-être passé de longues heures de bonheur à travailler au manège du club épique et à sauter une barre de temps en temps. Ils auraient pu vieillir ensemble, le cheval adoré et sa cavalière qui méditait sur les forêts de pins et les ruisseaux de montagne.

Mais Casey heurta le sol la tête la première et resta allongée, le souffle coupé. Elle vit en contre-plongée Ciel foncer à une allure folle vers la barrière. Sur son chemin, se dressait un tas désordonné de matériel de saut d'obstacles. Et de l'autre côté, un grand abreuvoir en béton.

– *Non !* hurla Casey – mais aucun son ne sortit de sa bouche.

Dans le crépuscule violet, Ciel semblait presque noir. Sa longue crinière volait au vent. Les oreilles dressées vers l'avant, il s'élança dans les airs et passa loin au-dessus de la barrière et de l'abreuvoir. Il atterrit sans peine et bifurqua vers la cour du club.

Mrs Smith se précipita vers la jeune fille.

– Casey ! Oh, ma chérie, ça va ?

Casey se releva, étourdie. L'image du saut de Ciel était encore imprimée sur ses rétines.

– Je… Ça va. Ça va même plus que bien. Oh, Mrs Smith, vous avez vu Ciel s'envoler ? Il est extraordinaire, non ? On aurait dit un cheval de feu ; un cheval ailé. Un cheval comme ça peut sauter n'importe quel obstacle au monde. Un cheval comme ça pourrait gagner à Badminton.

8

– Non, dit Mrs Smith. N.O.N. Je suis déjà passée
par là et je n'ai aucune envie de remettre un haut-de-
forme et une queue-de-pie un jour. Demande à Penelope Ridgeley ou à une des monitrices. Cette Gillian
semble être une cavalière très compétente. De toute
façon, ce que je sais sur les concours hippiques pourrait tenir sur un timbre-poste.

– Mais vous vous y connaissez en dressage, insista
Casey. Il y a trois disciplines équestres dans les
concours complets. Si je n'arrive pas à impressionner
les juges au dressage, le talent de Ciel pour le cross ou
le saut d'obstacles n'aura pas d'importance. Et puis je
n'ai pas les moyens de me payer des cours avec Gillian
ou Mrs Ridgeley.

Mrs Smith lança pour la taquiner :

– Ah, alors tu veux que je t'entraîne gratuitement ?

Elle se mit à déballer les *fish and chips* qu'elles
avaient achetés pour leur dîner du samedi, après
avoir décidé que les événements de l'après-midi leur

avaient donné une fringale que des sablés ne suffiraient pas à satisfaire.

Casey rougit.

– Pas gratuitement. Je partagerais mes gains avec vous.

– Quoi, d'ici cinq, six ou sept ans ? C'est le temps qu'il faut pour préparer un cheval et son cavalier aux concours d'équitation de haut niveau. Sans parler du coût. Et si tu es sérieuse au sujet de Badminton, tu ne peux pas concourir avec n'importe quel cheval.

Casey tendit le bras devant Mrs Smith pour chiper une frite arrosée de sel et de vinaigre.

– Ciel *est* le bon cheval. Vous le savez.

– Je sais que c'est un cheval qui a subi des traumatismes inimaginables. Je sais qu'il y a trois mois il était pratiquement sauvage et que, même si tu as fait des progrès remarquables avec lui, c'est une monture que l'on ne maîtrise pas encore et qui est donc potentiellement dangereuse. Je sais aussi que les chevaux ont l'instinct de fuite et que même un poney shetland boiteux est capable de semer un tank de l'armée s'il veut échapper à quelque chose qui l'effraie. Ciel n'a fait qu'obéir à une impulsion naturelle.

– Peut-être, mais il a été éblouissant ! s'obstina Casey. S'il est capable de sauter une barrière d'un mètre cinquante sans entraînement, alors qu'il est mal en point et loin d'avoir retrouvé toute sa vigueur, imaginez ce qu'il pourrait faire, une fois remis sur pied et bien dressé !

Mrs Smith lui tendit une assiette avec un sourire.

– Je te laisse rêver, Casey. Maintenant, n'en parlons plus. Et si nous regardions un vieux film pour accompagner notre dîner ?

Toutes les frustrations de l'année qui venait de s'écouler, tous les échecs et les coups durs refirent surface en même temps. Casey posa bruyamment son assiette sur le plan de travail.

– C'est tout ? Pas d'explication ? Si vous ne voulez pas me donner de cours, très bien. Je le respecte totalement. Mais au moins, dites-moi pourquoi. Vous et papa, vous me dites tout le temps de poursuivre mes rêves et de ne pas me contenter d'une vie où je devrai m'échiner dans un boulot que je déteste, mais quand vous avez l'occasion de m'aider à le faire, vous me tournez le dos.

– Ce n'est pas si simple, Casey.

– Pourquoi pas ? demanda la jeune fille, bouleversée, d'un ton impérieux. Je croyais que nous étions amies. Pourquoi votre passé équestre est-il si secret ? Pourquoi tant de mystères ? Vous avez fait une mauvaise chute et vous avez perdu confiance ? C'est ça ? Vous avez essayé de vous qualifier pour le dressage, mais vous avez échoué et laissé tomber, et maintenant vous êtes aigrie ? Ou bien est-ce que les beaux chevaux et les rosettes, c'était juste une histoire que vous avez inventée pour me divertir ? Ça n'a jamais eu lieu ?

Mrs Smith reposa délicatement son assiette sur le plan de travail. On dit que les yeux sont les fenêtres de l'âme, et ce que Casey adorait chez ceux de son amie, c'était leur côté pétillant et vif, leur touche de malice. Mais son regard avait changé, il semblait tourmenté.

Casey eut honte. Pourquoi avait-elle dit des choses aussi odieuses ? Elle aurait fait n'importe quoi pour ravaler ses paroles maladroites. Mais l'accusation restait en suspens dans l'air, irréparable. *Ça n'a jamais eu lieu ?*

– Pas de cette façon, non, répondit calmement Mrs Smith. Tu te trompes du tout au tout. Cela m'attriste que tu puisses voir les choses ainsi, mais je t'ai laissée dans l'ignorance, je ne peux m'en prendre qu'à moi-même. Je n'aurais jamais dû me laisser convaincre d'essayer de sauver Ciel. Ça a rallumé quelque chose en moi, réveillé des souvenirs que j'ai passé des décennies à m'efforcer d'oublier.

Elle inspira à fond.

– Mais tu as raison sur un point : je te dois une explication. C'est une longue histoire, alors avant de commencer, je vais devoir insister pour qu'on mange notre délicieux dîner. J'ai horreur du gâchis.

Casey se sentait prête à exploser, après avoir englouti ses *fish and chips* et le meilleur crumble aux pommes et à la crème qu'elle ait jamais mangé, quand Mrs Smith consentit enfin à ouvrir le coffre en bois qui servait de table basse. Son contenu, dit-elle, expliquerait tout.

Dès qu'elle eut sorti le premier objet, une photo, Casey comprit que pour chaque réponse, elle aurait six nouvelles questions à poser. La photo montrait Mrs Smith, jeune et très belle, sur un magnifique étalon bai foncé. Arborant une impeccable tenue de dressage – chapeau haut de forme, queue-de-pie et culotte d'équitation blanche –, elle se baissait pour serrer la main d'un membre de la famille royale avec un grand sourire.

Casey s'étrangla.

– Vous avez fini deuxième aux championnats d'Europe. C'est incroyable.

Mrs Smith ne répondit pas. Elle était en train de déballer plusieurs grands trophées, dont l'argent s'était terni avec l'âge. Ils furent suivis d'une brassée de rosettes et de certificats, puis d'un album de photos d'elle en train de participer à divers championnats sur son étalon bai, devant un public subjugué.

Casey n'en revenait pas.

– Je ne comprends pas. Pourquoi ne m'avez-vous jamais parlé de tout ça ? Si j'avais connu un succès pareil, je le crierais sur tous les toits.

Mrs Smith cessa de farfouiller dans le coffre et, d'un geste las, se passa une main poussiéreuse sur le front.

– Tu ne vois que la gloire ; tu ne sais pas comment l'histoire se termine.

Casey ne dit rien. Elle ne pouvait guère le nier. Depuis le début de leur amitié, elle n'avait glané sur la vie de Mrs Smith que de vagues bribes de sa jeunesse. Les derniers chapitres avaient fait l'objet d'un récit incomplet, ébauché à coups d'allusions obscures que Casey n'avait pas relevées, pensant qu'elles devaient beaucoup à l'imagination de son amie.

Ce qu'elle savait, en revanche, c'était que la mère de Mrs Smith était morte en couches et que, comme Casey, Angelica avait été élevée par son père adoré. Elle aussi avait été une grande passionnée de chevaux. Mais les ressemblances s'arrêtaient là.

Contrairement à Casey, Mrs Smith était née avec une cuillère en argent dans la bouche. Son père fortuné possédait une propriété dans le Gloucestershire assortie d'une forêt privée. Angelica avait connu une enfance privilégiée avec des séjours au ski, des garden-parties fréquentées par la haute société et une écurie pleine de chevaux. Elle était restée évasive au sujet de ses chevaux, disant seulement qu'on lui avait donné trop et trop tôt.

— Ce n'est jamais une bonne chose, ma chérie, avait-elle confié.

Son père était mort lorsqu'elle avait vingt-cinq ans et lui avait légué tous ses biens. Ce qui s'était révélé un cadeau empoisonné. Derrière la façade mirifique se cachaient des années d'investissements imprudents. Les dettes et les droits de succession l'avaient forcée à vendre sur-le-champ la propriété et les chevaux. Il lui était resté tout juste de quoi s'acheter une modeste maison dans les environs. C'est là qu'elle avait vécu jusqu'à ce que le fringant Robert lui fasse perdre la tête, un an plus tard.

Mrs Smith referma le coffre et vint s'asseoir à côté de Casey sur le canapé. Elle avait les mains serrées l'une contre l'autre, comme si elle priait.

– Ce que je ne t'ai pas dit, c'est que lorsque la propriété a été vendue, j'ai gardé le cheval de concours de neuf ans que je formais au dressage depuis cinq ans. Tu connais l'expression « à couper le souffle » ? Eh bien, Insouciant en était l'incarnation. C'était un étalon hanovrien. C'était et ça reste le grand amour de ma vie.

Elle eut un petit rire sec.

– Un peu comme Ciel, il était passablement rétif. La première fois que je l'ai vu, dans une vente aux enchères, il avait quatre ans. Sans raison apparente, il est devenu fou, tout d'un coup, et il a jeté au sol le cavalier qui faisait la démonstration de ses qualités. On comprend que mon père se soit montré réticent à l'idée de m'acheter un cheval pareil, mais j'avais déjà craqué pour lui. Son esprit indomptable me séduisait. Et j'étais très têtue à cette époque-là…

– À cette époque-*là* ? releva Casey avec malice.

Mrs Smith sourit.

– D'accord, je l'admets. Je le suis toujours. Quoi qu'il en soit, dès le jour où Insouciant est arrivé, ça a tout de suite collé entre nous. On pourrait dire que nous étions des âmes sœurs. Durant toute sa vie, il a été difficile, imprévisible et presque violent avec les étrangers et les palefreniers qu'il ne connaissait pas, mais avec moi et mon entraîneur allemand, Nikolaus, le grand manitou du monde du dressage, il était doux comme un agneau. Nous faisions équipe. Et surtout, nous étions amis. Dans les concours de dressage, nous sommes devenus un duo imbattable. Insouciant aimait parader. Plus la foule était nombreuse, plus il était brillant. Le monter quand il était au mieux de sa forme, c'était comme monter une créature mythique. J'étais jeune et ambitieuse. Je ne voyais pas de limites à ce que nous pourrions accomplir.

Elle baissa les yeux.

– J'avais des œillères. C'est ce qui a causé ma perte.

Casey était suspendue à ses lèvres.

– Que s'est-il passé ? Qu'est-ce qui est allé de travers ?

– Accaparée par tous ces championnats et tous ces déplacements, j'avais laissé mes affaires entre les mains de mon mari, Robert. Des rumeurs avaient dit qu'il jouait, buvait et collectionnait les conquêtes avant notre mariage, mais j'avais choisi de les ignorer. Quand je me suis réveillée, il était trop tard. Insouciant et moi avions été sélectionnés pour représenter la Grande-Bretagne aux Jeux olympiques et je n'avais prêté attention à rien d'autre.

– Vous… ? Vous avez participé aux… ? Waouh ! WAOUH !

Bouche bée, Casey regardait son amie avec fascination.

– Je n'ai pas dit que j'avais participé aux Jeux olympiques, j'ai dit que j'y avais été invitée. Il y a une grosse différence.

– Mais…

Après un silence, Mrs Smith reprit la parole ; elle avait la voix rauque.

– Un mois avant la date où l'équipe d'équitation de Grande-Bretagne devait partir pour les Jeux, Robert m'a tout avoué. Sans me le dire, il avait remis la maison et Insouciant en nantissement pour couvrir ses dettes de jeu. Il avait tout risqué sur un dernier coup de dés, et il avait perdu. Je lui avais donné une procuration sur mes biens financiers pour qu'il puisse gérer mes affaires en mon absence. Je n'ai rien pu faire.

Casey était horrifiée.

– Insouciant vous a été enlevé ?

– Oui. Un jour affreux, inoubliable, j'ai perdu ma maison, le cheval que j'aimais plus que tout au monde, et mon rêve olympique. J'ai également perdu mon mari, mais ça, c'était aussi bien. S'il ne s'était pas terré je ne sais où, j'aurais pu le tuer. Pour couronner le tout, Insouciant a été vendu à mon plus grand rival, un homme qui avait la réputation d'employer des méthodes brutales pour atteindre ses objectifs avec les chevaux.

– Il n'y avait aucun moyen de le convaincre de vous revendre votre cheval ?

– Crois-moi, j'ai tout essayé. Malheureusement, Robert m'avait pratiquement mise en faillite. Nikolaus a proposé de me prêter l'argent, mais cet homme a refusé de se séparer d'Insouciant quelle que soit la somme proposée. Il avait bien conscience du fabuleux potentiel de l'étalon. Malheureusement, ses palefreniers n'étaient pas aussi perspicaces. Un mois après le transfert d'Insouciant vers leur écurie, il a attrapé la colique. Il est mort dans d'affreuses souffrances.

« Pendant un moment, j'ai eu le sentiment que la vie ne méritait pas d'être vécue. Oh, les gens ont été très gentils avec moi. Des sponsors loyaux ont continué à me soutenir ; des amis bien intentionnés m'ont tout de suite proposé des places dans d'autres écuries et de merveilleux chevaux à monter. Mais pour moi, c'était fini. J'ai quitté le seul univers que je connaissais avec une valise et rien d'autre. Ma mère était née dans l'East End, à Londres, alors j'ai choisi de venir ici. À l'époque, c'était un quartier très bon marché et complètement anonyme, ce qui me convenait à la perfection.

Elle frottait la joue du chat roux qui somnolait sur le dossier du canapé.

– En plus, on y trouvait des tas de chats errants qui avaient besoin d'être recueillis.

Des larmes coulaient à flots sur les joues de Casey. Elle les essuya avec sa manche. Mrs Smith lui tendit un mouchoir.

Au bout d'un moment, la jeune fille lança :

– Donc Ciel est le premier cheval dont vous ayez été proche depuis plus de trente ans ?

Mrs Smith lui jeta un regard en biais.

– J'aime bien ma vie, Casey. J'aime rendre visite à Ciel et goûter avec toi le samedi après-midi, mais l'équitation, pour moi, c'est fini. Je l'ai accepté il y a plusieurs décennies.

Casey lui prit la main.

– Mais rien ne vous y oblige. Vous, Ciel et moi, nous pourrions faire des prodiges ensemble.

Mrs Smith se dégagea.

– Non, Casey. Je suis sûre que tu comprends pourquoi.

Casey contempla les photos, les rosettes et les trophées qui étaient toujours éparpillés sur le tapis élimé du salon. La vue d'Insouciant lui tira de nouvelles larmes.

– Oui, je comprends. Si quelqu'un me volait Ciel, je ressentirais exactement la même chose que vous. Je suis désolée d'avoir réveillé des souvenirs aussi douloureux en vous demandant de me donner des cours. Je vous promets de ne plus jamais vous en parler.

Il était près de dix heures du soir quand Mrs Smith raccompagna Casey jusqu'à la tour Redwing. La jeune fille avait essayé de l'en dissuader, mais Mrs Smith avait insisté sous prétexte qu'elle avait besoin de prendre l'air et de bouger un peu. En ce samedi soir, les rues grouillaient de fêtards survoltés, de travailleurs du week-end à l'air abattu et de ces hommes qui portent des lunettes de soleil la nuit. Des martèlements de basses sortaient par les vitres des voitures. Des automobilistes klaxonnaient.

Casey ne remarqua rien de tout cela. Elle parlait de son père avec animation.

— J'ai l'impression qu'il a découvert sa vraie vocation. Je ne l'ai jamais vu aussi heureux. Il a essayé beaucoup de métiers, il s'est lancé dans un milliard de projets professionnels au fil des années. La plupart ont échoué ; certains ont carrément été désastreux. Mais cette fois, chez Half Moon, son atelier de couture, c'est différent. Le lundi matin, il sautille presque en sortant de la maison, tellement il est pressé d'y aller.

Mrs Smith s'esclaffa.

— Il aime bien son patron ?

— Vous plaisantez ? On dirait que ce sont les meilleurs amis du monde depuis toujours. Papa dit que Ravi Singh est le type le plus chic qu'il ait jamais connu, et Ravi pense que papa est une vraie trouvaille. Il estime qu'il a un don inné pour la couture et la création de modèles. Il a dit à papa…

Elle s'arrêta si brusquement que Mrs Smith lui rentra dedans. Elles étaient devant un pub appelé le Gunpowder Plot, à quelques pas de la tour Redwing.

— Qu'y a-t-il ? Tu as la tête de quelqu'un qui vient de voir un fantôme.

Casey s'efforça de contrôler ses émotions.

— Je… euh… Excusez-moi, qu'est-ce que vous disiez ?

— Casey, qu'est-ce qui se passe ?

– Rien. Il ne se passe rien, je suis fatiguée, c'est tout. Je pense que je ferais mieux de finir le chemin toute seule, maintenant, si ça ne vous ennuie pas. Encore merci pour cette soirée.

Mrs Smith la saisit par le bras et la ramena devant la fenêtre du pub.

– Pas si vite. Tu as jeté un coup d'œil à l'intérieur de ce pub et tu as vu quelque chose qui ne t'a pas plu. Qu'est-ce que c'était ?

Elle scruta la salle faiblement éclairée en plissant les yeux.

– Ton père ! Qu'est-ce qu'il fait ici ? Je croyais que c'était le Tin Drum, son repaire habituel du samedi soir. Et qui sont ces hommes ? Ce grand chauve, là, je n'aimerais pas tomber sur lui dans une ruelle sombre.

Casey se dégagea de l'emprise de Mrs Smith.

– Peu importe. Bonsoir et bonne nuit.

Mrs Smith courut pour la rattraper.

– De toute évidence, si, ça importe. Ces hommes qui sont avec ton père, je suppose que ce sont des acolytes, des amis qui ne te plaisent pas ?

Casey hocha désespérément la tête. Il était inutile de chercher à cacher quelque chose à Mrs Smith. Elle savait lire dans ses pensées.

– C'est à cause de ces prétendus copains qu'il a fait de la prison, lâcha-t-elle. Ils n'ont pas ouvert la bouche pendant le procès, ils l'ont regardé se faire condamner sans réagir. Je les ai même vus rire dans le parking, après.

– Si ça peut te consoler, il n'avait pas l'air très disposé à leur parler. Il secouait la tête et il était manifestement sur la défensive.

Mais Casey s'en fichait. Elles étaient arrivées devant les marches de la tour Redwing. Tout ce qu'elle voulait, c'était monter au 414, se glisser dans son lit et mettre la tête sous les couvertures.

– Ne vous inquiétez pas pour ça. Ce n'est pas important. Autant que je m'habitue au fait que je n'échapperai jamais à mon destin. Les endroits comme Redwing, c'est de la Superglu. On est bloqués ici. Il y a un effet boomerang. Les gens comme papa essaient de s'en sortir, mais ils sont constamment ramenés au point de départ. Tout ce que je peux espérer, c'est que Mrs Ridgeley me prenne comme monitrice assistante l'année prochaine et accepte que Ciel reste au club épique. Mais ça dépend de papa. Il ne faut pas qu'il retourne en prison, sinon… Comprenez-moi bien. Je ne suis pas en train de m'apitoyer sur mon sort. Aller à Badminton, c'était un rêve ridicule, de toute façon. Comme si une adolescente qui sait à peine monter à cheval pouvait participer à un concours complet d'équitation sur un cheval à un dollar racheté à un abattoir et…

– Assez ! cria Mrs Smith. Arrête, s'il te plaît. Je ne supporte pas de t'entendre parler comme ça. Tu vaux mieux que ça, et Ciel aussi. D'accord, je vais te donner des cours, mais tu vas devoir accepter qu'il te faudra au moins cinq ans avant de devenir une championne d'équitation. Et seulement si Ciel reste en forme et prouve qu'il a les aptitudes physiques et mentales.

N'osant croire qu'elle était sérieuse, Casey la regardait avec des yeux ronds.

– Je n'ai pas cinq ans devant moi. J'en ai deux maximum. Si je n'ai pas réussi à devenir une cavalière professionnelle d'ici mes dix-huit ans, je vais devoir trouver un vrai boulot. *N'importe lequel.*

– Impossible. Il n'y a que deux cavaliers au monde à avoir réussi ça, et ils avaient tous les avantages imaginables.

Mrs Smith désigna la tour Redwing, sa façade gris prison, ses barreaux de protection qui s'écaillaient et ses rangées de caméras de surveillance, menaçantes dans la lumière de la lune.

– Et toi, comme tu l'as souligné, tu n'en as aucun.

Casey contracta les mâchoires avec détermination.

– Je peux y arriver, si je vous ai comme entraîneuse. Si vous m'aidez à dresser Ciel pour qu'il devienne aussi bon qu'Insouciant.

Une bande de filles hilares émergea du hall. De la fumée de cigarette flottait dans leur sillage, comme l'haleine d'un dragon.

Mrs Smith ne les remarqua même pas. Elle était trop occupée à penser : « Angelica, tu es bonne à enfermer. Tu as tiré un trait sur ce genre de folies il y a des années. Sauve-toi tout de suite. Sauve-toi pendant que tu le peux encore. »

Malheureusement, ses pieds refusèrent de collaborer. Elle s'entendit répondre :

– Je vais te donner des cours à une condition. Que tu fasses ce que je te dirai sans discuter – dans la mesure du raisonnable.

Casey poussa un cri de joie et lui sauta au cou.

– Promis. Oh, merci, Mrs Smith ! Merci, merci, merci.

Angelica Smith se dégagea et rectifia sa tenue. Elle se sentait étrangement euphorique. C'était fait, elle ne pouvait plus revenir en arrière. À soixante-deux ans, elle entrait dans la seconde phase de sa vie équestre.

– À quelle heure le premier client arrive-t-il au club épique le dimanche ?

– Vers neuf heures.

– Très bien, rendez-vous là-bas à cinq heures du matin.

– À cinq heures du matin ? Un *dimanche* ?

– Qu'est-ce que je t'ai dit ?

Casey sourit.

– C'était juste pour vous tester. D'accord pour cinq heures.

9

— Je ne te cache pas que tu me déçois, Angelica, lança Mrs Ridgeley, indignée, en redressant son corps trapu. Je comptais sur toi pour exercer une influence positive sur cette fille et la calmer un peu, mais j'ai bien peur que tu l'aies rendue mille fois pire. Je t'en prie, dis-moi que c'est juste une rumeur destinée à me provoquer... Vous n'avez tout de même pas le projet d'engager cet animal incontrôlable pour le concours international de Brigstock dans deux mois, toutes les deux ?

— Mais si, c'est exact, confirma Mrs Smith.

Installée au soleil, elle buvait du thé au jasmin à petites gorgées dans un vieux fauteuil en similicuir aux ressorts cassés. Elle disparaissait presque complètement dans l'assise enfoncée jusqu'au sol.

— Casey et Ciel d'Orage participeront dans la catégorie débutants. Ce sera le premier concours de Ciel, alors nous n'en attendons rien de phénoménal, mais je suis sûre qu'ils se débrouilleront très bien.

– Et comment avez-vous prévu de vous rendre dans le Northamptonshire, tous les trois ? En train ?

Mrs Ridgeley haussa brusquement le ton pour rugir :

– Mandy Philpott ! Combien de fois t'ai-je dit que tu n'as plus le droit de venir dans mon club sans bombe !

Mrs Smith décolla les mains de ses oreilles.

– Arthur Moth. Arthur a gentiment accepté de nous conduire dans le Northamptonshire avec le van de ses ânes. Nous lui rembourserons l'essence, bien sûr.

– Eh bien, je te conseille de prendre une excellente assurance de responsabilité civile avant de partir. Cet animal représente déjà un danger au club. Dieu sait comment il se comportera dans un concours. Le père d'un gosse de riche qui aura pris un mauvais coup de pied te poursuivra en justice et tu perdras tout ce que tu possèdes.

Le sujet de leur conversation passa dans leur champ de vision. Casey rejoignait Ciel pour exécuter avec lui sa deuxième séance au pas de la journée.

Mrs Ridgeley montra sa désapprobation par une grimace.

– Où vas-tu avec cette histoire, au juste, Angelica ?

– J'offre à une fille qui n'a pas eu beaucoup de chance dans la vie une raison de sourire. N'est-ce pas votre spécialité, ici, au club épi… au club hippique de Hope Lane ?

– Oui, mais on évite de donner de faux espoirs aux gens.

Mrs Smith eut un sourire énigmatique.

– Moi aussi, Penelope. Moi aussi.

Casey n'avait pas autant d'assurance. Au bout de deux semaines de préparation pour le concours de Brigstock, elle commençait déjà à douter de la lucidité de Mrs Smith.

Durant ces quinze derniers jours, Ciel et elle n'avaient fait que marcher au pas. Mrs Smith leur avait imposé un programme rigoureux. À six heures du matin, une fois que Ciel avait été pansé et nourri, Casey le faisait marcher en longe pendant quarante-cinq minutes. Ensuite, il retournait dans son box deux heures pour se détendre et manger du foin, pendant que Casey faisait trente minutes d'exercices d'équilibre, de musculation et d'étirements dans le bureau du club épique (sous la surveillance de Mrs Smith) avec un gros ballon de gymnastique et des haltères de cinq kilos qu'elles avaient trouvés dans la brocante d'une association d'entraide. Un jour sur deux, elle devait faire plusieurs tours du pâté de maisons en courant avant le petit déjeuner.

– Un cheval en forme a besoin d'une cavalière en forme, dit Mrs Smith à Casey quand elle protesta.

Après un petit déjeuner composé de bouillie d'avoine et de banane écrasée, autre innovation de sa nouvelle entraîneuse, Casey montait Ciel, toujours au pas, pendant encore trois quarts d'heure. Puis elle l'emmenait dans le petit pré derrière l'écurie. Le soir, quand le dernier client était parti, elle faisait tourner Ciel au pas allongé dans la carrière pendant quarante-cinq dernières minutes. L'événement le plus palpitant de ces séances, c'étaient les rares moments de pause.

Casey ne pouvait pas nier que Ciel était incomparablement moins explosif, mais à part ça, elle ne voyait pas l'intérêt de ce programme. Les journées passaient sans résultat visible, à part des courbatures – pour elle. Ses muscles la faisaient horriblement souffrir au moindre mouvement. À Brigstock, Ciel et elle devraient faire une reprise de dressage, un concours de saut d'obstacles et un petit mais difficile parcours de cross. Il restait à peine six semaines, et ni l'un ni l'autre n'étaient prêts à tenter quoi que ce soit de ce genre, comme Andrew se fit un grand plaisir de le lui rappeler.

– Hé, Casey, tu sais que c'est le cheval qui est censé galoper sur le parcours de cross, et pas le cavalier ? la railla-t-il un matin quand il la trouva pliée en deux à cause d'un point de côté après son jogging.

– Tu verras. Tu vas être surpris, rétorqua loyalement Casey, essoufflée. On sait ce qu'on fait. Mrs Smith est une experte.

Il écarta sa frange brune et grasse de ses yeux.

– Oui, mais elle est experte en quoi ? En tricotage de chaussettes ? En plateaux-repas ? À côté de Ciel dans sa forme actuelle, Patchwork vaut Seabiscuit[1] !

---

1. Cheval de course qui défraya la chronique aux États-Unis dans les années 1930.

– Tu ne devrais pas plutôt aller voir ce que fait Hermione ? lança Casey. Je l'ai vue papoter avec ce beau mec lituanien qui…

Il fila avant qu'elle ait fini sa phrase.

Mais à la fin de la semaine suivante, elle commençait à douter sérieusement.

– Pourquoi fais-tu cette triste mine ? demanda Mrs Smith ce soir-là, en la suivant dans le box de Ciel après sa troisième promenade au pas de la journée et en songeant qu'il n'y avait pas de meilleur parfum au monde que ce mélange de sueur de cheval, de cuir et de foin.

Casey se força à sourire en prenant le filet de Ciel.

– Je ne fais pas de triste mine. Je vais bien. Ciel va bien. Tout va bien.

– Je suis soulagée de l'apprendre, lança gaiement Mrs Smith. Parce que je me suis dit que tu pensais peut-être que c'est une perte de temps de marcher à côté de Ciel comme ça. Et je me suis dit que tu avais peut-être déjà oublié notre objectif.

Vexée, Casey répliqua :

– C'est vous qui avez oublié notre objectif, pas moi. Notre objectif, c'était de former un cheval qui sache exécuter de belles figures de dressage et terminer un parcours de cross en un temps record. Notre objectif, c'est le concours international de Brigstock. Au cas où ça vous serait sorti de la tête, il a lieu très bientôt.

Mrs Smith tendit deux bonbons à la menthe au

cheval. Il baissa la tête pour se laisser frotter les oreilles.

– Ah. Je me suis trompée, alors. Je croyais qu'on visait Badminton d'ici deux ans. Et, plus important encore, je pensais que ton objectif était d'établir avec Ciel une relation centrée sur son bonheur à lui. En t'efforçant d'éviter à tout prix de reproduire les traumatismes de son passé. En faisant de lui un partenaire et un ami, pas juste un esclave soumis à tes ambitions.

– C'est… Je, euh…

– Si jamais tu décides un jour que tu veux monter pour les bonnes raisons, fais-moi signe. D'ici là, je mets un terme à notre accord.

Casey trouva Mrs Smith dans le fauteuil de la cour du club, en train de regarder les étoiles dans l'obscurité. Dans le ciel dégagé de cette nuit froide, on pouvait voir la Ceinture d'Orion, un maigre croissant de lune ainsi que le nuage de la Voie lactée.

Elle posa une tasse de chocolat chaud sur le bras du fauteuil en gage de réconciliation, puis se laissa tomber dans l'herbe, à côté de Mrs Smith, et serra ses genoux contre elle.

– Merci, dit-elle, gênée.

Mrs Smith continua de contempler le ciel.

– Pourquoi tu me remercies ?

– Oh, pour avoir étouffé ma mégalomanie dans l'œuf avant qu'elle se développe vraiment.

– Je n'irais pas si loin.

– Moi si. Nous sommes au début d'un voyage qui prendra peut-être deux ans et la première chose que j'ai faite, c'est d'oublier que vous, Ciel et papa comptez bien plus pour moi que n'importe quel trophée. C'est effrayant. Ça arrive toujours aussi vite ?

Un sourire se dessina sur les lèvres de Mrs Smith, mais elle garda les yeux fixés sur les étoiles.

– Oui. Sauf que la plupart des gens mettent plus de temps à s'en apercevoir. La plupart ne s'en rendent jamais compte.

– Je suis désolée. Je paniquais ; c'est tout ce que je peux vous dire. J'ai tant à apprendre et si peu de temps.

– Oui, mais dis-toi une chose : un château sans fondations est aussi fragile qu'une cabane. Un excès de précipitation entraîne des blessures, des chutes ou des problèmes de comportement, de développement musculaire et de maintien qui reviendront te hanter plus tard. Si tu recherches la vitesse, ralentis. Il ne faut jamais sous-estimer l'intérêt d'une simple promenade au pas pour détendre un cheval, établir les bases de sa puissance et de son talent.

Casey n'était pas convaincue, mais elle posa son menton sur ses genoux et souffla :

– Continuez.

Mrs Smith but une gorgée de chocolat chaud.

– C'est une leçon que tu n'as pas encore comprise. Tu promènes Ciel au pas depuis deux semaines et tu ne l'as pas fait correctement une seule fois.

– Je suis une si mauvaise cavalière que je n'arrive même pas à le faire marcher au pas, c'est ça ?

– Au contraire, je pense que tu es une cavalière si douée, si intuitive que dans les années à venir, tu comprendras que l'équitation est un art qu'on met toute une vie à maîtriser.

Quand Casey ouvrit la bouche pour protester, elle leva la main.

– Avant que tu me rappelles que tu n'as pas toute la vie devant toi, que tu disposes seulement de deux ans, laisse-moi te dire une chose : tu ne gagneras pas Badminton en ayant le cheval le plus rapide, le plus hardi face aux obstacles, ou parce que tu sais exécuter mieux que personne le changement de pied en l'air, même si tout cela est bien utile. Tu gagneras parce que tu as un cheval en forme, qui a une bonne technique et qui va se dépasser pour toi. Un cheval qui serait prêt à te confier sa vie, et à qui tu dois confier la tienne.

Elle posa sa tasse par terre.

– Parce que c'est ça, en fin de compte, tu sais. Une question de vie ou de mort. D'amour et de courage. Si tu réussis à te qualifier pour Badminton, tu vas affronter les meilleurs cavaliers de la planète sur l'un des parcours les plus dangereux du monde. Les qualités dont tu as besoin pour y survivre ne peuvent pas être acquises à la va-vite. Il faut les mériter. La patience est cruciale. Les meilleurs entraîneurs savent qu'il faut avoir le courage de s'arrêter, de réfléchir et de reprendre au début si nécessaire.

Casey soupira.

– En d'autres termes, plus je veux atteindre mes objectifs rapidement, plus j'ai besoin de faire le contraire.

Mrs Smith mit les mains derrière sa tête et regarda de nouveau les étoiles. Elles étaient seules dans l'obscurité, avec les ombres des chevaux pour toute compagnie.

– Les Chinois appellent ça *Wu Wei* : une action sans effort. Pour les adeptes du Tao, ou la Voie, un très beau livre de sagesse ancienne, ce que l'on ne fait pas est tout aussi important que ce que l'on fait. Et ce qui rend un morceau de musique exquis, ce ne sont pas les notes, mais les silences entre les notes. Le Tao nous enseigne qu'il faut une véritable force pour se conquérir soi-même, même si l'on peut conquérir les autres par la violence. Il dit : « Cédez et vous serez forts ; ployez et vous resterez droits. »

– Ça me plaît, ça, murmura Casey. « Cédez et vous serez forts ; ployez et vous resterez droits. »

Elle eut soudain l'air effondrée.

– … Mais qui va m'apprendre comment appliquer ces principes à l'équitation ?

– Oh, je suppose que si tu farfouilles dans le club, tu trouveras une vieille dame grincheuse qui pourra peut-être se laisser convaincre de te dire ce qu'elle sait, au cas où ça pourrait te servir.

– Ça me servirait énormément. Alors elle peut ?

– Elle peut quoi ?

– Se laisser convaincre.

Mrs Smith s'esclaffa. Elle se leva et tendit la main à Casey.

– Essaie un peu de l'en empêcher ! Au fait, Casey, j'ai besoin que tu viennes une demi-heure plus tôt demain matin, parce que nous allons commencer l'entraînement par intervalles et les allures rapides. Au trot une minute, au pas une minute, au trot une minute, au pas une minute. Dans une semaine, nous passerons au petit galop, et plus tard aux pointes de vitesse. Assorties d'un peu de saut d'obstacles et de « belles figures de dressage », comme tu les appelles.

– Vous n'oubliez pas l'intérêt d'une simple promenade au pas ?

– Inutile d'exagérer.

10

Pendant les dernières heures du voyage vers le Northamptonshire, Casey fut prise de nausée, et pas seulement à cause des vapeurs de pot d'échappement qui s'infiltraient à l'intérieur du van d'Arthur Moth. La nuit précédente, elle n'avait pas fermé l'œil. Elle avait fini par rallumer la lumière et tenter de lire, mais son regard n'arrêtait pas de dériver vers les coupures de magazine et les posters du mur de sa chambre. La plupart représentaient des champions d'équitation célèbres. Il y avait des figures emblématiques de ce sport, comme Mark Todd, Lucinda Green, le Français Nicolas Touzaint et Pippa Funnell, que Casey idolâtrait car elle avait accompli un miracle en remportant le grand chelem, mais la véritable héroïne de Casey était une fille qui avait à peine un an de plus qu'elle et qui était déjà bien partie pour acquérir une renommée internationale.

À seize ans et demi, Anna Sparks avait remporté avec panache tous les championnats accessibles à sa tranche d'âge. C'était la chouchoute de la presse spécialisée. Les journalistes l'appelaient « l'incroyable Anna Sparks » ou « la valeur sûre des concours hippiques » et employaient une foule de métaphores électriques pour décrire la façon dont la bien nommée Miss Étincelles avait « illuminé » tel concours ou « fait des étincelles » dans tel autre avec son « éblouissante performance sur Diamant Brut ».

En outre, Anna avait un physique de star de cinéma. Son visage en forme de cœur, ses longs cheveux d'or pâle et son sourire éclatant apparaissaient régulièrement en couverture des magazines, en compagnie de son plus célèbre cheval qui, loin d'être un diamant brut, était dressé à la perfection et avait un pedigree de trois kilomètres de long. Ce magnifique alezan à la robe de feu semblait rayonner de l'intérieur, comme enflammé par les étincelles d'Anna.

Casey avait passé des heures à éplucher les conseils d'Anna pour les concours hippiques dans les magazines. Ses exploits étaient souvent une source d'inspiration. Mais pendant sa nuit d'insomnie, elle avait douloureusement pris conscience du gouffre qui séparait le monde des cavaliers du calibre d'Anna et le sien. Et ce n'était pas seulement une question d'argent. Anna avait au moins dix ans d'expérience derrière elle. Elle avait commencé à participer à des concours hippiques dès qu'elle avait su marcher, ou presque.

L'aube traînait des pieds. Au matin, les peurs de Casey s'étaient dissipées, cédant la place à l'excitation de participer à son premier concours. Elle avait couru dans la chambre de son père et sauté sur son lit jusqu'à ce qu'il se réveille en bâillant, hilare.

– Je suppose que c'est le signal pour te préparer un petit déjeuner de championne ? Qu'est-ce que je peux te servir ? Des œufs brouillés avec du saumon fumé ?

– Parfait, avait répondu Casey avec un sourire. Il manquera quelque chose ?

– Juste le saumon fumé.

– Formidable. Je vais commander ça, s'il te plaît !

Quand Casey était sortie de la douche, vêtue d'un jean et d'un sweat-shirt, ses œufs brouillés étaient prêts. Sur la table, à côté de la pile de tartines grillées, il y avait un paquet emballé de papier kraft fermé par un ruban rose, un sac plein de sandwichs au fromage à la sauce aigre-douce, et une boîte en métal contenant un gâteau que Roland Blue avait préparé en secret la veille.

– Avec un vrai glaçage au chocolat ! La seule chose qui manque, c'est la levure. Ah, et les vermicelles multicolores, mais on ne peut pas tout avoir.

Casey avait gloussé et soulevé le paquet.

– Ce n'est pas mon anniversaire.

Son père lui avait pressé les épaules.

– Non, mais c'est une occasion spéciale et je ne pourrai pas être avec toi, alors c'est ma façon de t'accompagner en pensée. C'est Ravi Singh qui m'a donné l'idée. Et le matériau. Cet homme est vraiment adorable.

Casey avait dénoué le ruban et hoqueté de surprise. Dans le paquet, il y avait des gants d'équitation faits d'un cuir si doux qu'on aurait dit de la soie. Elle les avait enfilés. Ils lui allaient à la perfection. C'était sa première paire de gants à elle.

– Faits main par ton cher papa, avait déclaré fièrement Roland Blue. C'est Ravi qui m'a trouvé le patron, mais je les ai coupés et cousus moi-même jusqu'au dernier point.

Casey avait été si émue qu'elle pouvait à peine parler. Depuis qu'elle l'avait surpris avec ses anciens copains malfrats au Gunpowder Plot – une entrevue dont elle ne lui avait jamais parlé –, elle s'était montrée distante et avait douté de lui alors que, pendant tout ce temps, il travaillait à fabriquer quelque chose de magnifique pour elle.

– Papa, je…

Elle s'était interrompue, la gorge nouée. Elle éprouvait à la fois de la honte, du soulagement et une bouffée d'amour pour lui. Enfin, elle avait réussi à articuler :

– Tu es génial, papa. Tu es le meilleur papa du monde.

Il avait semblé aux anges, mais s'était contenté de dire :

– Ce n'est rien. Attends de voir la veste que je vais te faire pour Badminton quand tu te seras qualifiée. Bon, tu ferais mieux de filer maintenant. Il est sept heures. Fais attention, ma puce. Voilà du liquide. Ce n'est pas grand-chose, malheureusement, mais ça t'aidera à payer l'essence pour le van de Moth. Tiens-moi au courant par SMS.

Casey avait quitté l'appartement tiraillée entre l'excitation joyeuse et la terreur, et elle était restée dans cet état jusqu'à ce qu'Arthur Moth s'arrête dans une station-service de l'autoroute, peu avant le déjeuner. Pendant qu'il faisait le plein, Mrs Smith avait acheté le journal. Elles y avaient déniché un minuscule article sur le concours international de Brigstock annonçant que la « jeune vedette » Anna Sparks y participerait sur Diamant Brut.

Ses angoisses de la nuit étaient revenues en force. Une fois de plus, Casey s'était rappelé qu'elle n'était personne et n'avait rien à faire dans ce concours avec son cheval à un dollar, même dans la catégorie débutants. Mrs Smith, qui connaissait sa jeune élève presque mieux qu'elle ne se connaissait elle-même, avait aussitôt proposé une série de concours idiots pour les faire rire. Ça avait marché. En milieu d'après-midi, tandis qu'ils traversaient tranquillement des villages de carte postale, avec des chaumières décorées de rosiers grimpants, Casey avait retrouvé le sourire.

Quand ils rejoignirent la colonne de voitures et de vans qui entrait dans Fermyn Park, Casey se contorsionna pour passer la tête par l'ouverture du fourgon afin de rassurer Ciel pour la centième fois. Ses oreilles ne cessaient de pivoter vers l'avant puis vers l'arrière comme des antennes de radio. Bobbie, l'âne que

Moth avait emmené pour rassurer Ciel, mastiquait placidement, les yeux à demi fermés.

Ciel plongea ses yeux sombres dans ceux de Casey. Elle y lut de l'appréhension, mais aussi cette confiance qui y brillait plus vivement de jour en jour. Durant tout le voyage, il l'avait regardée comme un port dans une tempête.

Elle enroula un bras autour de son encolure et appuya sa joue d'adolescente contre la joue râpeuse du cheval.

– Ça va être drôlement stressant pour nous deux, mais j'espère que ce sera aussi très amusant. Il va y avoir de vrais obstacles au-dessus desquels tu pourras voler. Mrs Smith nous demande juste de faire de notre mieux ; d'après elle, rien d'autre ne compte. C'est vrai. Même si on finit derniers, tu resteras ce que j'ai de plus précieux dans la vie. Je t'aimerai toujours.

Le van traversa un pré en bringuebalant et s'arrêta avec fracas. Mrs Smith tapota contre sa fenêtre.

– Nous sommes arrivés.

Peter Rhys, dix-sept ans, fils d'un maréchal-ferrant de la troisième génération, était penché sur le pied avant gauche de Diamant Brut quand, sans raison apparente, il fut parcouru d'un frisson. Son duvet brun se hérissa sur sa nuque et ses avant-bras se couvrirent de chair de poule. Il eut l'impression d'être éclaboussé par une vague délicieusement fraîche un jour d'été caniculaire.

Ce fut une sensation si intense qu'il reposa délicatement le pied du cheval et parcourut du regard le parking animé pour trouver ce qui avait pu la provoquer.

Au début, il ne vit rien d'extraordinaire. Le concours hippique de Brigstock était ouvert à tous, des débutants aux champions deux étoiles, et le parking grouillait de chevaux et de cavaliers de tous les niveaux. Peter lui-même était un cavalier talentueux. À la grande déception de son père, il n'avait jamais éprouvé le moindre intérêt pour la compétition ; ce qui lui plaisait le plus dans les concours hippiques, c'est qu'ils ramenaient les gens au même niveau. Hommes et femmes, princesses, pilotes et policiers, ils étaient tous égaux quand il s'agissait de se faire désarçonner devant un obstacle d'eau.

Et du fait de la rigoureuse procédure de sélection, quand ils concouraient avec leurs jeunes chevaux pour leur faire acquérir de l'expérience et des points de classement, les géants de ce sport affrontaient couramment des amateurs.

Situé au milieu d'un parc vallonné idyllique, le parking était bondé de véhicules en tous genres. Les plus tape-à-l'œil, des camions appartenant aux meilleurs cavaliers, étaient de véritables hôtels pour chevaux, si vastes qu'ils pouvaient en transporter six confortablement, et fournir à leur cavalier un logement de luxe avec salle de bains et toilettes. Ils affichaient les logos aux couleurs vives de leurs sponsors.

Sur l'un d'eux, on avait relevé un panneau latéral, dévoilant un salon compact avec télévision à écran plat. La chaîne hi-fi diffusait beaucoup trop fort la chanson *Folsom Prison Blues*, de Johnny Cash. Sous un auvent, trois ou quatre cavaliers célèbres se faisaient griller des steaks hachés sur un barbecue.

Des palefreniers s'affairaient autour de ces camions comme des abeilles, passant au jet d'eau des chevaux impressionnants, athlétiques, ou les harnachant de selles, filets et tapis de selle immaculés que le salaire annuel de Peter n'aurait pas suffi à payer. Les cavaliers amateurs étaient presque aussi bien équipés. Leurs chevaux et leurs vans étaient peut-être plus modestes, mais ils débordaient d'assurance. Ils bavardaient avec excitation par petits groupes ou trottaient sur des chevaux aussi fiers qu'eux, tondus et coiffés suivant la dernière mode.

N'ayant rien vu qui puisse expliquer la sensation qui l'avait assailli comme une prémonition, Peter allait reprendre le pied du cheval quand il remarqua la fille. Elle venait dans sa direction depuis l'autre bout du parking. Elle était différente des autres, même s'il ne vit pas tout de suite pourquoi. Ses cheveux bruns emmêlés étaient agités par le vent, et elle n'était guère mise en valeur par ses vêtements : un jean délavé bon marché avec un genou déchiré et un sweat-shirt trop petit d'au moins une taille.

Pourtant, elle avait quelque chose de spécial qui retenait son attention. C'était peut-être le curieux mélange d'embarras et d'orgueil qui se dégageait de sa silhouette élancée, mais gauche. Ou sa façon de regarder autour d'elle avec un émerveillement enfantin.

S'apercevant soudain qu'il la regardait fixement, Peter se remit à s'occuper du cheval. Diamant Brut avait été ferré par son père à peine dix jours plus tôt, mais la chef d'écurie des Sparks aimait qu'on vérifie les pieds des chevaux deux, voire trois fois avant un concours.

– Excuse-moi. Je ne voudrais pas te déranger, mais… c'est Diamant Brut, ça ?

Sentant le duvet de sa nuque se hérisser une fois de plus, Peter comprit que c'était elle. Il prit son temps pour se redresser, parce qu'il ne voulait pas briser le charme qui l'avait envoûté tandis qu'il la regardait s'approcher, et aussi parce qu'il était stupéfait qu'une fille aussi ordinaire, aperçue de loin, lui ait fait battre le cœur comme s'il venait de courir le cent mètres aux Jeux olympiques.

Il leva la tête et vit deux yeux d'un gris qui lui évoqua la couleur de la mer lors d'une tempête. Ils apportaient un contraste seyant avec l'innocence saisissante de ses joues rouges et de son air déterminé, et la timidité avec laquelle elle écarta sa frange de ses yeux. Il comprit alors qu'elle était loin d'être ordinaire.

Elle répondit elle-même à sa question avant qu'il ne puisse réagir :

– Bien sûr que c'est lui. Il serait reconnaissable entre mille. Je l'ai vu dans des magazines et à la télévision, mais ces images ne lui rendaient pas justice. Il est magnifique, hein ?

— Tu trouves ? fit Peter, évasif.

Il avait un autre avis sur ce cheval, mais il n'allait pas le partager.

— Ça ne t'ennuie pas si je le touche ?

Il sourit.

— Vas-y. Au fait, je m'appelle Peter.

Il lui tendit la main. Elle la serra avec vigueur, mais distraitement.

— Casey Blue.

Par chance, elle ne parut pas remarquer la consternation de Peter : elle ne s'intéressait qu'au cheval. Et qui aurait pu le lui reprocher ? Sous le soleil de l'après-midi, sa robe alezane miroitait comme du cuivre poli. La pelote[1] en forme de losange qui lui avait valu son nom brillait sur son front comme une étoile.

Peter avait hâte que Casey s'en aille, qu'elle disparaisse. Le bref contact de leurs doigts avait fait pétiller le sang dans ses veines et réduit ses jambes à de la guimauve. Il avait peur qu'elles cèdent sous lui. Mais plus encore que sa disparition immédiate, il souhaitait qu'elle le regarde, lui, qu'elle le regarde *vraiment*. Hélas, elle n'avait d'yeux que pour le cheval.

Elle plissa le front. Elle examinait la tête de Diamant Brut et Peter devina qu'elle venait d'arriver à la même conclusion que lui : ce cheval n'était pas

---

1. Marque blanche sur le front du cheval.

heureux. Il était comme un enfant gâté et adulé en apparence qui, derrière les portes fermées, est stressé et déprimé.

Elle fronça de nouveau les sourcils.

– Tu penses qu'il… ? Je veux dire, ça paraît bizarre, mais ce cheval semble porter le poids du monde sur ses épaules.

Peter la regarda avec surprise. Elle avait exprimé précisément le fond de sa pensée. Il cherchait quoi répondre quand soudain le brouhaha qui régnait autour d'eux monta de plusieurs décibels. Un troupeau de chasseurs d'autographes traversa bruyamment le parking et, enfin, s'ouvrit sur Anna Sparks et un palefrenier tout en muscles, au visage anguleux et dur.

Après un dernier signe de la main à ses fans, Anna marcha à grandes enjambées vers Peter.

– Tu as fini, ça y est, ou tu es trop occupé à draguer ?

Elle jeta un regard noir à Casey.

Les chevaux des Sparks représentaient une part importante de l'activité de son père, et Peter avait l'habitude qu'Anna le traite comme un laquais. En revanche, ce n'était pas le cas de Casey, dont le visage s'était illuminé à la vue d'Anna. Elle bafouilla :

– Je suis vraiment désolée. N'en veux pas à Peter, je t'en prie. C'est ma faute. Ça fait des années que je rêve de te rencontrer et de voir Diamant Brut en vrai. Vous êtes mes héros, tu comprends.

L'effet fut instantané. La moue d'Anna disparut, remplacée par un sourire éclatant. Elle était encore plus éblouissante en chair et en os, si du moins c'était possible. Les deux dimensions des images télévisées ne permettaient pas de rendre le rose délicat de son teint ni la perfection presque invraisemblable de sa silhouette. Au fil des années, Peter avait vu un grand nombre de personnes se pâmer littéralement devant elle. Casey n'alla pas jusque-là mais, de toute évidence, elle était fascinée.

– Pas de problème, ma petite, lui dit Anna comme si Casey avait la moitié de son âge, alors que Peter doutait qu'elles aient plus d'un an de différence. Diamant et moi, on aime faire plaisir à nos fans. On est à la hauteur de tes attentes ?

Un peu plus loin, sur le parking, un véhicule démarra en grinçant horriblement. Casey jeta un coup d'œil dans sa direction, et Peter vit un nuage de panique passer sur son visage.

– Je… Oui, bien sûr. C'était fabuleux de te rencontrer, Anna. De même que Diamant Brut. Merci. Bon, je ferais mieux d'y aller.

– Anna, ma belle, écoute un peu ça !

Une jolie rousse pulpeuse les rejoignit en hâte, perchée sur des chaussures franchement impraticables.

– … Ricardo, le palefrenier d'Edward, m'a dit à l'instant qu'il y a une fine équipe qui vient de débarquer du fin fond de Hackney avec un âne dans son van. Incroyable !

Elle hurla de rire.

– Le voilà. Regarde-moi ça ! Il y a plus de rouille

116

que de peinture, là-dessus. Apparemment, la cavalière prend des cours d'équitation depuis à peu près cinq minutes, et elle a amené sa grand-mère en guise d'entraîneuse. Quant au cheval, Ricardo dit qu'il faut le voir pour le croire.

Le van cahota lourdement dans les ornières du pré et s'arrêta près d'eux avec un grincement en les enveloppant tous d'un nuage de fumée bleutée.

Peter coula un regard vers Casey. Elle était immobile comme une statue, mais elle semblait avoir rétréci, telle une fleur se fermant pour se protéger.

Les portes du van s'ouvrirent et un petit homme à l'allure sportive et aux cheveux gris hérissés en sortit, suivi d'une dame élégante d'une bonne cinquantaine ou d'une petite soixantaine d'années vêtue d'un pantalon kaki et d'une chemise indienne flottante.

– Tu rigoles, V ? fit Anna. Ne me dis pas que c'est ça, l'entraîneuse ! On dirait qu'elle s'est perdue sur la route du Taj Mahal.

– Si, si, c'est elle ! piailla Vanessa, ravie. Peut-être qu'elle a cru que CIC[1], ça veut dire « concours international de crochet »…

Elles éclatèrent de rire et ne s'arrêtèrent que lorsqu'on abaissa la rampe du van. Un âne couleur chocolat en descendit, suivi d'un cheval d'un gris beigeasse enveloppé dans une vieille couverture de lit écossaise

---

1. Il y a deux types de concours complets d'équitation : les CCI (concours complets internationaux) et les CIC (concours internationaux combinés), d'un niveau moins élevé.

sur laquelle quelqu'un avait cousu deux sangles vertes. Des touffes de poil manquaient sur l'arrière-train du cheval, dévoilant des stries gris foncé, comme si quelqu'un s'était entraîné avec une tondeuse et l'avait cassée avant de terminer.

— Ça doit être la faute du GPS, hoqueta Anna entre deux gloussements. Ils allaient à la vente de vieilles mules éreintées de la foire locale et ils se sont retrouvés ici. Il faudrait que quelqu'un se dévoue pour leur dire qu'ils se sont trompés d'endroit.

Peter avait envie de vomir. Il fut pris du désir impérieux de passer un bras autour des épaules de Casey et de la protéger contre les railleries de ces filles vaniteuses et méchantes. Mais, avant qu'il ait eu le temps de bouger ou d'ouvrir la bouche, l'homme de la camionnette pour ânes aperçut Casey.

— Hé, Casey, donne-nous un coup de main, tu veux ? Tu as trouvé le numéro de box de Ciel ?

Anna cessa de rire en toussotant. Elle eut la grâce de paraître gênée.

— Oh mon Dieu, tu es avec eux, ma petite ? Je suis désolée. On ne faisait que plaisanter, V et moi. Tu ne vas pas t'en offusquer, j'espère ? Où est ton sens de l'humour ?

Là-dessus, Casey se réveilla. Elle braqua sur Anna un regard aussi perçant que le rayon d'un phare et répondit d'une voix calme et claire :

— Oui, je suis avec eux. Lui, c'est mon ami Moth, avec son âne, Bobbie ; la dame du Taj Mahal, c'est mon entraîneuse, Mrs Smith ; et la « vieille mule éreintée », c'est mon cheval, Ciel d'Orage. Je suis aussi fière de lui que tu dois l'être de Diamant Brut, même si je l'aime sans doute beaucoup plus. Tu trouves peut-être qu'on n'a l'air de rien aujourd'hui, mais ça va changer, et ce jour-là, on se retrouvera à Badminton et la meilleure cavalière l'emportera. Bonne chance pour demain.

Sur ces mots, elle s'éloigna à longues enjambées, la tête haute.

– Bonne chance, lui lança Anna.

– Tu en auras besoin ! cria Vanessa, avant de se remettre à glousser.

Elle planta un doigt manucuré dans les côtes d'Anna.

– Badminton ? Tu parles ! Elle est complètement cinglée !

– Folle à lier, l'approuva Anna. Quelle malade !

Cette fois, Peter fut pris du désir impérieux de leur enfoncer la tête dans un tas de crottin fumant.

– Quoi ? lui jeta sèchement Anna en voyant son expression. *Quoi ?*

– Ça te tuerait d'être aimable, une fois de temps en temps ? Rien qu'une fois ! grommela Peter.

Elle leva les yeux au ciel en lui arrachant la longe de Diamant Brut pour la lancer à son palefrenier. Elle siffla :

– Ne sois pas si raseur, Peter… Ah oui, j'oubliais, tu ne peux pas t'en empêcher !

11

Sa rencontre avec Anna Sparks eut un effet galvanisant sur Casey. Quelques minutes auparavant, elle errait dans le parking avec l'impression d'être une Cendrillon de l'équitation. Bien sûr, elle était enchantée de réaliser son rêve de toujours en participant à un véritable concours hippique avec des obstacles de cross dignes de ce nom et des cavaliers qu'elle n'avait vus que dans les journaux. Mais en déambulant parmi eux, elle se sentait de moins en moins à sa place dans ce monde réservé à une élite fortunée.

Quand la championne que Casey admirait tant l'avait rabaissée en se moquant de son cheval et de ses amis, elle avait été frappée par la justesse du conseil de Mrs Smith. Ce qui comptait dans l'équitation professionnelle et dans la vie, c'étaient les vraies valeurs telles que l'amour, le courage, la patience. Et bâtir des rapports de confiance, de respect mutuels avec son cheval. Tout le reste était superficiel. Le reste, c'était une vitrine.

Elle ne dit rien des réflexions blessantes d'Anna

à Mrs Smith, mais son amie avait observé l'échange de loin et compris toute seule. Aucune d'entre elles n'en parla avant que Ciel ne soit confortablement installé dans un des box de l'écurie temporaire : un beau bâtiment en bois avec un toit en toile.

Quand Casey ferma le loquet de la porte, Mrs Smith lança :

– Ce Diamant Brut, c'est un beau cheval.

Casey feignit de s'intéresser à l'étiquette d'un sac de granulés.

– Oui, c'est vrai.

– Il est important de se rappeler que ce genre de chevaux, ce sont les notes d'une partition. La partie visible, évidente de la musique. Ils sont tape-à-l'œil, ils font beaucoup d'effet. Les chevaux comme Ciel d'Orage sont les silences. L'intervalle entre les notes qui rend la musique exquise. On peut en dire de même de leurs cavaliers.

Cette idée toute simple remonta le moral de Casey. En se détournant, amusée, elle se retrouva nez à nez avec Peter, le fils du maréchal-ferrant. Pendant un instant, alors qu'elle était plaquée contre lui, elle songea qu'elle n'avait jamais été aussi proche d'un garçon. Elle recula précipitamment, cramoisie.

– Je peux t'aider ? demanda-t-elle d'un ton sévère.

Son extrême timidité la rendait plus brusque qu'elle ne l'aurait souhaité.

Il lui répondit avec un sourire au charme ravageur qui, bizarrement, agaça la jeune fille.

– Salut, Casey. Euh… j'espère que je ne te dérange pas, mais je suis venu te demander un service. Tout à l'heure, j'ai remarqué que ton cheval a un fer qui se détache…

Casey se retourna d'un bond vers Ciel et fut horrifiée de constater que Peter avait raison. C'était sûrement arrivé pendant le voyage. Elle était sans doute trop perturbée par Anna Sparks pour s'en apercevoir lors du pansage et Mrs Smith, pourtant si vigilante d'habitude, courait dans tous les sens depuis leur arrivée pour s'informer sur les horaires, les lieux et le règlement.

Le pire, c'était que Mrs Smith avait insisté pour qu'elle fasse changer les fers de Ciel avant de venir, mais Casey, cherchant désespérément à économiser de l'argent, lui avait assuré que les fers de qualité médiocre enfin posés à Ciel par le maréchal-ferrant du club épique cinq semaines plus tôt conviendraient parfaitement pendant quinze jours encore.

Devant Peter, qui avait été témoin des railleries d'Anna Sparks, ce fut une humiliation de trop. Casey ne put réprimer un regard mauvais en se tournant vers lui.

– Il y a autre chose que tu aimerais critiquer pendant que tu y es ? Sa selle ? Sa condition physique ?

– Pas du tout. Je me demandais juste si tu me ferais la faveur de me laisser le ferrer pour toi… Je suis un apprenti, tu comprends.

Il sourit.

– Je suis à la recherche de nouveaux clients. J'ai besoin d'accumuler le plus d'expérience possible.

Casey vit tout de suite clair dans son jeu. Il était impensable qu'il travaille pour Anna Sparks s'il n'était pas un professionnel accompli. Il lui proposait cela simplement parce qu'il était désolé pour elle, et elle n'avait que faire de la pitié d'un garçon aux yeux couleur chocolat fondu, aux cheveux en bataille et aux manières nonchalantes, presque langoureuses.

– Merci, mais on n'a pas besoin de charité.

– Au contraire, nous avons besoin de toute la charité possible, intervint Mrs Smith.

Elle fit un sourire chaleureux à Peter et lui tendit la main.

– Angelica Smith. Et vous êtes… ?

– Je vous demande pardon, madame. Je suis Peter Rhys, le fils du maréchal-ferrant.

– Gallois, j'imagine ?

– Effectivement. J'ai grandi dans la ferme de mon grand-père, à Monmouthshire, près de Hay-on-Wye.

– Un endroit magnifique. Pour moi, c'est le pays des dieux. Bien, pour parler en notre nom à toutes les deux, Casey et moi-même, nous serions ravies que tu t'occupes des fers de Ciel. Voilà des semaines que je me demande avec inquiétude comment remettre des clous dans ses fers actuels. Je sais que ses pieds risquent d'être un peu endoloris, mais le jeu en vaut la chandelle. J'aimerais que tu changes les quatre fers, si tu veux bien.

Casey la considéra avec stupeur.

– Et moi, je n'ai pas mon mot à dire ?

– Oui et non. Certes, c'est ton cheval, mais garde en tête que le terrain sera très boueux demain, et je suis sûre que tu veux faire tout ton possible pour éviter que Ciel glisse ou se blesse. Et puis tu es sous ma responsabilité. Je ne peux pas te laisser rater une occasion d'améliorer ta sécurité et celle de Ciel.

Casey se tourna vers Peter, qui haussa les épaules comme pour dire : « Décidez ça entre vous. Je ne vais pas m'en mêler. » Elle déclara de mauvaise grâce :

– Très bien, ferre-le si tu veux. Mais je te préviens, il déteste les inconnus. Il est devenu dingue avec le dernier maréchal-ferrant qui a essayé de le toucher.

Peter eut un air amusé.

– Comme je te le disais, j'ai besoin d'acquérir de l'expérience.

Après cet avertissement, ce fut irritant de voir Ciel se montrer ridiculement docile avec Peter au lieu de se comporter comme un mustang sauvage. Il semblait même à moitié endormi. Casey savait que cela tenait en grande partie à l'habileté et à la douceur avec lesquelles le garçon travaillait, sans parler de son amour évident pour les chevaux. De plus, il fut incroyablement efficace. Peu de temps après, Ciel était de retour dans son box et mastiquait tranquillement son dîner avec quatre pieds superbement bien ferrés.

Comme si cela ne faisait pas assez de contrariétés, Peter avait conquis Mrs Smith presque instantanément quand il avait loué la musculature de Ciel. L'entraîneuse de Casey était persuadée que c'était surtout grâce au « sanglage » qu'elle pratiquait quotidiennement sur le cheval après l'avoir lavé et séché, et qui consistait à le frapper vingt fois avec un torchon sec en trois points précis de son corps. Le père de Peter était un inconditionnel de cette technique méconnue de pansage à l'ancienne.

– Il dit que les muscles du cheval se contractent et se relâchent pendant l'opération, ce qui les aide à rester fermes. Il ne jure que par cette méthode. D'après lui, les chevaux en raffolent, c'est une vraie gâterie pour eux.

Ensuite, il n'y avait plus eu moyen de les arrêter. Ils avaient fait un éloge interminable d'une cascade qu'ils étaient tous deux allés voir au pays de Galles et discuté de l'anatomie de Ciel dans des termes si techniques que Casey aurait eu besoin d'un diplôme de vétérinaire pour les comprendre. De toute évidence, Peter en savait assez sur les chevaux pour voir au-delà de la robe ternie et des hanches osseuses de Ciel, et se rendre compte qu'il avait un potentiel exceptionnel.

– Un authentique diamant brut, commenta-t-il.

Cela aurait dû faire plaisir à Casey, mais elle enrageait encore après l'incident avec Anna Sparks. Même si Peter n'y avait pas participé, il n'avait pas non plus volé à son secours. Elle n'avait pas encore décidé si elle lui en voulait aussi et, pour le moment, tout ce qu'il disait ou faisait l'agaçait, bien qu'il ait été génial avec Ciel et que Mrs Smith soit clairement sous son charme. Casey se força à lui sourire et à le remercier quand il les quitta, mais elle le fit avec si peu d'entrain qu'il repartit avec un air abattu. Elle ne put s'empêcher de se sentir coupable.

De plus, elle était à bout de forces. Mrs Smith prit congé pour aller passer une nuit inconfortable à l'avant du van, Moth installa son lit de camp à l'arrière, et Casey se blottit dans un sac de couchage sur le sol du box de Ciel. Rien ne pourrait l'empêcher de dormir.

C'est ainsi que Peter la découvrit lorsqu'il revint prendre quelques outils oubliés, peu après dix heures du soir. Elle était roulée en boule sur un lit de copeaux, profondément endormie, et un rayon de lune lui barrait le visage. Le cheval était debout au-dessus d'elle, tête baissée.

« Il veille sur elle », songea le garçon. Angelica Smith n'avait pas soufflé mot sur l'histoire de Ciel et il n'avait pas osé la questionner, mais il était prêt à parier que Casey aussi avait veillé sur lui plus souvent qu'à son tour. Dans le peu de temps qu'il avait passé avec eux, il avait vu clairement que ces deux-là s'adoraient. Le cheval suivait des yeux le moindre mouvement de la jeune fille.

Peter resta encore quelques minutes à les observer tous les deux, puis s'éloigna brusquement. Il ne savait pas pourquoi cette fille invraisemblable lui faisait tant d'effet, et cela ne lui plaisait pas. Il détestait cette sensation d'être dans une sorte de sèche-linge émotionnel. Il fallait qu'il rembobine mentalement sa vie jusqu'aux instants précédant leur rencontre – vers quatre heures et demie de l'après-midi, au moment où il examinait le pied avant gauche de Diamant Brut, pour être précis.

Le lendemain matin, à son réveil, la vie reprendrait son cours normal. Son père et lui travailleraient côte à côte, ses amis le taquineraient sur son manque d'intérêt pour les jolies filles sophistiquées des concours hippiques. Peut-être même sortirait-il un jour avec l'une de ces filles rien que pour les faire taire. Il ferait comme si Casey Blue et ce guerrier blessé qu'était son cheval n'avaient jamais existé.

12

Les gants d'équitation que son père lui avait donnés étaient la seule chose neuve que Casey possédait. Tout le reste était vieux ou emprunté, y compris la veste d'homme en tweed trop grande qu'elle avait trouvée dans une friperie et qu'elle porterait pour l'épreuve de dressage, ainsi que la selle de saut d'obstacles, le filet et les protections que le club épique lui avait prêtés pour Ciel. À sa grande surprise, Mrs Ridgeley lui avait prêté sa selle de dressage datant de l'époque où elle faisait de la compétition. Elle n'avait pas la taille idéale pour Ciel et, après une dizaine d'années passées au grenier, elle conservait une forte odeur de moisi malgré les gros efforts de Jin pour lui redonner sa splendeur d'autrefois, mais elle leur serait tout de même bien utile.

Casey se serait crue dans un film, le samedi matin, quand elle rejoignit le stand de l'administration pour payer les frais d'inscription et prendre son dossard (le numéro 324). À la seule vue de son nom imprimé sur le programme, avec la mention *propriétaire et cavalière de Ciel d'Orage*, elle eut une bouffée d'excitation. Elle avait nommé son père comme copropriétaire pour qu'il ait le sentiment de faire partie de sa nouvelle vie.

Dans la poche de sa culotte d'équitation, elle avait quelque chose qui lui venait de sa mère – une broche en forme de rose. Son père la lui avait donnée pour Noël l'année précédente et c'était son bien le plus précieux. Elle l'emportait partout. « Dorothy aurait voulu que tu la gardes pour qu'une petite partie d'elle reste avec toi pour toujours », avait-il déclaré. Sa voix était si chargée d'émotion que Casey avait songé une fois de plus que son père aurait pu être un homme très différent – quelqu'un de plus fort, de plus débrouillard – si Dorothy n'était pas morte.

La jeune fille supposait qu'elle aurait été différente aussi. Plus courageuse. Plus sûre d'elle. Mais sa mère n'était plus là et ne reviendrait jamais. Il ne restait d'elle que cette broche en forme de rose. Dès que Mrs Smith l'avait inscrite pour Brigstock, Casey avait décidé que ce serait son porte-bonheur pour les concours. La broche les protégerait, Ciel et elle.

À trois heures et demie du matin, Casey avait été réveillée en sursaut par le vacarme d'un palefrenier maladroit. En ouvrant les yeux, elle avait vu Ciel qui la contemplait avec adoration. Elle s'était redressée tant bien que mal et avait posé un baiser sur son nez de velours.

– Tu es un grand tendre, quoi que les gens disent, lui avait-elle soufflé.

Après sa nuit par terre dans l'écurie, elle était ankylosée et dépenaillée, et sa toilette sommaire à l'eau glaciale n'avait rien arrangé. Ciel s'en sortit un peu mieux. Grâce à son passé dans le dressage, Mrs Smith le prépara impeccablement. Casey la regarda avec émerveillement transformer son cheval, qui avait résisté jusque-là à tous ses efforts pour dompter sa robe terne, exceptionnellement épaisse et broussailleuse – parce qu'on l'avait affamé et laissé sans couverture les hivers précédents, d'après Mrs Smith –, et qui réapparut avec la crinière joliment tressée et les sabots graissés. Une goutte d'huile de massage pour bébé sur le nez lui donna un bel éclat lustré. Il était toujours hirsute : elles n'avaient pas voulu l'énerver en empruntant une tondeuse à cette étape tardive. Mais après un pansage acharné, Mrs Smith réussit à lui donner une allure tout à fait respectable.

– Tu vas perdre des points pour la présentation, mais ne t'inquiète pas pour ça, précisa-t-elle. Ce n'est pas une mauvaise chose si certaines personnes sous-estiment Ciel à ce stade précoce de sa carrière.

Casey fut tentée de rétorquer que personne ne risquait de le surestimer, mais ensuite, elle jeta un coup d'œil à sa montre et vit qu'il était temps qu'elle s'échauffe pour sa reprise de dressage, et toute autre pensée déserta son esprit. Les mains tremblantes, elle enfila ses gants.

Mrs Smith lui posa une main sur le bras.

– Souviens-toi de ce que je t'ai dit : pas de précipitation. Si quelque chose va de travers, rectifie-le dès que possible et concentre-toi sur la figure suivante. Et surtout, amuse-toi. Profites-en.

Au début, Casey ne s'amusa franchement pas. Ses jambes étaient à peu près aussi efficaces que des spaghettis ramollis. Ciel était tout aussi nerveux : il paniquait devant des panneaux ou des poubelles et poussait des hennissements hystériques. Il rua brutalement trois ou quatre fois en marchant vers le terrain d'échauffement. Plusieurs cavaliers les fusillèrent du regard quand ils déboulèrent au trot de façon désordonnée, comme pour dire : « Tu n'as pas intérêt à t'approcher et à perturber mon cheval. »

Pour ne rien arranger, Moth eut la mauvaise idée d'amener Bobbie pour les regarder. L'âne se mit à braire tristement depuis le coin des spectateurs jusqu'à ce qu'un organisateur outré leur demande de s'éloigner.

Pendant plusieurs minutes, Casey pria pour qu'une catastrophe naturelle – un tremblement de terre, dans l'idéal – secoue Fermyn Park et détourne l'attention de tout le monde. Mais un furtif rayon de soleil lui rappela soudain qu'elle était en train de réaliser son rêve de toujours. Elle croisa le regard de Mrs Smith et sourit. Son amie articula quelque chose d'inaudible. Casey ne l'entendit pas, mais elle savait que c'était quelque chose dans l'esprit de : « Sois calme, sois

131

ouverte d'esprit, sois l'intervalle entre les notes. Ne fais rien qui puisse gêner Ciel dans son élan. »

Quand elle se détendit, Ciel s'apaisa aussi et devint plus réactif. Malgré les craintes de Casey, il ne souffrait d'aucun effet secondaire après avoir été ferré. Bien au contraire. Il avait une démarche plus énergique. Elle regretta d'avoir été aussi peu aimable avec Peter, mais elle n'y pouvait plus grand-chose. La camionnette du maréchal-ferrant était repartie pendant la nuit. Elle n'arrivait pas à décider si elle était soulagée ou si elle le regrettait.

Ils se dirigeaient vers la carrière de dressage quand Anna Sparks arriva sur sa monture novice, Méridienne, une jument baie magnifique, quoique nerveuse. Le palefrenier au visage dur marchait à côté d'elle avec un air hautain. Contrairement à Casey, qui portait son unique culotte d'équitation, Anna aurait pu sortir tout droit de la couverture du magazine *Horse and Hound*. Miss Étincelles sourit à ses fans en entrant sur le terrain d'échauffement, si rayonnante qu'elle éblouit tout le monde à cent mètres à la ronde.

Pendant ce temps, son palefrenier se posta à l'entrée des trois carrières de dressage. Selon toute apparence, il portait un intérêt strictement professionnel au déroulement des opérations et c'est par pure malchance qu'il lâcha sa cravache au passage de Ciel. Personne, à part Mrs Smith, ne le vit la ramasser et la faire claquer perfidement vers le ventre du cheval qui s'éloignait.

Ciel réagit comme s'il avait été brûlé au fer rouge. Il se cabra et se retourna d'un bond, l'arrière-train fléchi pour s'enfuir au galop. Casey se cramponnait à son encolure, à moitié désarçonnée, quand le commissaire au paddock appela son nom. Prouvant la qualité de l'enseignement de Mrs Smith, elle parvint à changer les idées de Ciel avec une série de demi-parades et à en reprendre à peu près le contrôle, mais il entra dans la carrière au pas relevé comme un cheval de cirque.

À partir de là, les choses allèrent de mal en pis. À la fin de la reprise de dressage, ils étaient bons derniers avec quarante-neuf points.

Cela donna le ton de la journée. Dans chaque discipline, quelque chose tourna à la catastrophe. Au moment du saut d'obstacles, un épagneul échappé sema la zizanie sur le parcours d'entraînement quelques minutes avant l'heure de passage de Casey, à onze heures quinze. Comme on aurait pu s'y attendre, Ciel fit tomber les quatre premiers obstacles et heurta le cinquième. Toute faute supplémentaire leur aurait valu l'élimination automatique, mais par miracle, le duo réussit à se maintenir dans la course.

Quand ils quittèrent la carrière, la bouche de Mrs Smith dessinait une ligne sombre, mais cela n'avait rien à voir avec la performance de Casey. Elle avait vu la propriétaire de l'épagneul glousser avec l'amie d'Anna Sparks. Après l'incident de la cravache (qu'elle n'avait pas voulu signaler à Casey, préférant évoquer l'agressivité des insectes qui pullulaient dans les concours hippiques), cela ne pouvait guère être une coïncidence. Casey ne représentait une menace pour personne, il était donc peu probable que ce soit autre chose qu'un accident ou, au pire, une petite farce méchante, mais ce n'était pas une raison pour ne pas montrer à cette V au surnom ridicule que ce genre de comportement ne serait pas toléré.

Mrs Smith était occupée à réfléchir à cette question, quand un ballon de football la heurta au tibia.

Vanessa savourait une glace aux pépites de chocolat lorsqu'un petit garçon roux, d'une dizaine d'années, avec un ballon de foot sous le bras, se dirigea vers elle en sautillant.

– Une dame m'a dit de vous dire que si vous vous demandez si ces jodhpurs vous font de grosses fesses, la réponse est oui.

Le visage de Vanessa se couvrit de plaques violacées. Pendant un instant, elle parut sur le point de se servir de son cône comme d'une arme pour l'assommer, mais heureusement, la raison l'emporta ; même si ce n'était pas sa principale qualité. Elle jeta violemment sa glace à la poubelle et empoigna le garçon par les épaules.

– Quelle dame ? Où est-elle ? Elle porte un jean moulant et une tonne de bijoux ?

Le gamin se dégagea de son emprise.

– Aïe, vous me faites mal ! Je ne pense pas. Elle est hyper-vieille… c'est une grand-mère.

Il plissa les yeux dans la lumière du soleil.

– Elle était là-bas, mais elle est partie. En tout cas, elle était gentille. Elle m'a donné de quoi m'acheter une barbe à papa.

– *Hyper-vieille?*

Vanessa braqua un regard meurtrier sur la foule, mais l'entraîneuse supposée de la fille qui était venue avec un âne n'était nulle part.

– Eh bien, tu peux lui porter un message de ma part, à cette vieille sorcière…

Par chance, Anna entra dans le paddock à cet instant-là, alors le garçon se vit épargner les pensées de V sur les dames âgées qui avaient l'audace de faire des réflexions sur sa ligne.

L'objet de sa fureur était sur le parking, tranquillement occupée à préparer Ciel pour l'épreuve de cross tout en s'efforçant de ne pas rire chaque fois qu'elle revoyait la tête de Vanessa.

– Tout bien considéré, Ciel s'en sort remarquablement bien, dit-elle à Casey. Concentre-toi sur les choses positives.

Casey, qui resserrait la sangle de son cheval, s'interrompit. Mrs Smith semblait particulièrement radieuse; c'était difficile à comprendre, sachant que tout se passait si mal.

– Qu'est-ce qu'il y a eu de positif pendant le dressage, au juste? Citez-moi une seule chose.

– Je peux en citer plusieurs, mais je vais me

cantonner aux cabrades et au pas relevé. C'était tout simplement miraculeux.

– Miraculeux ? Parce que je ne suis pas tombée, vous voulez dire ?

– Parce qu'en réalité, ce qu'il a fait, continua Mrs Smith, c'était un piaffer suivi de ce qu'on appelle un « passage » en dressage. Ce sont deux des figures les plus difficiles à apprendre. Il arrive qu'un cheval très nerveux le fasse naturellement s'il est excité ou effrayé, mais c'est la façon dont Ciel les a exécutées qui a retenu mon attention. À un moment de sa vie – peut-être à l'époque où il faisait partie d'un cirque –, il a reçu un entraînement de dressage poussé.

Moth contourna le van pour les rejoindre en tapotant sa montre.

– Casey, ma chérie, c'est l'heure d'y aller.

Casey n'avait jamais oublié les paroles du type de l'abattoir. « C'était un nul sur le champ de courses. Y voulait même pas quitter son box de départ. L'avait peur de son ombre. » La crainte que ces peurs ne reviennent hanter Ciel pendant un concours n'était jamais très loin de ses pensées. À présent, il devenait évident qu'elles ne l'avaient pas quitté. Quand le juge au départ termina son compte à rebours, « une minute… trente secondes… dix… cinq, quatre, trois… », le cheval resta figé sur place, frissonnant.

– Sers-toi de ta cravache, ma grande ! lança un homme dans le public. C'est à ça que ça sert.

– Ciel d'Orage, ça dit dans le programme, observa sa femme. Ils feraient mieux de l'appeler Tempête Dans Un Verre d'Eau.

– Je ne le forcerai pas à faire quoi que ce soit, dit Casey, s'adressant plus à elle-même qu'à eux.

Elle caressa l'encolure de Ciel.

– Tout va bien, mon grand, tu n'as rien à craindre.

Elle lui pressa les flancs. Il coucha les oreilles en arrière, mais ne bougea pas d'un pouce. Casey jeta un coup d'œil à son chronomètre. Les secondes défilaient à toute vitesse. Les concurrents débutants avaient quatre minutes et treize secondes pour terminer le parcours de cross avant de recevoir des pénalités de temps, et elle avait déjà perdu presque une minute.

Du coin de l'œil, elle vit Anna Sparks se diriger vers le terrain d'entraînement sur Méridienne, avec une foule d'admirateurs dans son sillage. Casey fut prise de sueurs froides. Cela lui paraissait de la plus haute importance qu'Anna, qui avait été témoin de son fiasco en dressage et en saut d'obstacles, ne la voie pas s'humilier encore davantage au cross.

– Qu'est-ce que c'est? demanda le juge au départ. Un désistement?

– Attendez! s'écria Casey.

Elle avait remarqué sur la piste quelque chose de brillant dont le reflet éblouissait Ciel. Un commissaire s'en aperçut au même instant et courut le ramasser.

Rien, dans l'expérience ou l'imagination de Casey, ne l'avait préparée à ce qui suivit. Avant même qu'elle ait eu le temps de rassembler ses rênes, Ciel jaillit du box de départ à une telle vitesse que si elle n'avait pas empoigné la crinière, elle se serait retrouvée par terre derrière lui dans un nuage de poussière.

Au club épique de Hope Lane, ils n'avaient pas eu l'occasion de se préparer à sauter quoi que ce soit qui ressemble un tant soit peu à un obstacle de cross ; Mrs Ridgeley l'avait interdit. À la place, Mrs Smith avait enseigné la technique à Casey et la « hardiesse » à Ciel, l'encourageant à sauter des oxers[1] peu élevés mais enveloppés de sacs-poubelle qui voletaient ou de vieux journaux qui crépitaient.

Sentant monter une bouffée d'adrénaline, Casey se pencha vers l'encolure du cheval. Les obstacles d'échauffement – un bac à fleurs en pente, un abri à faisans et un double[2] – auraient pu être des *cavaletti*[3], vu la facilité avec laquelle Ciel les franchit, mais le passage de gué constituait une inconnue. Il ouvrit des yeux ronds quand ils abordèrent le vallon plein d'ombre, où le feuillage dessinait des formes inquiétantes.

– Vas-y, mon grand, tu peux y arriver, l'encouragea Casey.

Il sauta dans l'eau avec une gerbe d'éclaboussures en soufflant, bondit sur le talus et repartit bientôt au galop rapide, les oreilles tournées vers l'avant. À mesure

---

1. Obstacle sur deux plans qui peut être asymétrique, et parfois d'une largeur supérieure à sa hauteur.
2. Deux obstacles placés en succession rapprochée.
3. Barres posées au sol ou à faible hauteur pour s'entraîner au saut d'obstacles.

qu'il prenait de l'assurance, sa vitesse s'accrut de façon spectaculaire. Casey essaya de le ralentir, mais il prit le mors aux dents et, le sang en ébullition, fonça sur la piste. Très vite, elle se rendit compte qu'elle n'avait plus aucune autorité sur lui.

Ils abordèrent la jardinière à une allure vertigineuse et rasèrent le sommet. Pendant un instant terrifiant, il sembla certain qu'ils allaient chuter. Mais par miracle, Ciel retrouva son équilibre, fit quelques foulées de galop et décolla périlleusement du talus. Ils volèrent au-dessus du *trakehner*[1] et du fossé barré puis franchirent à un train d'enfer la haie de steeple-chase[2], le poulailler[3] et l'oxer en palissade.

Casey avait totalement perdu le contrôle de Ciel. Mi-terrorisée, mi-euphorique, elle se cramponna quand il aborda à toute vitesse la combinaison appelée « passage de route »; il sauta par-dessus un tronc d'arbre, descendit une « marche de piano », tourna pour franchir un fossé et descendre d'autres marches. La plupart du temps, Casey était à côté de la selle et non dessus. Les obstacles qui lui avaient paru gérables depuis le sol étaient devenus des monstres qu'il franchissait pourtant avec cinquante centimètres de marge. Après avoir sauté une branche d'arbre et le dernier obstacle aussi facilement que les *cavaletti* du club épique, il fila si vite vers la ligne d'arrivée qu'elle

1. Obstacle de cross composé d'un fossé avec un tronc.
2. Course de chevaux comportant notamment des haies.
3. Obstacle de cross imitant une cage à poules en forme de maisonnette.

en eut les larmes aux yeux. Ils terminèrent dans les temps, avec une seconde de marge.

Casey mit pied à terre pour aller s'écrouler dans les bras de Moth et de Mrs Smith. Elle avait le visage engourdi à cause du vent produit par la vitesse. Elle tremblait, mais elle ne pouvait plus cesser de sourire.

– C'étaient les meilleures trois minutes et quarante-deux secondes de ma vie ! leur dit-elle, haletante.

Mrs Smith était livide.

– Ta vie ne durera pas beaucoup plus longtemps si tu reprends un parcours de cross à cette vitesse. En plus, tu auras des pénalités de temps pour être allée trop vite. Lundi matin à la première heure, on recommence les simples promenades au pas. Et on continuera jusqu'à ce que je sois remise de ma frayeur.

Moth ne cessait de secouer la tête.

– La vache, Casey, ton cheval a des ailes !

Après s'être ainsi défoulé, Ciel feignit à merveille d'être le cheval le plus docile et le plus adorable de Brigstock. Il grignota des carottes et posa pour la galerie. Ses membres et son encolure étaient couverts d'écume, mais il avait les oreilles dressées vers l'avant et il n'arrêtait pas de pousser fièrement Casey avec son nez, comme pour dire : « Je sais que j'ai failli tout gâcher, mais je me suis bien rattrapé, non ? »

Bien qu'elle ait juste concouru dans la catégorie débutants, qu'une centaine de choses soient allées de travers et que Ciel et elle aient réussi de justesse avec le nombre minimum de points (Anna Sparks, comme on pouvait s'y attendre, s'était classée parmi les premiers), Casey fut fière de sa petite équipe excentrique quand les résultats furent enfin affichés.

Elle envoya un SMS à son père.

Grâce à Moth, à Mrs Smith, à tes gants porte-bonheur et à la broche de maman, Ciel a réussi son premier parcours de cross ! Ce n'est pas Badminton, mais c'est un début. Bisous, C

Il était inutile de lui dire qu'ils avaient frôlé la mort.

Le cheval et l'âne étaient déjà dans le van. Ils n'attendaient plus que Mrs Smith, partie leur acheter un repas à emporter bien gras et revigorant pour affronter le long trajet de retour, quand Casey s'aperçut que la camionnette du maréchal-ferrant était revenue. Peut-être s'était-il absenté brièvement pour s'occuper des chevaux d'un haras voisin ou reprendre de l'essence.

— Je reviens dans une seconde, dit-elle à Moth. J'ai quelque chose à faire.

Peter martelait un fer à cheval chauffé au rouge pour le façonner quand l'ombre de Casey se posa sur lui.

— Bonjour, fit-elle timidement.

Il leva brièvement les yeux avant de reprendre le travail.

— Qu'est-ce que je peux faire pour toi ? Il y a un problème avec les fers de Ciel ?

141

– Non, ils sont parfaits. Je suis juste venue te remercier. Ces fers, à vrai dire, c'est ce qu'il y a eu de mieux dans notre performance. Ils nous ont sans doute évité de faire bien pire.

– Ah, la journée a été difficile ? marmonna-t-il, l'air indifférent.

Casey était hypnotisée par ses avant-bras bronzés, étonnamment musclés. Elle aperçut sa poitrine glabre par le col déboutonné de son polo noir délavé quand il se pencha en avant. Gênée, elle détourna le regard.

– Pour être honnête, la journée a été désastreuse. Ciel a fait de son mieux, mais je n'ai jamais aussi mal monté. J'ai un sentiment d'échec. J'ai totalement perdu le contrôle sur le parcours de cross.

Peter se redressa et la considéra froidement.

– Ça arrive, parfois. Il y a autre chose ?

Humiliée, Casey sentit ses joues s'enflammer. Elle se serait volontiers giflée. Pourquoi diable était-elle venue le voir ? Qu'est-ce qui lui avait pris ?

– Non, je voulais te remercier, c'est tout.

– Bon, eh bien c'est fait, maintenant.

– C'est fait, oui, l'approuva-t-elle avec une profonde tristesse – chose curieuse, puisqu'elle le connaissait à peine. Au revoir…

Il frappa son fer à cheval avec plus de force que nécessaire.

– Au revoir.

La jeune fille avait presque regagné le van quand il la rejoignit en courant.

– Casey ?

Elle s'arrêta, surprise. À présent, c'était son tour à lui de se sentir mal à l'aise. Il passa les doigts dans sa tignasse brune désordonnée.

– Je suis désolé. Écoute, c'est difficile à expliquer, mais ces deux jours ont été un peu bizarres. On peut reprendre à zéro ?

– Bien sûr. Je m'appelle Casey Blue, dit-elle avec un sourire en lui tendant la main.

Il la prit fermement dans la sienne.

– Et moi, Peter Rhys.

Elle s'esclaffa.

– J'avais cru comprendre.

– Ce qui s'est passé aujourd'hui… Tu ne vas pas renoncer, j'espère ?

– Bien sûr que non. Ce n'est que le début.

– Alors ce n'est pas un échec. Mon père dit toujours que tant qu'on n'a pas renoncé, on n'a pas échoué. Le vrai test, c'est la façon dont on réagit à une défaite.

À l'autre bout du parking, la camionnette de Moth démarra en crachotant, dans un nuage de fumée. Casey fit un pas dans cette direction.

– Je ferais mieux de m'y habituer, dans ce cas. Quelque chose me dit que je vais faire beaucoup d'erreurs et que je vais beaucoup évoluer.

– À propos d'hier, reprit Peter, quand tu as tenu tête à Anna Sparks, c'était courageux. Peu de gens auraient eu le cran de faire ça. Et si tu es sérieuse au sujet de Badminton…

143

Il voulait la prévenir qu'Anna avait la réputation d'être rancunière. Lui dire : «Ne t'en fais pas une ennemie. Si tu la contraries, tu auras affaire à son père. » Mais il ne voulait pas avoir l'air de sortir d'un polar de série B. Et puis les deux filles ne se reverraient peut-être jamais.

— Je le suis, répondit Casey. Sérieuse au sujet de Badminton, je veux dire.

Elle s'attendait à ce qu'il mette en doute ses capacités, mais il se contenta de dire :

— Dans ce cas, Ciel aura besoin d'un bon maréchal-ferrant. Chaque fois que tu auras besoin de moi, je serai là.

Casey lui adressa un sourire si ravi que le cœur de Peter fit un saut périlleux dans sa poitrine.

— Merci. C'est important pour moi. À la prochaine…

Elle partait, il ne pouvait pas l'en empêcher.

— À la prochaine ! répondit-il d'un ton dégagé.

13

Mrs Ridgeley ne cherchait pas souvent ses mots, mais quand Casey sortit Ciel, fraîchement tondu, de la remise qui lui servait de box, elle resta muette pendant au moins trente secondes. Elle en fit plusieurs fois le tour, tel un requin reluquant un phoque.

– Eh ben, fit-elle. Bien bien bien. Je ne me trompe pas souvent à propos des chevaux, mais celle-là, je ne l'avais pas vue venir. C'est un bel animal, hein ? Il a une couleur extraordinaire. En fait, il est argent foncé, comme un nuage d'orage illuminé par un éclair. Et il se remplume joliment. Chapeau à Angelica et toi pour votre travail. Continuez comme ça et nous pourrons le proposer aux cavaliers confirmés, qui peuvent payer plus cher que les autres. Bien sûr, Gillian va devoir lui inculquer un peu de bon sens à coups de cravache. Je ne peux pas le laisser faire du rodéo comme il le fait avec toi...

Cette remarque arracha Casey à la torpeur béate dont elle n'était pas sortie depuis que son cheval bien-aimé avait été métamorphosé par la nouvelle tondeuse rutilante de Mrs Ridgeley.

– Quoi ? Vous plaisantez. Il n'est pas question que Ciel devienne une rosse de poney-club. On le prépare pour Badminton.

– S'il y a une chose avec laquelle je ne plaisante jamais, c'est l'argent, rétorqua Mrs Ridgeley. Tu dois te rappeler que nous avons passé un accord, jeune fille. Je t'ai dit que tu pouvais garder Ciel ici tant qu'il ne me coûterait pas d'argent et ne perturberait pas la vie du club. Il a perturbé la vie du club à plusieurs reprises, mais j'ai accepté de fermer les yeux, parce que tu es ma meilleure bénévole, et la plus dévouée. Mais je ne tolérerai pas les impayés. Nous sommes le 7 juin aujourd'hui. Tu as une semaine de retard pour régler la facture de nourriture de Ciel.

Casey devint cramoisie. Ciel caracolait nerveusement. Elle posa la main sur son encolure argentée pour l'apaiser. C'était comme de caresser du velours.

– Je suis vraiment désolée, Mrs Ridgeley. Ce mois a été difficile, mais vous aurez l'argent demain. Je vous le déposerai après mon service au Tea Garden.

– Et que se passera-t-il le mois prochain ou le suivant ? Si tu as dix jours de retard, ou quinze, ou que tu ne paies plus du tout ? Où dois-je fixer la limite ?

– Mais je vais payer, assura Casey. Pendant les vacances d'été, je travaillerai à plein temps au Tea Garden, et puis je promènerai des chiens et je ferai des tas d'autres choses. Je vais rouler sur l'or !

– D'ici là, tu vas participer à des concours…

Mrs Ridgeley avait failli dire «perdre à des concours», mais ce n'était pas la peine de retourner le couteau dans la plaie.

– … à Longleat et à Brightling Park. Combien de temps penses-tu que ton salaire te permettra de tenir? Tu vas dépenser une fortune en essence, en graisse pour le cuir et un million d'autres choses. Sans parler de l'usure de mon meilleur matériel! Il est grand temps que tu t'achètes une selle et un filet.

Elle tâcha de modérer l'exaspération qui perçait dans sa voix.

– Pourquoi ne pas te faciliter la vie, Casey? Si tu m'autorises à faire travailler Ciel cinq jours par semaine au club, sa pension sera gratuite, tu n'auras plus de factures de nourriture et, s'il se blesse ou tombe malade, il sera couvert par notre assurance. Tu pourras toujours le monter le week-end et le voir deux fois par jour quand tu viendras le panser et le nourrir. Bien sûr, il faudra faire un gros effort pour le rendre plus sociable et gentil avec les clients, mais je ne parlerai plus du matériel. Tu as tout à y gagner. Ta seule autre option, c'est de le vendre. Je sais que tu l'adores, mais tu pourrais faire un beau bénéfice et t'épargner beaucoup de frais et de déceptions. Penses-y sérieusement.

Casey n'avait aucun besoin qu'on lui rappelle qu'elle n'avait pas d'argent, ni qu'il était probablement impossible de financer une carrière de cavalière professionnelle avec les pourboires gagnés dans un café de Hackney. Nuit après nuit, l'angoisse de devoir renoncer à son rêve lui donnait des insomnies. Elle s'était repassé le concours de Brigstock un millier de fois dans sa tête. À bien des égards, cela avait été un désastre, mais son expérience du cross avait achevé de la persuader qu'elle ne voulait pas d'autre carrière.

Ce qui l'horrifiait le plus, c'était l'idée de vendre Ciel. Au-delà de sa haine farouche pour la plupart des humains, il gardait un côté sauvage. Casey adorait cette facette de sa personnalité, mais d'autres cavaliers ne seraient pas aussi tolérants. Elle voyait d'ici un sale gosse du club épique « lui inculquer un peu de bon sens à coups de cravache », pour reprendre la formule de Mrs Ridgeley.

« Rien au monde ne pourrait me convaincre de renoncer à lui, se dit Casey. On s'enfuira sur la lande et on vivra sous une tente, s'il le faut. »

Elle ne dit rien à son entraîneuse mais, comme d'habitude, elle n'en eut pas besoin. Non que Mrs Smith serve à grand-chose, avec sa nouvelle manie de débiter des clichés du genre « Il n'y a pas de petites économies », comme si Casey avait l'habitude de fréquenter Selfridge, le grand magasin de luxe, et d'y dépenser des fortunes en sacs à main et autres jeans griffés.

Casey ne savait pas que c'était une torture pour son amie de regarder se débattre sans rien faire cette gamine qu'elle aimait d'un amour presque maternel. Cependant, Mrs Smith savait aussi qu'elle ne lui rendrait pas service en la protégeant trop. C'était précisément à cause de ce genre de « protection » qu'elle, Angelica Mary Smith, voyait tout en rose lorsqu'elle avait commencé à voler de ses propres ailes et n'avait pas su se méfier d'un escroc comme Robert, sans parler du monstre qui avait causé la mort d'Insouciant.

Roland Blue, qui jetait chaque soir des coups d'œil furtifs au visage pâle et amaigri de sa fille pendant le dîner, se sentait tout aussi impuissant. Il savait que le cheval devait coûter une petite fortune.

— Parle-moi, ma puce, dit-il avec inquiétude un soir. Tu es trop jeune pour assumer cette responsabilité toute seule. Je ne suis peut-être pas riche, mais je ferai tout mon possible pour te payer ce dont tu as besoin pour Ciel, quitte à prendre un deuxième boulot.

Mais Casey fit mine de prendre les choses à la légère :

— Inutile de dramatiser, papa. C'est vrai qu'il y a des jours où il manque un ou deux ingrédients à son petit déjeuner, mais Ciel comprend, comme moi, que l'amour compense beaucoup de choses. De toute façon, tout sera résolu quand j'aurai trouvé un sponsor.

Pourtant, elle savait fort bien que les sponsors n'avaient pas l'habitude de soutenir des inconnus qui arrivaient derniers.

— Ce risotto aux champignons est trop bon, papa. Il y manque quelque chose ?

Elle avait fait exprès de rester évasive. Son père gagnait beaucoup de compliments, mais assez peu d'argent chez Half Moon, l'atelier de couture de Ravi Singh. Ils avaient déjà du mal à joindre les deux bouts. Elle refusait de lui imposer un fardeau de plus. Et, dans un coin de sa tête, elle ne pouvait s'empêcher de craindre que Roland, s'il soupçonnait à quel point les choses allaient mal, ne soit tenté de payer ce qui manquait en renouant avec ses vieilles connaissances du monde du crime.

Mrs Smith vit avec une inquiétude croissante les cernes sous les yeux de son élève passer du mauve au violet. Elle aussi, elle veillait jusqu'aux petites heures de l'aube, mais pour d'autres raisons. Seule dans l'obscurité, tandis que les murs de son appartement semblaient se resserrer sur elle et que ses souvenirs rôdaient comme des spectres, réveillant de vieilles blessures, elle doutait à la fois de sa lucidité et de sa santé mentale. Était-ce bien raisonnable d'encourager une impétueuse gamine de quinze ans à pratiquer un sport horriblement cher et dangereux sur un cheval aussi imprévisible ?

Mais le jour venu, son optimisme habituel revenait au galop. Perchée sur la barrière branlante du club épique de Hope Lane, en regardant la jeune fille et son cheval évoluer comme du mercure tout autour du manège pendant que le soleil d'été lui réchauffait la peau, elle sentait ses doutes s'évaporer. Certes, Casey et Ciel étaient des marginaux. Ils avaient énormément d'énergie et de talent, tous les deux, mais ils ne savaient pas encore les exploiter à bon escient. Leur meilleure arme, c'était leur lien exceptionnel.

En les entraînant, Angelica avait l'impression d'être un alchimiste. Il fallait qu'elle trouve la bonne technique pour combiner leurs dons et obtenir un résultat explosif.

Finalement, elle avait opté pour une formule traditionnelle, vieille de plusieurs siècles. Elle ignorait si cela marcherait sur un cheval de concours, mais il était devenu évident que Ciel avait besoin d'une méthode de travail qui canalise sa fougue sans l'étouffer. Tout comme Casey, d'ailleurs.

— Je n'ai jamais entendu parler de « l'échelle de formation », dit la jeune fille. Ça m'a l'air démodé. De nos jours, les meilleurs cavaliers utilisent des méthodes de pointe, en général.

Mrs Smith réprima un mouvement d'irritation. À Brigstock, elle avait vu le palefrenier d'Anna Sparks entraîner Diamant Brut avec des enrênements (ce qui, entre les mauvaises mains, pouvait causer de nombreux problèmes, selon l'avis éclairé de Mrs Smith) et elle avait aussitôt décidé que, quel que soit le style d'entraînement ultramoderne qu'Anna et lui pratiquaient, Casey et elle feraient le contraire.

— Les méthodes de pointe ne servent à rien si elles reviennent à prendre des raccourcis malavisés, répliqua-t-elle d'un ton aigre. N'oublie pas que bien des méthodes dites nouvelles ont été expérimentées il y a plusieurs décennies puis abandonnées. Les principes classiques ne sont pas classiques sans raison.

Elle énuméra les sept phases de l'échelle de formation en comptant sur ses doigts :

– Rythme, souplesse, contact, impulsion, rectitude, rassembler et efficacité des aides. L'entraîneur de dressage allemand Klaus Balkenhol, qui a gagné une médaille d'or aux Jeux olympiques et qui doit être le meilleur cavalier que j'aie jamais connu, ne jure que par ça, et si c'est assez bien pour lui, c'est assez bien pour moi aussi. Il y a des techniques plus rapides, mais celle-ci est la plus douce et la plus naturelle. Bien sûr, j'ajouterai une ou deux idées à moi de temps en temps. Je n'ai jamais été du genre à suivre aveuglément une voie.

– Douce et naturelle, avec quelques spécialités d'Angelica Smith par-ci par-là ? Vous m'avez convaincue, dit Casey avec un sourire. Quand est-ce qu'on commence ?

Mrs Smith consulta sa montre.

– Nous avons un an, dix mois et deux semaines pour que Ciel soit prêt pour Badminton. Si on commençait tout de suite ?

Dès qu'elles eurent commencé à travailler la première étape de l'échelle de formation, le rythme – ou la cadence –, Casey fut convertie. Ce système lui paraissait parfaitement logique et mettait fortement l'accent sur la relation entre cheval et cavalier. Tout reposait sur la confiance.

Mrs Smith l'expliqua ainsi :

– Les chevaux ont l'instinct de fuite. Un cheval qui n'a pas foi en son cavalier, ou pire : un cheval qui a peur de son cavalier est un cheval tendu. Si le cavalier réagit par la force, le cheval résiste en se crispant davantage ou en essayant de s'échapper. Dès lors, si la réponse du cavalier est de monter d'un cran avec des rênes auxiliaires ou de la force brute, le problème s'envenime rapidement.

Elle désigna Ciel d'un mouvement du menton. Sellé, il attendait impatiemment sa reprise.

– Le rythme produit de la souplesse, mais cela ne viendra que si Ciel est détendu, heureux et prend plaisir à son travail. C'est comme un circuit électrique. Il faut qu'il y ait un courant continu entre tes mains et sa tête, son encolure et ses membres postérieurs. Alors seulement tu pourras obtenir un bon contact et ce que les Allemands appellent *Losgelassenheit* : la décontraction.

En combinant ces leçons avec le travail en longe, les promenades au pas et ce que Mrs Smith appelait « des séances de mise en confiance », consacrées à masser et caresser Ciel, leur progression était infiniment lente. Si lente qu'ils réussirent de justesse le concours international de Longleat, la troisième semaine de juin, et celui de l'East Shore Classic, dans le Devon, en juillet.

– Peu importe à quelle place tu as terminé, l'essentiel est d'obtenir les points nécessaires ! lança Mrs Smith sur le chemin du retour.

Casey semblait particulièrement démoralisée.

– ... Non seulement tu participes en accumulant toujours plus d'expérience à chaque fois, mais en plus, tu progresses dans le classement. Tu te rends compte de l'exploit que ça représente ?

– Tout de même, répliqua Casey, il y a une grosse différence entre vasouiller dans les dernières places d'un concours pour débutants et cartonner lors d'un concours quatre étoiles. Autant qu'entre une maquette d'avion qui marche avec des piles et une fusée lunaire. En plus, aucun sponsor ne s'intéressera à nous avec ce genre de performance !

– Peut-être, fit Mrs Smith en lui jetant un regard malicieux, mais au moins, Ciel a de beaux pieds...

Ciel avait effectivement de beaux pieds, grâce à Peter, qui avait insisté pour vérifier ses fers avant le début de chaque concours lorsque leurs emplois du temps coïncidaient. Il les changeait à la fin lorsque cela lui paraissait nécessaire et persistait à refuser le moindre paiement sous prétexte qu'il était encore un apprenti.

– Mais tu acceptes que d'autres personnes te paient, s'était obstinée Casey. Je t'ai vu.

– Ce sont les clients de mon père. Je lui donne un coup de main, c'est tout. Ciel et toi, vous êtes *mes* clients. C'est moi qui vous ai découverts. Mais tant que je ne serai pas qualifié, je ne pourrai pas accepter que vous me payiez. Ça ne me semblerait pas correct.

Casey n'en croyait pas un mot.

– Et quand tu le seras, tu accepteras qu'on te paie ?

Peter fit mine d'y réfléchir.

– J'aurais peut-être accepté, mais maintenant, vous êtes mes amis. Quel genre d'homme fait payer ses amis ?

– Un homme qui ne veut pas faire faillite ? avait suggéré Casey.

Peter s'était contenté de rire. Il avait le même sourire nonchalant et le même rire enroué que son père, Evan, et le même teint mat de gitan qui brunissait au moindre rayon de soleil. Mais Evan était petit et trapu avec une bonne bedaine, alors que Peter était grand et athlétique.

– Il a le physique de sa mère, mais pas son tempérament, heureusement, sinon je me serais séparé de lui aussi ! avait confié Evan à Casey et Mrs Smith.

Casey avait été choquée, avant d'apprendre que la mère de Peter avait déserté le foyer. Lors d'un séjour en Toscane pour prendre des cours de peinture, elle était tombée amoureuse d'un comte. Et d'après ce que Casey avait compris, elle ne revenait que rarement au Royaume-Uni.

Comme elle n'avait pas de mère non plus, Casey fut désolée pour Peter jusqu'à ce qu'elle découvre que sa mère avait horreur des chevaux et tentait, de loin, de le pousser vers une carrière dans la finance. Il était si évident qu'il aimait travailler en plein air, auprès de son père, avec qui il entretenait des rapports décontractés et complices, qu'il était difficile de comprendre pourquoi cette femme voulait le forcer à enfiler un costume de pingouin et l'arracher à ce qu'il aimait plus que tout : les chevaux. Elle décida, comme Peter, qu'il était mieux sans elle.

Au début, Mrs Smith avait redouté que Peter tourne la tête de Casey. Après des débuts difficiles, ils étaient devenus si vite de si bons amis et ils se tenaient mutuellement en si haute estime qu'elle était persuadée qu'une histoire d'amour allait bientôt naître entre eux. Casey changerait de priorités et ses rêves de championnats tomberaient à l'eau. C'en serait fini de tout ça. En outre, sa propre expérience dans le monde du dressage avait rendu Angelica cynique au sujet des hommes. Elle aimait beaucoup Peter, mais elle se méfiait de ses intentions.

Ses craintes s'étaient révélées infondées.

– Aucun garçon n'empêchera Ciel et moi de gagner à Badminton, annonça Casey un jour, du but en blanc. Ni maintenant ni plus tard.

Elle n'était pas prête à confier à son amie qu'elle avait surpris Peter en train de changer de T-shirt derrière la camionnette du maréchal-ferrant et que, à la vue de son ventre plat et bronzé au-dessus de son jean, elle avait eu l'impression de faire une chute de trente étages dans la cage d'un ascenseur. À cet instant,

Casey s'était fait le serment de ne jamais, jamais tomber amoureuse de lui. Depuis lors, elle l'avait délibérément traité comme un frère. La plupart du temps, elle semblait à peine le remarquer, tellement elle était absorbée par son cheval.

Mrs Smith voyait clairement que Peter avait des sentiments pour Casey, mais il les cachait si bien qu'elle doutait que la jeune fille en soit consciente. Ce qui acheva définitivement de séduire Mrs Smith, c'est l'affection désintéressée qu'il vouait à Casey. Il souhaitait sincèrement le meilleur pour Ciel et elle, quoi qu'il lui en coûte.

Le maréchal-ferrant et son fils comptaient parmi les rares personnes à ne pas considérer l'équipe de la camionnette aux ânes comme une blague désopilante. Certains des plus grands champions, comme Mary King, venaient d'une famille modeste, et ce sport avait tendance à mettre tout le monde sur un pied d'égalité même si certains trouvaient comiques les concurrents moins privilégiés.

Des palefreniers prenaient des paris pour savoir si Casey allait se présenter avec la même veste en tweed hideuse et la même culotte d'équitation distendue qu'elle portait depuis mai, ou si la camionnette allait tomber en panne et s'il faudrait encore la pousser pour la faire sortir du parking, comme dans le Sussex, en provoquant l'hilarité générale. Ils se demandaient également si Mrs Smith, qui aimait les tissus en coton indiens, débarquerait carrément en sari.

À part le clan des Sparks, plus personne ne se moquait de Ciel, même si quelques médisants chuchotaient que ces Londoniens à la manque gâchaient le potentiel du cheval.

Ils furent encore plus mécontents lorsque Casey et Ciel stupéfièrent tout le monde en terminant sixièmes à Larksong Manor après un double sans-faute, battant plusieurs grands noms et se qualifiant pour la catégorie amateurs à Gatcombe le mois suivant, en septembre. Lorsque Peter et son père apprirent que ce succès était couronné par le soixante-troisième anniversaire de Mrs Smith, ils improvisèrent un barbecue pour fêter ce double événement.

C'était un magnifique après-midi de fin d'été. Des cavaliers vinrent l'un après l'autre féliciter Casey, qui n'en croyait pas ses yeux. Maintenant qu'elle avait fini parmi les dix premiers et qu'elle devait concourir à Gatcombe, le foyer historique des champions d'équitation de la famille royale, la princesse Anne et le capitaine Mark Phillips, parents de la cavalière de talent Zara Phillips, elle avait réalisé un de ses rêves. Au milieu de son petit cercle d'amis, dans le parking, Casey éprouva pour la première fois de sa vie le sentiment d'être à sa place. Elle faisait partie de quelque chose – d'une communauté.

En outre, elle portait la nouvelle bombe que son père lui avait offerte pour son anniversaire, ainsi qu'une culotte d'équitation respectable. Un jour, sans prévenir, une âme bienveillante (ou condescendante) en avait accroché une d'occasion à sa taille dans un sac à son nom devant le box de Ciel. Casey ne savait pas trop si elle devait se réjouir ou se sentir humiliée. Mais en voyant que la culotte lui allait à la perfection, elle avait surtout éprouvé de la gratitude.

Elle n'avait pas revu Anna Sparks depuis Brigstock. La jeune vedette était trop occupée à briller dans divers concours étoilés, au Royaume-Uni comme à l'étranger, sur Diamant Brut. Son palefrenier revêche, Raoul, et la chef d'écurie des Sparks, Livvy Johnston, défendaient ses couleurs dans les catégories débutants et amateurs sur Méridienne et deux autres jeunes chevaux prometteurs.

Livvy était loin d'être aussi éblouissante, aussi jeune et aussi douée qu'Anna, mais c'était une bonne cavalière qui adorait sincèrement les chevaux avec lesquels elle travaillait. Hélas, l'ambition faisait d'elle une mauvaise perdante. Quand Casey termina devant elle sur Ciel, elle fut piquée au vif.

– Même les écureuils aveugles tombent parfois sur un gland, avait-elle commenté assez fort pour que Casey l'entende.

Ça ne pouvait pas durer. Casey avait pu mettre suffisamment d'argent de côté pour tenir jusqu'au championnat de Gatcombe en septembre grâce à son travail acharné pendant les vacances d'été. Quand elle n'entraînait pas Ciel avec Mrs Smith, elle faisait le service au Tea Garden, se chargeait des courses des clients les moins valides du café, promenait des chiens, gardait des chats, faisait du baby-sitting, livrait des pizzas, lavait des voitures, tondait des pelouses et nettoyait des vitres.

Malgré tout, il y avait eu des moments magiques, des moments de rêve comme monter à cheval sur les traces de la famille royale dans le majestueux domaine de Gatcombe Park. Mais où qu'elle aille, il semblait que quelqu'un lui tendait une facture, et que l'argent fondait dans ses poches comme neige au soleil.

Sans les apports occasionnels de son père, qui gagnait une prime de temps en temps pour avoir travaillé toute une nuit à terminer une commande, Casey aurait dû s'avouer vaincue et autoriser Mrs Ridgeley à utiliser Ciel au club. En plus, les employés et les clients les plus généreux de Hope Lane avaient organisé une collecte pour envoyer Casey et Ciel au dernier concours de l'année, les Woodstock Horse Trials, au pays de Galles.

Ce ne fut pas une grande réussite. Ils crevèrent un pneu sur la route et le van faillit se retourner. Sous les jurons des autres automobilistes, obligés de rouler au pas sur l'autoroute, ils s'étaient démenés pour changer la roue sous la pluie battante, fouettés par un vent impitoyable. Moth, un homme d'un naturel affable qui s'était bien amusé durant sa saison sur le circuit des concours hippiques, déclara qu'il en avait ras le bol. Il ne pouvait plus continuer à user sa camionnette sans raison valable. Dès qu'ils seraient rentrés à

Londres, il démissionnerait de son poste de chauffeur pour Casey.

Avec les nerfs en pelote et une migraine lancinante, Casey n'était pas en état de se concentrer lorsqu'ils arrivèrent à Woodstock avec à peine le temps de s'échauffer. Et Ciel non plus. Il était encore agité après son voyage chaotique. Sous une bruine glacée, il exécuta sa reprise de dressage avec mauvaise grâce et fit tomber trois obstacles.

Le parcours de cross était tout boueux. Les cavaliers protestèrent beaucoup à cause des risques de glissade, même si Michelle Low fut la seule à refuser de participer. Casey aurait aimé faire de même, mais elle avait besoin de points pour se qualifier. Dans les bourrasques, Ciel et elle terminèrent le parcours sans faute, avec une lenteur désespérante et trente-cinq points de pénalité de temps. Quand les résultats furent affichés, ils étaient une fois de plus les derniers qualifiés. Ce n'était pas le résultat qu'ils espéraient, mais c'était tout de même un vague progrès.

Mrs Smith semblait distraite, ce qui n'aidait pas. Elle n'arrêtait pas de disparaître avec le portable de Moth à des moments cruciaux, soi-disant pour appeler une amie malade. Casey aurait donné n'importe quoi pour parler à Peter, mais il était dans une foire avec son père, à l'autre bout du pays. Il n'y eut pas de barbecue. Pas de camaraderie. C'était comme si elle n'était jamais allée à Larksong Manor. À la fin du concours, Casey se retrouva toute seule sur le parking trempé avec un sandwich au fromage rance pour tout réconfort.

Une fois rentrée chez elle, à Hackney, elle eut une déconvenue de plus. Une crise au Moyen-Orient avait fait monter le prix de l'essence durant la semaine, et son budget avait explosé. Elle n'eut pas le choix : elle dut supplier son père de lui donner l'argent du ménage, les condamnant à une semaine de pommes de terre bouillies et de soupe à l'oignon sans accompagnement. Casey pleura en donnant à Ciel une botte de foin poussiéreux. Dans sa précipitation, en quittant le pays de Galles, elle avait oublié son sac de granulés. Il ne restait pas un sou pour en racheter.

Elle alla voir Mrs Ridgeley à genoux.

— Je sais que j'ai un mois de retard pour la facture de nourriture, mais y a-t-il une chance que vous me prêtiez des granulés et m'accordiez quelques semaines de plus pour rassembler l'argent ?

La réponse fut laconique :

— Non. Je ne peux pas. Pourquoi devrais-je subventionner tes projets chimériques ? Tu as déjà obtenu de l'argent de mes moniteurs et de mes clients. Si tu crois que tu vas m'en soutirer davantage, tu te fourres le doigt dans l'œil. Tu as quarante-huit heures pour m'apporter la preuve que tu fais de gros efforts pour vendre ton cheval, sinon je l'embauche au club.

Elle resta inflexible sur ce point. Les supplications de Mrs Smith ne firent que l'irriter davantage.

— Je me fiche qu'elle ait du potentiel. Moi aussi,

j'avais du potentiel. Toi aussi. Et je suis sûre que le père de Casey et la moitié des gens qui franchissent le portail du club épique – oui, je sais que vous l'appelez comme ça – avaient du potentiel autrefois. Mais la vie s'en mêle. Et c'est ça que Casey doit affronter, maintenant. La réalité au lieu des chimères. La réalité l'emporte toujours.

– Casey a un don qui sort de l'ordinaire, insista Mrs Smith. Elle est exceptionnelle. En plus, elle a l'avantage d'une véritable éthique. Ce n'est qu'une question de temps avant qu'elle suscite l'intérêt d'un sponsor.

Mrs Ridgeley leva les yeux au ciel et pointa le doigt en l'air.

– Redescends de ton petit nuage !

– C'est pal affection qu'elle est aussi felme, dit Jin à Casey en apportant des granulés en cachette dans le box de Ciel. Elle pense que si elle est dule avec toi, ça va te donner de la folce de calactèle, te lendle plus folte.

– Ce n'est pas du tout de l'affection, répliqua Casey avec fureur. C'est de la jalousie pure et simple. Elle a renoncé à son rêve, alors elle pense que tout le monde devrait en faire autant. Eh bien, je ne la laisserai pas me forcer à abandonner Ciel. Il a besoin de moi et j'ai besoin de lui, et il faudrait cinq cents Mrs Ridgeley pour nous séparer.

Le matin qui suivit son ultimatum, Mrs Ridgeley parut changer son fusil d'épaule. Elle convoqua Casey

dans son bureau et l'accueillit avec un sourire bienveillant.

– Casey, ma grande, je suis heureuse de t'annoncer
que tu as de la chance. Roxanne Primley a touché de
l'argent d'un héritage. Elle aime bien Ciel. Trouve
que c'est un super cheval. Elle apprécie le travail de
dressage que tu as fait avec lui, alors elle est prête à
l'acheter.

Un frisson glacé courut dans le dos de Casey.
Roxanne Primley pesait au moins cent kilos et ses
mains ressemblaient à des jambons entiers. Elle tenait
les rênes comme si elle tirait sur le volant d'un poids
lourd. Même Patchwork tremblait à sa vue.

Casey se leva d'un bond.

– Il faudra d'abord me passer sur le corps !

– Ne sois pas ridicule, tempêta Mrs Ridgeley, perdant aussitôt patience. Franchement, je commence à
penser que vous avez perdu la tête, Angelica et toi.
Sur quoi, au juste, repose ton immense foi en Ciel
et toi ? Vous avez terminé à quelle place à Brigstock,
déjà ?

– C'était notre premier concours.

– Et à Longleat ?

– Eh bien, nous n'étions pas derniers et nous avons
quand même…

– Et à l'East Shore Classic ? Et à Aston Le Walls ?

– Derniers, mais entre-temps, nous avons fini
sixièmes à Larksong Manor. C'était fabuleux. Ça
prouve que Ciel a ce qu'il faut.

164

Mrs Ridgeley eut une repartie cruelle :

– Ça ne prouve rien, à part qu'il est capable de ne pas se classer. Une hirondelle ne fait pas le printemps. À quelle place avez-vous terminé à Woodstock, à peine sept semaines plus tard ?

Casey baissa tristement les yeux.

– Derniers.

– CQFD.

14

Casey trouva la lettre en rentrant à la maison ce soir-là. Les joues striées de larmes, elle la posa sur la table de la salle à manger. Mrs Ridgeley l'avait forcée à autoriser Roxanne Primley à monter Ciel pour « un galop d'essai », une erreur qui avait failli se terminer aux urgences pour Roxanne quand Ciel avait essayé de l'écraser contre la barrière.

Comme on pouvait s'y attendre, Roxanne avait retiré sa proposition.

– C'est un fou furieux, avait-elle jeté à Casey en remontant une jambe de ses jodhpurs pour dévoiler un mollet de la taille d'un béluga.

On aurait dit qu'un lion l'avait déchiquetée.

– Épargne-toi d'autres ennuis et ramène-le à l'abattoir d'où il vient avant qu'il te tue.

Mrs Ridgeley avait été plus laconique :

– Tu as quarante-huit heures pour trouver une nouvelle pension pour Ciel, ou je passe au plan B.

Casey n'osait imaginer les conséquences du plan B.

Elle avait pleuré sur tout le chemin du retour chez elle et elle sanglotait encore quand son père arriva, un quart d'heure plus tard, exténué par une longue journée de travail.

Rien ne contrariait plus Roland Blue que de voir sa fille en détresse. Il la serra dans ses bras et fit de son mieux pour la réconforter.

– Je ne sais pas ce qui s'est passé, ma puce, mais si c'est en mon pouvoir, je vais régler le problème, je te le promets. J'irai au bout du monde s'il le faut.

Alors, elle avait tout déballé. Les nuits blanches, les salamalecs pour récolter trois sous, la toux que Ciel avait attrapée en mangeant du foin poussiéreux.

Les mâchoires de Roland se crispèrent.

– Je vais aller parler à Mrs Ridgeley et lui dire ma façon de penser. Comment ose-t-elle te menacer ! Je trouverai l'argent nécessaire pour Ciel, même si je dois… même si je dois… Oh, peu importe. Je le trouverai, c'est tout ce que tu as besoin de savoir.

Casey pâlit.

– Non, papa ! S'il te plaît, je ne veux pas que tu cherches de l'argent, Ciel est sous ma responsabilité et je…

– Qu'est-ce que c'est que ça ? l'interrompit son père en prenant la lettre.

Casey s'essuya les yeux.

– Je ne sais pas. J'avais peur de l'ouvrir. Sans doute un dernier rappel de la part du comptable de Mrs Ridgeley.

– Ça m'étonnerait. Les derniers rappels n'arrivent pas dans de jolies enveloppes bleues, en général. Les agents de recouvrement préfèrent les couleurs moins gaies.

Casey lui prit l'enveloppe. Rien ne permettait de deviner qui en était l'expéditeur. Son nom et son adresse avaient été imprimés et le tampon de la poste était illisible. Elle haussa les épaules et l'ouvrit.

– Bah, ce n'est pas comme si les choses pouvaient encore empirer aujourd'hui.

Quelques instants après, elle hurla. La lettre lui échappa des mains.

Son père la saisit au vol et la lut.

– Qu'est-ce que… ?

Il poussa un cri de joie et fit danser Casey jusqu'à ce que la pièce semble tourner autour d'elle. Ils étaient tous deux hilares.

– Je ne vais pas te dire que je te l'avais dit, mais… c'est pourtant le cas ! s'exclama Roland Blue, radieux. Le vrai talent finit par être reconnu. Oh, ma fille, tu es géniale, je suis si fier de toi !

Pendant que son père leur préparait une omelette au fromage pour le dîner, Casey relut la lettre avec des mains tremblantes.

En haut de la feuille bleu pâle, il y avait un aigle bleu foncé et blanc aux ailes déployées sur l'en-tête. En dessous de l'oiseau, un rouleau portait les mots : *Ladyhawke Enterprises*. En guise d'adresse, il y avait juste une boîte postale. Le nom de Casey avait été tracé d'une écriture élégante, mais le reste de la lettre était tapé à l'ordinateur.

Chère Casey,

Permets-moi de commencer par te dire que j'ai eu le plaisir de vous voir à l'œuvre à Larksong Manor, Ciel d'Orage et toi, quand vous avez terminé à la sixième place. Je suis d'un cynisme notoire en ce qui concerne le talent des cavaliers n'ayant pas encore fait leurs preuves, mais après ce que j'ai vu là-bas, je tends à croire que ton cheval et toi formez une équipe dont le potentiel dépasse votre âge et votre expérience.

Permets-moi d'être direct. Tes résultats de la saison sont loin d'être exemplaires, mais j'ai suivi ton parcours de loin et je pense que tes scores ne reflètent pas les progrès que tu as faits. J'espère que tu me pardonneras mon impertinence, mais je me suis renseigné sur ta situation et sur ton entraîneuse, Angelica Smith, une cavalière très estimée en son temps. J'en ai conclu que si tu avais accès à des installations, du matériel et des granulés de première catégorie, tu pourrais devenir une adversaire de taille dans les championnats.

Je suis disposé à te sponsoriser ton entreprise pendant dix-huit mois, en échange de dix pour cent de tes gains et du plaisir de voir une jeune cavalière méritante avoir la possibilité de concourir. C'est une offre sans conditions, sauf une. Si tu ne l'acceptes pas, nous ne pourrons pas faire affaire, comme on dit. Ma requête est simplement la suivante : je veux garder l'anonymat absolu. Nous ne correspondrons que par la boîte postale indiquée sur l'en-tête de cette lettre.

Si tu acceptes cette condition, merci de me le faire savoir par retour du courrier. Dès que j'aurai reçu ton agrément, je ferai un virement au centre équestre de White Oaks, qui se trouve dans le Kent. Leurs installations comptent parmi les meilleures du pays. Je prendrai en charge la pension, la nourriture, l'assurance et les frais de vétérinaire de Ciel. Le centre dispose d'un van modeste, mais adéquat, qu'il a accepté de mettre à ta disposition pour les concours. Un conducteur sera disponible, s'il t'en faut un, mais je suppose que Mrs Smith fera un excellent chauffeur…

Tu n'as sans doute pas besoin que je te dise qu'il est crucial que tu concoures dans une tenue irréprochable et que Ciel ait un harnachement de première classe. Par conséquent, j'ai ouvert un compte chez Horse Heaven. Cette fois encore, il s'agit d'un montant qui devrait suffire à couvrir tes besoins. J'espère que tu me feras le petit plaisir d'utiliser un tapis de selle décoré du logo de Ladyhawke.

Pour ton entretien mensuel, je propose d'envoyer à Mrs Smith une somme à déterminer. Il y a une maison inoccupée en face de White Oaks. Elle est meublée de façon rudimentaire, mais elle sera à votre disposition à partir du mois de décembre. Tu es donc libre de choisir si tu veux t'installer près de Ciel d'Orage et continuer tes études par correspondance, ou si tu préfères rester dans ton lycée actuel et faire des allers-retours. Je laisse respectueusement ces décisions entre tes mains, celles de ton père *et bien sûr celles de ton entraîneuse. La solution qui vous conviendra le mieux m'ira, quelle qu'elle soit.*

Pour conclure, je sais bien que je suis un inconnu complet et que tu vas vouloir y réfléchir. Au cas où tu déciderais d'accepter mon offre, je présume que tu as pris des engagements pour la pension actuelle et que tu ne pourras pas déménager dans le Kent avant un mois ou deux. Je joins un chèque pour couvrir ces frais-là et toutes autres dépenses imprévues. Fais-moi s'il te plaît le plaisir de l'accepter avec mes compliments, que tu sois ou non disposée à m'adopter comme sponsor.

Dans l'attente de ta réponse, je te prie d'agréer mes salutations les meilleures.

En dessous d'une signature indéchiffrable, on avait ajouté les mots *Directeur, Ladyhawke Enterprises*.

Casey fouilla dans l'enveloppe. Elle y trouva un chèque d'un montant égal au salaire mensuel de son père. Bien que cela paraisse impossible, son cœur se mit à battre encore plus vite.

Quand Roland Blue posa l'omelette devant elle, elle s'était remise à pleurer, mais cette fois, ce n'étaient pas des larmes de chagrin. Comme le commenta son père avec malice, c'était « de la joie liquide ».

15

Les arbres qui bordaient le chemin du centre équestre de White Oaks avaient plus de trois siècles, et leurs racines évoquaient des pieds de dinosaures. Au fil des années, leurs branches s'étaient entremêlées, formant un tunnel de verdure mouchetée et de lumière dansante où jouaient des écureuils roux. Casey songea qu'on aurait dit une allée enchantée. De part et d'autre, des prés couverts de rosée scintillaient au lever du jour. L'un d'eux était parsemé d'obstacles de cross.

Dès leur arrivée, peu avant Noël, par une journée étonnamment chaude pour la saison, Casey avait lâché Ciel plusieurs heures. À sa façon de galoper d'un bout à l'autre du pré, avec des ruades énergiques, elle avait deviné qu'il goûtait sans doute à la vraie liberté pour la première fois de sa vie, la première fois en neuf ans.

En un sens, c'était vrai pour Casey aussi. Lorsque

Mrs Smith et elle s'installèrent à la campagne, dans le Kent, elle vit à quel point Londres pouvait être oppressante. Elle s'y sentait étouffée par la grisaille, l'air lourd et pollué, les piétons agressifs et revêches, les panneaux publicitaires envahissants, les coups de klaxon furieux, le vacarme assourdissant… Tout semblait fait pour saper son énergie et son moral.

Les trottoirs de Hackney grouillaient de mères soucieuses, d'employés de bureau surmenés et de malfrats sans vergogne. À part les chômeurs aigris, tout le monde semblait pressé. Vite, vite, vite ! Casey prenait rarement le métro, qui coûtait les yeux de la tête, mais quand elle s'y aventurait, les gens montaient et descendaient en courant sur le côté gauche des escalators, bousculant pour se dégager le passage les touristes distraits, comme si gagner dix secondes était une question de vie ou de mort.

À la campagne, en revanche, on vivait au rythme de la nature. Chaque chose arrivait en son temps : la ponte des œufs, la naissance des agneaux, l'installation des blaireaux dans leur terrier pour l'hiver. On ne pouvait rien précipiter.

Peter et son père s'arrêtèrent pour leur rendre visite sur le chemin d'un centre équestre de luxe près de Turnbridge Wells – « le genre d'endroit où les clients viennent voir leurs chevaux en hélicoptère », précisa Peter. Casey comprenait enfin d'où venaient l'harmonie de leurs rapports avec les chevaux et la sincérité de leur sourire. Ils partagèrent des crêpes pour le brunch et repartirent peu de temps après, mais Peter prit d'abord le temps de ferrer Ciel, en refusant comme d'habitude d'être payé.

– Qu'est-ce que tu ne comprends pas dans la phrase : « On est amis et je ne te prendrai pas d'argent » ? avait-il lancé avec une irritation feinte. D'autant que les crêpes de Mrs Smith valent leur pesant d'or.

– Et toi, qu'est-ce que tu ne comprends pas dans la phrase : « J'ai un sponsor, maintenant, et j'aimerais vraiment te remercier pour la générosité dont tu as fait preuve toute la saison dernière » ? avait rétorqué Casey. On est pratiquement riches à présent !

Mais Peter s'était contenté de rire en disant :

– Profites-en. C'est totalement mérité, et je suis heureux pour toi. On se reverra sur le circuit.

Elle éprouva le douloureux pincement habituel quand il s'en alla, puis l'oublia presque aussitôt. Ciel accaparait toute son attention.

Les installations de White Oaks étaient à la hauteur des promesses du mystérieux directeur de Ladyhawke Enterprises, et même mieux encore. Sans être luxueuses, elles étaient impeccablement entretenues par Morag, la chef d'écurie, et Casey les trouvait parfaites en tout point. Les bâtiments d'origine, construits en pierre couleur crème et dotés d'un sol dallé, se mariaient étrangement bien avec les spacieuses écuries modernes et le manège. Contrairement à Mrs Ridgeley, Morag ne lésinait pas sur la qualité de la litière ou de la nourriture.

Les chevaux de White Oaks étaient traités comme des rois.

Au cœur de l'hiver, lorsque les prés du Kent se couvrirent d'un épais manteau de neige, Casey put enfin se détendre le soir, sachant que Ciel était confortablement installé dans son box, bien au chaud sous sa nouvelle couverture bleue brodée à l'effigie de l'aigle de Ladyhawke Enterprises. Le régime de White Oaks lui profitait, son poil devenait chaque jour plus lustré et brillant. Sa couverture mettait en valeur sa robe gris foncé. Tous les matins, en ouvrant la porte de son box pour le panser, Casey s'émerveillait devant sa beauté.

Le déménagement ne s'était pas fait sans heurts. Après son euphorie initiale, son père lui avait interdit d'accepter ce sponsor sans se renseigner sur Ladyhawke Enterprises.

– Pourquoi ce directeur veut-il rester anonyme ? avait-il demandé d'un ton indigné. Pourquoi n'y a-t-il aucune trace de Ladyhawke Enterprises sur Internet ? Et puis il n'est pas question que je laisse ma petite fille partir vivre à la campagne. Tu as peut-être seize ans, mais tu es encore une enfant. Ta place est ici, avec moi. Attention, je ne dis pas non, j'ai conscience que c'est peut-être la chance de ta vie. Tout ce que je dis, c'est qu'il faut rester prudent.

Finalement, c'est Mrs Smith qui avait arrangé les choses. Appelée au numéro 414 de la tour Redwing quand la discussion entre Casey et son père était devenue houleuse, elle avait démêlé la situation en moins d'une heure.

C'était simple, avait-elle affirmé. Ayant elle-même été la victime d'un escroc, elle était bien placée pour repérer les individus louches. Elle s'était renseignée auprès des gens de la profession, et on parlait dans le milieu d'un bienfaiteur fortuné qui se passionnait pour les concours hippiques et qui aimait s'investir d'une façon ou d'une autre, mais vivait pratiquement reclus et refusait toute publicité.

Elle promit de servir d'intermédiaire entre Casey et Ladyhawke Enterprises. La jeune fille ne devait pas avoir le moindre contact avec son sponsor. Ils agiraient avec la plus grande prudence, avançant pas à pas. La première chose à faire était d'utiliser le chèque du sponsor pour payer intégralement la pension complète de Ciel à Mrs Ridgeley, afin qu'il puisse rester à Hope Lane jusqu'au mois de décembre sans qu'elle exige d'autre compensation. Si le chèque était bel et bien approvisionné, ils pourraient passer à l'étape suivante : inspecter le centre équestre de White Oaks et la maison. Ils s'informeraient sur ce sponsor pour vérifier qu'il était connu et fiable. Ensuite, ils verraient s'ils pouvaient vraiment faire des achats chez Horse Heaven, et ainsi de suite.

Au moindre signe suspect – si, par exemple, l'entreprise tentait de les pousser à s'engager par contrat en imposant des conditions bizarres, comme changer le nom de Ciel d'Orage pour le rebaptiser Orage de

Ladyhawke Enterprises –, il serait toujours temps de couper les ponts.

À chaque étape, tout s'était déroulé sans problème, et même mieux que Casey n'aurait pu l'espérer dans ses rêves les plus fous. Ciel avait un harnachement haut de gamme flambant neuf : un filet, une martingale, deux selles, des cloches, sa couverture à l'effigie de Ladyhawke Enterprises et deux tapis de selle. Casey n'était pas en reste et s'était équipée de tenues vraiment à sa taille pour la compétition et l'entraînement.

Peach Tree Cottage était une maison adorable située à cinq minutes à pied de White Oaks, mais elle était assez délabrée. Le plancher grinçait comme un pont sur le point de s'effondrer, la baignoire était tachée de rouille. Tirer la chasse d'eau la nuit réveillait toute la maisonnée, et il n'y avait pas de chauffage. Dans les moments les plus froids, quand il neigeait, Casey passait une grande partie de ses soirées à frissonner devant la cuisinière Aga ou à camper devant la cheminée. Par instants, elle avait même envisagé de dormir avec Ciel.

Néanmoins, tout cela avait quelque chose de merveilleusement romantique. À la fin d'une longue journée d'équitation, Casey n'aimait rien tant que s'allonger dans son lit pour écouter les cris et les piaillements des animaux nocturnes. Elle se roulait en boule autour d'une bouillotte et lisait des livres sur les chevaux à la lumière de sa lampe, en rêvant de la saison suivante. C'était le paradis d'être réveillée par des chants d'oiseaux, à l'aube, au lieu des bruits de circulation de Londres.

Plus important encore peut-être, elle appréciait la vie avec Mrs Smith. Cet arrangement avait bien failli capoter car, comme l'avait imaginé Casey, la question de ses études avait été l'ultime point de désaccord. Son père maintenait qu'elle devait rester avec lui à Londres pour continuer le lycée et qu'elle pourrait toujours entraîner Ciel le week-end. Mais Casey lui avait tenu tête en affirmant que si elle voulait avoir la moindre chance de se qualifier pour Badminton, elle devrait travailler avec Ciel tous les jours. La seule solution, c'était qu'elle vive à proximité de sa nouvelle écurie et qu'elle arrête ses études, ou les termine par correspondance.

Une fois de plus, Mrs Smith avait dénoué la situation :

– N'oubliez pas que je suis une fille de la campagne, au fond du cœur, avait-elle dit à Roland Blue. Je serais enchantée de retrouver mes racines pendant quelque temps. Rien ne me retient à Londres, à part mes chats errants, mais je sais qu'Ursula, une amie du café, se fera un plaisir de les nourrir à ma place en échange d'un logement pour six mois, car elle vient de se séparer de son mari. Quant aux études par correspondance, je serais ravie de reprendre du service en aidant Casey. Ce serait certainement mieux que le lycée infernal qu'elle fréquente en ce moment. Comment, Casey ne vous avait pas dit que j'ai passé les vingt plus belles années de ma vie à enseigner ? Comment pourrais-je approvisionner mon armée féline en pâtée pour chats, sinon ?

Elles avaient contré chaque objection du père de Casey jusqu'à ce qu'il admette sa défaite en riant. De plus, le budget alloué par Ladyhawke Enterprises permettrait de lui payer un aller-retour hebdomadaire. Tous les vendredis, quand il aurait fini son travail chez Half Moon, il prendrait le train pour le Kent. Il passerait le week-end avec sa fille et Mrs Smith, puis se lèverait à l'aube le lundi pour rentrer à Londres.

– Comme ça, avait souligné Casey, on ne sera séparés que trois jours par semaine.

À Noël, Ravi Singh avait accordé quinze jours de congés payés à son père. Roland Blue avait fait sa valise et emménagé à Peach Tree Cottage pour toute la durée de ses vacances. Il avait fait de longues promenades vivifiantes avec Casey dans la campagne hivernale, aidé à l'écurie et relayé Mrs Smith en cuisine. Le soir, tous trois jouaient au Scrabble ou écoutaient Bach à la radio. Il n'y avait pas de télévision. Au bout d'une semaine, Roland Blue paraissait dix ans de moins.

Le matin de Noël, ils avaient apporté des friandises aux chevaux avant de traverser les prés enneigés pour gagner l'église à pied. Là, ils avaient allumé un cierge pour la mère de Casey. Ensuite, Mrs Smith et Roland Blue avaient préparé un repas de Noël végétarien avec toutes les garnitures imaginables, y compris les airelles, la farce aux amandes et les *Yorkshire puddings*[1]. Le trio avait mis des chapeaux en papier, fait sauter des pétards-surprises et tellement mangé qu'ils avaient eu du mal à se traîner jusqu'au canapé.

Contrairement aux cadeaux qu'avait envoyés la tante de Casey – des chaussettes de père Noël pour son frère et un bon d'achat de fournitures scolaires pour sa nièce –, ceux qu'ils avaient échangés étaient simples, mais chargés de sens. Casey avait offert à Mrs Smith un CD des discours du dalaï-lama, et à son père un kit de jardinage pour cultiver ses plantes aromatiques. Roland Blue lui avait donné une veste de concours qu'il avait cousue de ses propres mains. Voyant que Casey s'extasiait, il avait répété :

– Attends de voir la queue-de-pie que je vais te faire quand tu te seras qualifiée pour Badminton.

Casey et Mrs Smith avaient préparé ensemble un gâteau de Noël pour Peter et Evan. Elles l'avaient envoyé par courrier suivi à la ferme du grand-père de Peter, au pays de Galles. Les timbres avaient coûté aussi cher que les ingrédients. Les Rhys avaient répondu par une carte de vœux illustrée d'un zèbre en bonnet de père Noël. À l'intérieur, Casey avait

---

1. Sorte de petits soufflés préparés avec de la pâte à frire qui accompagnent traditionnellement les rôtis.

trouvé un bon calligraphié à la main pour « 20 séances gratuites chez le maréchal-ferrant pour Ciel ». Sur la carte, Peter avait écrit :

On peut arrêter de parler d'argent à chaque fois, maintenant ? Passez d'excellentes fêtes à la campagne ! Bisous,
Peter & Evan

De la part de Mrs Smith, Casey avait reçu une édition originale de *National Velvet*[1]. La jeune fille avait été très touchée.

– C'est mon père qui me l'avait donné quand j'étais jeune, lui avait dit son amie. Rien ne me fait plus plaisir que de te le transmettre à présent.

Assise devant un bon feu avec les deux personnes qu'elle aimait le plus au monde, en sachant Ciel à proximité, repu et bien au chaud, lui aussi, Casey se sentait comblée.

Plus tard dans l'après-midi, alors qu'une petite voix dans un coin de sa tête lui chuchotait : « C'est trop beau pour être vrai ; rien ne reste jamais aussi parfait », Casey avait quitté les deux autres et traversé le pré pour rejoindre Ciel. La cour de l'écurie était déserte. Les chevaux avaient été rentrés tôt. Elle admira longtemps ses magnifiques selles neuves dans la sellerie, en

---

1. Roman d'Enid Bagnold, paru en 1935, racontant l'histoire d'une jeune fille de quatorze ans qui, à force de courage et d'acharnement, parvient à gagner un concours hippique prestigieux. Un film a été tiré du livre : *Le Grand National* (1944), avec Mickey Rooney et Elizabeth Taylor.

songeant qu'elle avait une chance folle, avant d'aller retrouver Ciel dans le box voisin.

Comme toujours, elle crut que son cœur allait cesser de battre quand le cheval vint vers elle, aussi excité que s'il ne l'avait pas vue pendant une semaine. Tout son être irradiait de confiance et de plaisir.

– Tu m'aimes seulement pour mes morceaux de sucre, lui dit-elle d'un ton bourru, même si elle savait que rien n'était plus loin de la vérité.

Enveloppée dans la couverture de rechange de Ciel, elle s'assit dans un coin du box et lui lut des extraits de *National Velvet* en se demandant si la chance allait leur sourire, à Ciel et elle, comme elle avait souri au duo improbable formé par Velvet et le cheval pie qu'elle avait gagné à la loterie. La jeune héroïne rêvait de faire courir Espoir au Grand National mais, comme Casey l'expliqua à Ciel, les choses ne se passaient pas exactement comme elle l'avait imaginé.

– J'aimerais bien avoir une boule de cristal, lança Casey à voix haute.

Mais en le disant, elle s'aperçut que, même si elle le pouvait, elle ne voudrait pas connaître l'avenir. S'il devait être mauvais, elle ne pourrait rien faire pour le changer. Et si elle savait que ça allait être merveilleux, elle serait trop obnubilée par le bonheur à venir pour apprécier le présent. Mieux valait vivre dans l'instant.

Sa décision prise, elle resta à côté de l'animal robuste et tiède pour regarder le crépuscule tomber lentement et, au loin, les lumières jaunes de leur petite maison scintiller à travers les arbres enneigés. Soudain, Ciel leva la tête et dressa les oreilles. Elle ne tarda pas à voir ce qu'il avait repéré : deux cerfs traversant les prés tout blancs avec des bonds gracieux.

C'était un moment parfait. Elle se promit aussitôt d'en savourer chaque seconde, même si la perfection ne dure jamais éternellement.

16

Le premier concours de la saison devait se dérouler à Aldon, dans le Somerset, la troisième semaine de mars. Casey avait prévu de se lever à trois heures du matin et de partir dès que son cheval aurait été nourri, pansé et préparé par Mrs Smith. Mais elle n'avait pas pensé que Ciel refuserait de monter dans le van de White Oaks. C'était un beau van, même s'il n'avait rien de luxueux, mais il était assez exigu et semblait bancal. La rampe s'affaissait, et grinça quand Ciel posa le pied dessus.

Le cheval y jeta un coup d'œil et décida qu'il n'irait nulle part puisqu'il ne pouvait pas voyager dans le van de Moth, qu'il connaissait bien, en compagnie de l'âne Bobbie et de sa chaleur familière. Au bout de quelques minutes, il se cabrait, les yeux fous, prêt à réduire en morceaux quiconque tenterait de le faire entrer de force. Même les méthodes habituellement infaillibles de Mrs Smith furent vaines.

– Il croit qu'il va retourner à l'abattoir, dit Casey,

désespérée. Pauvre chou. Bon, eh bien, je ne vais pas le tourmenter plus longtemps. Tant pis pour le concours, on va devoir se désister.

– Et si tu faisais monter Willow dans le van pour voir si ça aide ? suggéra Morag en désignant le chat de l'écurie, un gros matou au pelage tacheté qui se nettoyait les moustaches après un petit déjeuner servi plus tôt que d'habitude. Il semble passer beaucoup de temps dans le box de Ciel. Nous l'avons déjà emmené à des concours hippiques, par le passé, et il nous a bien aidés avec les chevaux nerveux.

Il paraissait improbable qu'un chat soit capable de calmer Ciel, dans l'état de nervosité absolue où il se trouvait, mais le stratagème marcha comme sur des roulettes. Dès que Willow fut installé dans son panier, au fond du van, Ciel renonça à toute objection, poussa un grand soupir et embarqua d'un pas tranquille, aussi docile qu'un agneau.

Ils avaient déjà perdu trois quarts d'heure et, sur l'autoroute, un brouillard épais les retarda encore davantage. Quand ils arrivèrent à Aldon, le parc était noyé de brume, qui flottait comme de la fumée autour des arbres. Les cavaliers volaient par-dessus les obstacles du parcours d'entraînement tels des fantômes.

Le seul emplacement libre du parking était à deux places du grand camion d'Anna Sparks, affichant le logo de son sponsor. Trop près, selon Casey. À côté, le van de White Oaks avait l'air d'un jouet. Quand ils passèrent devant, Livvy Johnston était en train de mettre un tapis de selle blanc à une Méridienne resplendissante. Un casier de rangement ouvert, sur le flanc du camion, dévoilait des rangées de matériel rutilant.

Le stress de Casey s'accrut. Après les contretemps du matin, il lui restait à peine vingt minutes pour faire sortir Ciel et l'amener au trot jusqu'à la piste de dressage. Par conséquent, ils firent une reprise bourrée d'erreurs et ils durent s'estimer heureux de s'en tirer avec le pire score possible : quarante-neuf. Les juges, qui observaient leur prestation depuis leurs voitures, secouèrent la tête. Après un sermon sévère de Mrs Smith, Casey se ressaisit pour le saut d'obstacles et tout se passait bien lorsqu'une alarme de voiture se déclencha, au moment où ils abordaient la combinaison. Ciel fit trois tours de piste avant qu'elle parvienne à l'arrêter.

Casey était dans le van, en train de se changer pour l'épreuve de cross, profondément démoralisée, quand elle entendit la voix bien reconnaissable d'Anna Sparks. Elle était si proche que Casey, paniquée, crut qu'Anna s'apprêtait à ouvrir la porte du van. En se penchant au-dessus de Willow, elle s'aperçut qu'elle pouvait voir Anna dans le rétroviseur latéral. La jeune vedette était avec Livvy et Raoul, le palefrenier au corps nerveux. Ils regardaient Ciel.

– Quel superbe cheval, dit Anna. J'aimerais bien avoir une BMW de cette couleur. Il est un peu grassouillet après l'hiver et son dos a besoin d'être

186

remusclé, mais c'est un crack. À qui appartient-il ?
Pourquoi ne nous l'a-t-on pas proposé ?

Dans le van, Casey faillit s'évanouir. Pendant une seconde, elle oublia qu'Anna s'était révélée être une héroïne aux pieds d'argile. Elle n'avait qu'une pensée en tête : « Une des cavalières les plus belles et les plus talentueuses du pays trouve que mon cheval à un dollar est superbe ! »

Raoul s'esclaffa. Il avait un rire déplaisant, étrangement menaçant.

– Tu ne te souviens pas de lui ? Il appartient à la fille qui a débarqué avec un âne. Elle l'a amené à Brigstock l'an dernier, il avait l'air d'un mammouth. Tu l'as traité de vieille mule éreintée. Elle n'a pas aimé du tout.

Anna sursauta.

– Dis-moi que tu plaisantes. Ça ne peut pas être le même cheval.

Elle s'approcha de Ciel. Les oreilles couchées en arrière, il tendit le cou pour la pincer, ratant son bras de quelques millimètres. Elle gloussa en faisant un bond agile pour se mettre hors de portée.

– Ouh, tu as un petit problème de comportement, hein, mon beau ? Raoul, tu y mettrais vite fin, toi, pas vrai ?

Le palefrenier eut un sourire de hyène.

Livvy lança avec humeur :

– Son allure s'est peut-être améliorée, mais c'est toujours un tocard. Lui et cette fille, Casey, sont restés au ras des pâquerettes dans pratiquement tous les concours de la saison passée… Enfin, sauf à Larksong Manor, mais c'était une aberration. Ils ont encore été nuls ce matin : leur reprise de dressage a été catastrophique et ils ont fait le tour du parcours d'obstacles au triple galop comme dans un rodéo. Tout le monde a bien rigolé.

— Ça ne veut rien dire, répliqua Anna en gardant ses yeux bleu glacier rivés sur Ciel. Il n'a aucune chance, avec cette patate sur le dos ! Elle a l'air d'un épouvantail. Quand elle s'est mise à parler de Badminton, elle paraissait franchement cinglée. Elle avait une antiquité comme entraîneuse, c'est ça ? Gardez un œil sur lui. Si sa forme s'améliore, tenez-moi au courant. Ce serait peut-être une bonne idée de l'acheter pendant qu'il n'est pas cher.

Dans le van, Casey bouillait de rage. L'arrogance de cette fille était invraisemblable.

— Ne fais pas attention à elle, lui conseilla Mrs Smith quand elle vint voir pourquoi Casey mettait si longtemps à se préparer. À cause de son éducation, elle croit que l'argent et la beauté peuvent tout acheter. Ce sera un choc pour elle quand elle s'apercevra que c'est faux. Crois-moi. Je l'ai appris à mes dépens.

Casey était si décidée à prouver qu'elle était la bonne cavalière pour Ciel qu'elle mit toute son âme dans le cross. Ils firent un nouveau sans-faute, mais récoltèrent des pénalités de temps. Cela s'ajouta aux désastres du matin, et à la fin de la journée, leur moral était « au ras des pâquerettes », selon l'expression de Livvy Johnston. Ce fut une maigre consolation qu'ils aient gagné, par miracle, quelques points de qualification supplémentaires. Leur performance générale avait été si faible que Casey n'osait imaginer leurs résultats dans un concours plus difficile.

– Je n'ai aucune excuse, dit-elle à Mrs Smith alors qu'elles repartaient à travers les verts et les ors du Somerset en roulant au pas dans une longue file de voitures.

Le brouillard s'était dissipé, révélant un ciel bleu cobalt sans nuages. Des agneaux à la queue touffue partageaient leurs prés avec des faisans qui se pavanaient. Des cerisiers semaient leurs fleurs comme des confettis sur les pelouses émeraude de maisons à toit de chaume. Mais curieusement, la beauté extravagante de l'après-midi ne fit qu'aggraver le désespoir de Casey.

Elle jeta un coup d'œil à son amie.

– Je vous ai encore déçue. Je suis désolée. Vous devez être près de renoncer à moi.

– Nous avons tous nos mauvais jours, répondit Mrs Smith avec douceur.

– Mais moi, j'ai eu une mauvaise année. Anna Sparks a raison. Je ne mérite pas Ciel. Au moins, quand j'étais au club épique de Hope Lane, je pouvais dire que c'était la faute du manège en intérieur, du foin poussiéreux, du van de Moth, du stress d'être constamment fauchée, ou encore de Mrs Ridgeley, qui m'empêchait tout le temps de m'entraîner, du mauvais équipement ou de mon manque d'expérience. Mais maintenant, je ne suis plus une débutante et j'ai tout ce dont je pourrais avoir besoin, White Oaks et la maison sont un rêve, et pourtant, j'ai encore réussi à tout gâcher. Ladyhawke Enterprises va immédiatement cesser de me sponsoriser. On va devoir rentrer à Londres et vendre Ciel, finalement.

Mrs Smith accéléra pour entrer sur l'autoroute.

– Je n'imagine pas qu'ils puissent être aussi durs. Cela dit, tu peux tirer une leçon de cette journée. Pour citer la célèbre réplique de John Lennon : « La vie, c'est ce qui arrive quand on a fait d'autres projets. » Il se passe des choses. Des pneus crèvent, des filets cassent, des chevaux s'emballent, trébuchent et font tomber des obstacles, et des alarmes de voiture se déclenchent au mauvais moment. Il faut t'y habituer. Les cavaliers qui arrivent premiers ne sont pas forcément les meilleurs. Parfois, c'est simplement ceux qui savent le mieux s'adapter.

Malgré ce sage conseil, Casey paniqua encore vingt-quatre heures à l'idée que Ladyhawke Enterprises cesse de les sponsoriser et qu'elle soit réduite à supplier Mrs Ridgeley de lui redonner l'ancienne remise du club épique pour Ciel, avant qu'une lettre portant l'emblème de Ladyhawke arrive. Contrairement aux précédentes, elle était écrite à la main et portait un cachet du Somerset.

– Ouvrez-la, vous, dit-elle à son amie. J'ai trop peur.

Mrs Smith leva les yeux au ciel et se mit à lire :

– *Chère Casey,*

J'espère que tu es satisfaite des installations de White Oaks et que Peach Tree Cottage répond à tes besoins. Comme tu peux l'imaginer, j'ai observé avec intérêt tes progrès à Aldon. Il est clair que le résultat n'a pas été fabuleux. Je crains que l'idée d'avoir un sponsor te mette sous pression, et je voulais te rassurer sur ce point. Sache que je me suis engagé envers toi sur toute la saison, pour le meilleur et pour le pire. Même si tu arrives dernière à chaque concours, je ne t'ôterai pas mon soutien. Je suis certain que tu vas connaître la gloire, et je suis tout à fait disposé à attendre. Je comprends bien que ces choses prennent du temps. En attendant, je te souhaite bonne chance.

Avec mes salutations les meilleures,

Il y avait l'habituelle signature illisible en bas.

C'était peut-être parce qu'elle n'était plus sous pression et qu'elle était décidée à suivre le conseil de Mrs Smith – à s'adapter. Ou peut-être était-ce simplement parce que le maréchal-ferrant préféré de Ciel était là et ne cachait pas son plaisir de la voir. Dans tous les cas, Casey arriva en forme au concours international de Burnham Market, dans le Norfolk. Sans être vraiment sûre d'elle, elle se sentait tout de même plus optimiste que d'habitude. Puisque cela ne faisait qu'empirer les choses, elle avait décidé d'arrêter de s'inquiéter.

Burnham Market était l'un des plus jolis villages qu'elle ait jamais vus. Construit autour d'une place gazonnée ornée d'une croix celtique, il regorgeait d'épiceries fines, de boutiques d'antiquités et de galeries d'art où l'on exposait des tableaux représentant la mer. Mrs Smith et elle s'installèrent dans deux chambres des combles d'un pub dont les grincements créaient une ambiance particulière. On y servait de copieux rôtis végétariens et un gâteau au chocolat qui, le premier soir, plongea Casey dans un sommeil proche du coma. Elle était si détendue, le lendemain matin, que Mrs Smith avait peur qu'elle ne tombe de sa selle.

Elle n'aurait pas dû se faire de souci. Pour la première fois, la reprise de dressage de Casey et de Ciel fut à la hauteur de leur meilleure performance à l'entraînement, à White Oaks. Mrs Smith avait tressé la crinière du cheval et l'avait tamponné d'huile pour bébé, ce qui mettait en valeur sa couleur étain, et elle nota avec orgueil que plusieurs têtes se tournèrent vivement sur son passage. Ciel n'était pas le seul à attirer l'attention. Le bon air du Kent avait fait un bien fou à Casey, elle avait le teint frais d'une fille de la campagne et un physique de jeune athlète. Mrs Smith avait insisté pour qu'elle continue le jogging, les étirements et la musculation.

Quand il la vit attendre près du paddock que ce soit au tour de Casey de sauter, Peter vint apporter un café à Mrs Smith.

– Nerveuse ?

– Juste parce que Casey doit l'être. Moi, je crois en elle.

– Elle a de la chance de vous avoir. Elle dit que vous avez changé sa vie.

– Peut-être, rétorqua Mrs Smith, mais elle a sauvé la mienne. L'ennui est une chose terrible.

Avant que Peter puisse lui demander ce qu'elle voulait dire, Casey et Ciel entrèrent en piste. Il fut ébloui par la transformation du cheval… et de sa cavalière. Il n'arrivait pas à croire qu'il ait pu la trouver quelconque. Certes, elle n'avait pas une beauté conventionnelle, même maintenant, et les gens qui la croisaient dans la rue devaient être aussi nombreux à ne pas la remarquer aujourd'hui qu'avant. Mais il suffisait de la regarder plus d'une minute pour se rendre compte qu'elle avait quelque chose de bien plus profond et précieux que, par exemple, la beauté tape-à-l'œil d'Anna Sparks ; un charisme discret qui vous frappait subitement à un moment où vous ne vous y attendiez pas. Elle avait cette qualité rare : de la présence.

Ciel sauta si haut pour franchir les deux premiers obstacles que Casey faillit être désarçonnée. Il aborda l'oxer bien trop vite et heurta une des barres, qui oscilla dangereusement, mais finit par se stabiliser sur la cuillère. Ensuite, il parut se calmer, s'envolant sans effort au-dessus du double, puis de l'obstacle en bois brut. Il galopait vers le deuxième élément de la combinaison, les oreilles dressées vers l'avant, quand un bébé poussa un cri perçant dans l'assistance.

Ciel coucha les oreilles en arrière, mais Casey lui dit quelque chose et il se ressaisit. Avec un coup de queue de chat furieux, il franchit le dernier élément et se tourna vers l'obstacle suivant – un mur. Le bébé faisait une grosse colère.

— On a beaucoup travaillé là-dessus, dit Mrs Smith. Comment gérer les distractions.

Peter se demanda s'il y avait un sous-entendu, même s'il voyait mal comment on aurait pu le considérer comme une distraction. Casey le remarquait à peine. Ils étaient amis, mais elle n'avait d'yeux que pour son cheval. Il préféra penser qu'il était paranoïaque. Angelica Smith était la personne la plus franche qu'il connaisse. Si elle ne voulait pas qu'il fasse partie de leur entourage, elle le lui aurait dit.

Ciel sauta le mur avec une bonne marge, puis franchit les deux derniers obstacles. Il avait terminé le parcours sans faute. Alors qu'ils quittaient la carrière au trot, Casey lui tapota l'encolure avec extase.

— Dites-lui bravo de ma part, souffla Peter.

Avant que Mrs Smith puisse lui demander de rester, il était parti.

— Ciel a été génial, hein ? lança Casey en sautant à terre.

Elle lui donna la moitié du paquet de Polo que lui tendit Mrs Smith.

Son amie s'esclaffa.

194

– Vous avez été géniaux tous les deux. Votre tout premier sans-faute en saut d'obstacles. C'est une belle performance. Profites-en, savoure-la un moment, puis concentre-toi sur le cross. Le parcours est long et ardu. Il va te demander toute ton attention.

C'était un bon conseil, mais elle n'avait pas de souci à se faire. Casey était d'humeur combative. Elle se sentait plus vive qu'elle ne l'avait été de toute l'année. Ciel était tout excité et prêt à courir, mais comme sa maîtresse était très calme et que ses mains étaient particulièrement douces sur les rênes, il n'éprouva pas le besoin de lutter ou de fuir. Filant comme une fusée sur le parcours, il sauta pour le plaisir.

Pendant que les obstacles défilaient sous eux l'un après l'autre, les paroles de Mrs Smith revinrent aussi nettement à Casey que si son professeur avait été perché sur son épaule. *Rallonge tes rênes pour qu'il puisse baisser la tête et bien regarder le* trakehner. *Bien. Maintenant, aborde le talus de face. Donne à Ciel tout le temps d'analyser chaque situation. Il a largement le niveau pour réussir ce parcours s'il a assez d'informations, tout comme toi. Mais ne bâcle pas.*

Cela se termina trop vite. Quand la ligne d'arrivée et la foule en train de les acclamer arrivèrent en vue, Casey dut faire un gros effort pour revenir au présent, comme si elle devait s'arracher à un rêve merveilleux. Mrs Smith fut obligée de se répéter plusieurs fois avant que Casey intègre ce qu'elle était en train de dire.

– Tu es parmi les premiers. Il y a encore la moitié des concurrents qui doit passer, mais je vois mal comment on pourrait battre ton score.

Au bout du compte, Casey fut huitième. Quelques minutes après qu'elle eut terminé le parcours, une pluie diluvienne s'abattit, accompagnée d'un vent changeant qui se leva tout d'un coup, et bien des grands noms échouèrent, ce qui lui permit de monter dans le classement. Son lieu de naissance, dans l'est de Londres, et son cheval inhabituel attirèrent l'attention d'un correspondant du *Telegraph*, qui rédigea sur elle un encadré intitulé : « Un outsider se classe parmi les premiers ».

Ils rient jaune, ce matin, les cavaliers qui se sont moqués de Casey Blue, seize ans, et de son cheval gris foncé, Ciel d'Orage, rescapé de l'abattoir dans un état critique il y a seulement un an, car elle a conquis la huitième place dans la catégorie amateurs au concours hippique international de Burnham Market hier. Non seulement elle s'est attiré les louanges du gagnant, le Canadien Alex Lang, mais elle a également volé la vedette à la reine junior des concours hippiques, Anna Sparks, qui a fini dixième sur sa jument baie, Méridienne.

Casey et Mrs Smith le fêtèrent devant un sandwich et des frites dans une petite cafétéria avec vue sur la mer. Casey aurait adoré que Peter et son père se joignent à elles, mais ils avaient beaucoup de route à faire pour retourner au pays de Galles et elle n'avait pas osé le leur demander. Pourtant, Peter était clairement ravi pour elle et il avait tenu à ferrer Ciel avant de partir, afin que le cheval ait des pieds impeccables pour leur prochain concours.

Un seul incident avait terni la journée. En retournant à l'écurie pour récupérer Ciel et le faire monter dans le van, ce soir-là, Casey avait eu la surprise de tomber sur Raoul, le palefrenier d'Anna Sparks.

– Félicitations, avait-il dit dans un anglais teinté d'un léger accent.

Argentin ou Brésilien, devina Casey. Adossé contre la porte de l'écurie, il la dévisageait avec un sourire obséquieux.

– Tu t'es surpassée aujourd'hui. On pourrait croire que ton cheval avait pris quelque chose.

Casey s'était figée.

– Qu'est-ce que tu as dit ?

– Oh, arrête, c'est rare que les chevaux fassent des progrès aussi spectaculaires sans… tu sais… un coup de pouce.

Casey lui avait jeté un regard qui aurait fait rentrer sous terre un homme moins sûr de lui. Mais sur Raoul, cela glissa comme de l'eau sur les plumes d'un canard. Il aimait tourmenter ceux qu'il jugeait plus faibles que lui et s'était réjoui de voir qu'il l'avait piquée au vif.

– Qu'est-ce que tu sous-entends, au juste ?

Il avait affiché un rictus moqueur en levant les mains comme pour se protéger d'un coup.

— Rien, gentille Casey. Rien du tout. Je fais juste remarquer que c'est inhabituel de voir un cheval subir *naturellement* une métamorphose pareille.

Il avait souligné le dernier mot.

Pour dissimuler sa surprise et sa colère, Casey s'était concentrée sur Ciel, à qui elle avait mis sa couverture avec un soin maniaque.

— Et ça ne t'est pas venu à l'idée que c'est peut-être grâce à l'amour, une excellente alimentation et beaucoup d'entraînement qu'il a tellement changé ? Mais c'est vrai que l'amour, tu n'y connais absolument rien.

Il avait eu un rire déplaisant. Ciel avait montré le blanc des yeux. Cet homme avait une odeur qui lui rappelait l'abattoir.

Casey avait ouvert la porte du box et bousculé le palefrenier pour passer, en poussant exprès l'arrière-train de Ciel pour que Raoul soit forcé de s'écarter de leur chemin.

— Tu n'aurais pas oublié quelque chose ?

Casey s'était retournée. Raoul brandissait le flacon en plastique souple contenant la potion de Janet. Toutes les deux semaines, celle-ci leur en envoyait un carton à Peach Tree Cottage. Leur sponsor les avait même encouragées à continuer de lui en donner. Casey avait frissonné en songeant soudain qu'elle n'avait aucune idée de ce qui se trouvait dans le flacon. Ils utilisaient cette potion depuis si longtemps et Ciel semblait en tirer tant de plaisir et d'avantage que c'était devenu parfaitement naturel de lui en donner. Mais la jeune fille venait de comprendre que cela contenait peut-être un produit dopant. La FEI[1] avait publié une longue liste de substances interdites. Et si Raoul avait prélevé un échantillon, et que Casey et Ciel se retrouvent exclus des concours pour toujours ?

– C'est ça, la potion magique qui explique pourquoi Ciel le bourrin est brusquement devenu un champion ? avait demandé sournoisement Raoul en regardant avec amusement le visage de Casey prendre une couleur grisâtre. Il n'y a rien d'illégal dedans, j'espère.

Elle lui avait arraché le flacon des mains.

– Ne dis pas n'importe quoi. C'est une simple boisson vitaminée.

Percevant l'hostilité du palefrenier, Ciel avait décoché un coup de sabot qui l'avait manqué de peu.

– C'est ça, le nom qu'on leur donne de nos jours ? avait lancé Raoul en les suivant des yeux tandis qu'ils s'éloignaient.

---

1. Fédération équestre internationale.

17

— Janet était très contrariée de devoir révéler une de ses recettes secrètes, annonça Mrs Smith, mais dans ces circonstances, elle l'a parfaitement compris. Elle nous écrit que sa potion n° 59 contient de la spiruline, un complément alimentaire à base d'algues riche en protéines, des pousses de blé réduites en poudre, de la vitamine B, de la Q10, une enzyme qui favorise l'énergie, de l'huile de lin, des omégas 3, 6 et 9, du fer et du magnésium, avec du jus de carotte et du jus de pomme pour lui donner un goût agréable.

Elle retira ses lunettes de lecture et regarda Casey.

— Raoul peut donc faire toutes les allégations qu'il veut. C'est lui qui aura l'air idiot, au bout du compte.

Casey soupira.

— C'est un soulagement.

Une petite ride plissa son front.

— Malgré tout, il faut qu'on fasse attention. Si Raoul peut s'abaisser à ce genre de chose, qui sait de quoi il est capable.

Mais elle refusa d'y penser plus longtemps. Comme

le lui disait sans cesse Mrs Smith, elle devait laisser ses performances équestres parler pour elle.

Avec un regain d'assurance, grâce à son classement parmi les dix premiers à Burnham Market, Casey découvrit que le monde des concours hippiques était très différent quand on avait un minimum de talent avéré, de beaux vêtements, un van correct et une monture que d'autres cavaliers convoitaient. Leur amitié avec Peter et Evan, tous deux extrêmement populaires sur le circuit, les aidait également. La camaraderie que Casey avait observée à Larksong Manor s'étendit bientôt à elle et à son entraîneuse, même si on les trouvait toujours excentriques.

La plupart des cavaliers qu'elle rencontrait étaient farouchement pragmatiques. La nature même de leur discipline, sport à haut risque les exposant fréquemment à des blessures graves ou à la mort, rendait humbles même les meilleurs. Les concours hippiques attiraient des amateurs passionnés venus de tous horizons. Casey découvrit que c'était une joyeuse bande d'obsessionnels. Le week-end, ils quittaient leur emploi de comptable, d'enseignant, d'infirmière ou d'acteur et dépensaient des sommes insensées pour le plaisir de foncer à bride abattue dans la campagne et de défier la mort en sautant dans la boue par tous les temps.

À en croire les commérages, certains cavaliers professionnels, risquant leur peau presque chaque semaine, aimaient se défouler dans des soirées endiablées. Casey se demandait comment ils trouvaient le temps et l'énergie. Elle adorait sa nouvelle vie, mais c'était épuisant. Entre l'entraînement et les soins de Ciel, ses études par correspondance, son jogging et son yoga pour être en forme, elle s'écroulait dans son lit tous les soirs, recrue de fatigue. Néanmoins, ses efforts commençaient à porter leurs fruits.

Vers la fin du mois d'avril, Mrs Smith et elle assistèrent au concours de Badminton, dans le Gloucestershire. D'un côté, c'était follement excitant d'y être. D'un autre côté, c'était terrifiant. Le niveau en dressage semblait inaccessible et les obstacles hauts comme des montagnes. Ciel s'étoffait bien, mais il était toujours fin et l'on avait peine à croire que d'ici un an, il serait de taille à affronter les chevaux qui concouraient à Badminton Park, avec leurs muscles ondulant comme des serpents sous leurs robes chatoyantes. Il était encore plus difficile d'imaginer que Casey serait de taille à concourir aux côtés des champions agiles qui s'y promenaient dans leur tenue impeccable, chapeau haut de forme et queue-de-pie : les plus grands cavaliers de la planète.

Une fois de plus, elle se mit à douter sérieusement de l'objectif qu'elle s'était fixé. Tous les cavaliers avec qui elle avait discuté confirmaient le pronostic de Mrs Smith : le processus de qualification était si ardu qu'il fallait un minimum de cinq ans en moyenne pour obtenir qu'un cheval soit sélectionné pour Badminton.

– L'époque où un amateur à peine sorti de l'adolescence pouvait débarquer à Badminton et gagner est révolue depuis longtemps, dit le palefrenier d'Alex Lang à Casey. Tu aurais plus de chances de gagner au Loto. Quelqu'un comme Anna Sparks pourrait être une des rarissimes exceptions, mais elle a un cheval de carrure internationale avec Diamant Brut, plus une dizaine d'années d'expérience de la compétition. L'année prochaine, elle a de grandes chances de devenir la plus jeune gagnante de Badminton après Richard Walker, qui a remporté la victoire sur Pach en 1969, à l'âge de dix-huit ans et deux cent quarante-sept jours – et je sais que c'est son obsession. Alex va devoir s'accrocher à ses lauriers !

Assise près de l'obstacle d'eau du parcours du cross avec Mrs Smith, le dimanche, Casey se sentait gauche, naïve et aussi fantaisiste que Mrs Ridgeley le disait. Elle demanda d'une petite voix :

– Est-ce que mon rêve est inaccessible, Mrs Smith ? Est-ce que je ferais mieux de renoncer maintenant, avant d'aller plus loin et de coûter plus d'argent à mon sponsor ?

– Si tu commences à penser comme ça, alors oui, tu ferais mieux, répondit Mrs Smith sans ménagements. En revanche, si tu as encore le cœur de championne que tu avais quand je t'ai rencontrée, la réponse est non. Les champions ne se comparent pas aux autres. Ils se voient réussir. Quand tu as sauvé Ciel, tu ne savais pas où tu allais l'installer ni comment tu ferais pour le garder, mais tu l'as fait quand même, envers et contre tout. Tu es restée focalisée sur un dénouement positif. Tu l'as visualisé et tu l'as obtenu. Et tu as mis plus de chances de ton côté en travaillant très dur. Si tu veux concourir à Badminton, il faut que tu fasses pareil. Observe ces cavaliers et visualise-toi parmi eux. Imagine Ciel en train de sauter haut, fièrement. Rêves-en, et tu y croiras.

Ainsi motivée, Casey termina vingtième à Cedar Hill en mai. Deux semaines plus tard, elle franchit une étape cruciale en se qualifiant pour la catégorie la plus élevée du concours international de Houghton, dans le Norfolk, qui durait trois jours, malgré trente-cinq pénalités de temps et vingt pénalités de saut en cross quand Ciel pila devant l'obstacle d'eau.

À la demande de Mrs Smith, ils arrêtèrent la compétition pendant six semaines, avec l'objectif de revenir pour l'East Shore Classic, dans le Devon, à la mi-juillet. Casey put donc passer de petites vacances auprès de son père, à qui elle manquait terriblement, rattraper quelques devoirs pour le lycée et se concentrer sur le dressage de Ciel.

— Harmonie et équilibre, voilà ce que doit être ta devise, lui dit Mrs Smith quand elle rata son petit galop rassemblé dans le manège de White Oaks. Montre-moi des transitions et des épaules en dedans. Pense à tes mains. Klaus Balkenhol dit toujours que lorsque le contact n'a pas été établi correctement en partant de l'arrière-train, c'est comme s'il n'y avait pas de contact du tout.

Cette saine alternance entre des temps de repos et un entraînement rigoureux porta ses fruits lors de l'East Shore Classic, le premier concours deux étoiles de Casey : elle obtint le score impressionnant de trente-sept en dressage, et en saut d'obstacles, Ciel ne fit tomber qu'une seule barre.

Ils étaient en train de faire un bon parcours de cross quand il pila de nouveau devant le passage de gué. Cette fois, il la jeta à l'eau, ce qui leur valut soixante-cinq points de pénalité. Dégoulinante et crasseuse, elle se hissa de nouveau sur un Ciel hautain et termina le parcours, mais quelqu'un – elle soupçonnait Raoul – avait filmé son moment d'humiliation et l'avait téléchargé sur YouTube. Le lendemain matin, près de cinq mille personnes l'avaient vue se traîner hors de la mare comme après un combat de boue.

Peter le regarda et le trouva tordant, chose qu'il commit l'erreur de confier à Casey :

– Voilà pourquoi j'adore les concours hippiques ! Ça fait redescendre tout le monde sur terre. Quoi ? Mais non, je ne voulais pas dire que tu as pris la grosse tête, bien sûr que non, je voulais juste… Casey, attends une seconde… Casey ?

Mrs Smith déclara sans compassion :

– Ça arrive aux meilleurs d'entre nous. Ces choses-là, il faut en rire. Celui qui a publié ça sur Internet est juste jaloux parce que tu es bien partie pour réussir quelque chose qu'on met généralement des années à accomplir. Il suffit que tu restes en selle à Aston Le Walls et tu te seras qualifiée pour le concours trois étoiles de Hartpury.

Casey fit même mieux que ça. Raoul et Livvy Johnston cessèrent de ricaner quand elle termina parmi les vingt premiers au concours où elle avait fait une performance si lamentable l'année précédente, ce qui fit sensation auprès de la presse. Casey éprouva une satisfaction particulière à battre Livvy, qui fut éliminée à cause d'une dérobade de Méridienne.

Sur son petit nuage, elle passait Ciel au jet en admirant sa robe mouillée, qui brillait comme de l'aluminium à la lumière, quand Raoul et Livvy arrivèrent.

— Bravo, marmonna Livvy avec une grimace qui contredisait ses paroles.

Casey s'en amusa.

— Merci.

Raoul se planta inutilement près d'elle et parcourut le cheval d'un regard critique.

— Ciel prend toujours sa boisson vitaminée ? Tu as intérêt à être prudente, au cas où la FEI déciderait de lui faire une analyse de sang, à tout hasard. Je serais désolé que tes projets pour Badminton échouent.

Casey cessa de sourire.

— Je n'en doute pas. Mais ils peuvent faire toutes les analyses qu'ils veulent. Aux dernières nouvelles, le jus de carotte et les pousses de blé en poudre sont des substances légales.

206

– Tout ce que je dis, continua Raoul, c'est que lors-qu'un cheval surgi de nulle part fait une progression fulgurante dans le classement, les gens deviennent curieux. Badminton est encore très loin. Ce serait dommage qu'il arrive quelque chose à Ciel d'ici là.

D'instinct, Casey s'approcha de son cheval pour faire écran.

– C'est une menace ?

Le palefrenier partit de son sinistre rire de hyène.

Livvy gloussa.

– Ne t'offusque pas de ce que dit Raoul. Il te donne juste un conseil d'ami.

– Gardez vos conseils pour vous, rétorqua Casey. Vous en avez bien besoin.

Elle les éclaboussa avec le jet. Ils l'esquivèrent d'un bond avant de tourner les talons.

En retirant sa culotte de cheval dans le van, Casey s'aperçut qu'elle tremblait. Sa bravade n'était qu'une façade. La joie de participer à des concours sur le che-val qu'elle adorait et d'empocher de petits gains, avec son amie et professeur à ses côtés, était constamment tempérée par la crainte qu'il arrive quelque chose à Ciel. Une agression, une blessure, une fracture, une chute – les possibilités étaient infinies.

Elle était si absorbée par ces sombres pensées en émergeant du van que lorsqu'elle surprit un vieil homme de très petite taille en train d'offrir quelque chose à Ciel, elle crut d'abord qu'il sortait de son imagination. Puis il bougea. Il lui tournait le dos et ne la voyait pas. En parlant à voix basse au cheval, il tendit la main en coupe. Ciel souffla bruyamment par les naseaux, mais ne s'éloigna pas. Les yeux écarquillés, il tirait et s'agitait au bout de sa longe.

Une centaine de scénarios horribles, où un malfrat payé par des rivaux droguait son cheval pour qu'il perde, défilèrent dans l'esprit de Casey. Elle se précipita en criant :

— Écartez-vous de lui ! Qu'est-ce que vous faites ?

L'inconnu se raidit et parut se replier sur lui-même comme un chien battu. Quand il se retourna, Casey faillit s'étrangler. Clairement malade, il avait le visage violacé. Il faisait chaud, ce jour-là, mais cet homme tremblait en permanence et respirait avec difficulté. Tout froissé, son costume élimé flottait sur son corps décharné.

— Je peux vous aider ? demanda Casey avec plus de douceur.

Si c'était un malfrat, c'était un malfrat bien mal en point.

Il plongea ses yeux dans ceux de la jeune fille.

— Trop tard.

Avec un effort, il tapota la poche de sa veste, d'où il tira un paquet de cigarettes.

— ... C'est mortel, ces trucs-là. On m'avait pourtant prévenu quand j'étais jeune. Bien sûr, on n'écoute jamais à cet âge-là. On croit tout savoir. On croit que le monde nous appartient.

Il désigna Ciel de son menton flétri.

– J'ai connu un cheval comme celui-ci autrefois.

Casey comprit enfin qui c'était. Une vague de terreur l'assaillit. Elle n'avait qu'une question en tête : et s'il était venu revendiquer la propriété de Ciel ? S'il voulait reprendre son précieux cheval et qu'elle n'ait aucun moyen légal de l'en empêcher ?

Elle demanda prudemment :

– Comment s'appelait-il, ce cheval ?

Il sortit une cigarette et la tint entre ses doigts jaunis pour l'allumer en tremblant.

– Cyclone d'Argent.

En prononçant le dernier mot, il cracha un jet de fumée comme un train à vapeur.

– Le meilleur cheval que j'aie jamais connu. Je lui ai fait passer un scanner un jour où il était mal fichu. Le véto est venu me voir, ébahi. « Lev, le cœur de Cyclone d'Argent est deux fois plus gros que celui d'un cheval normal ! »

Casey ouvrit des yeux ronds.

– Qu'est-ce que ça veut dire ?

Elle eut une vision de Ciel tombant raide mort, foudroyé par une crise cardiaque parce qu'elle l'avait trop poussé.

Le vieil homme fut pris d'une quinte de toux. Elle fut si violente et se prolongea si longtemps que Casey commença à craindre qu'il ne s'effondre. Elle regarda autour d'elle, cherchant de l'aide. Un garçon d'écurie qu'elle connaissait passa en hâte. Elle s'apprêtait à lui demander d'appeler une ambulance quand le vieillard, retrouvant enfin son souffle, marmonna :

– Pardon. C'est vraiment infernal, cette maladie.

Il tira sur sa cigarette.

– Vous me parliez de son énorme cœur, lui rappela Casey. Est-ce que c'est… Je veux dire, est-ce que c'était un problème ?

– Oh non. C'est formidable. Tu as entendu parler d'Éclipse, le célèbre cheval de course américain ? Une vraie fusée. Éclipse avait un cœur deux fois plus gros que la moyenne, et il a transmis ce gène – cet atout secret – à ses descendants. Phar Lap, le légendaire cheval de course australien, avait aussi un cœur deux fois plus gros. Sans parler de l'étalon de feu, Secrétariat, le plus grand cheval de course que la terre ait jamais porté, une véritable machine ! L'a gagné la triple couronne par *trente et une longueurs*, un record qui n'a jamais été battu. Quand il est mort, on s'est aperçu que son cœur était deux fois et demie plus gros que celui d'un cheval ordinaire. Alors quand j'ai su que Cyclone d'Argent avait un cœur de champion, j'ai pensé que c'était un bon présage.

Casey était fascinée par ces super chevaux qu'elle imaginait filant sur la piste avec leurs cœurs géants.

– Et c'était le cas ?

Il tira de nouveau sur sa cigarette, ce qui lui valut une nouvelle crise de toux et de râles sifflants.

Une fois remis, il répondit :

– Peut-être, mais je ne lui ai pas choisi le bon

destin. Je l'ai sauvé une fois, il me doit au moins ça, mais à ma façon, j'ai été pire que le cirque dont je l'ai délivré. J'étais obsédé par l'idée de le faire courir, et il ne le voulait à aucun prix. Il m'a brisé le cœur et m'a coûté une fortune, alors je me suis retourné contre lui. J'ai essayé de le détruire. Ça m'est douloureux de l'admettre, mais je voulais qu'il souffre. Qu'il souffre *vraiment*. Ma famille m'a supplié de me débarrasser de lui, mais je voulais le briser moralement. J'ai essayé de le battre, j'ai essayé de l'affamer, mais malgré tout ce que je lui ai fait, la lueur accusatrice qui brûlait dans son regard ne s'est jamais éteinte.

Des larmes se mirent à couler librement sur son visage.

– Tu en feras ce que tu voudras, mais sache que j'emporterai ma honte avec moi dans la tombe. Je ne me le pardonnerai jamais.

Casey ne savait pas quoi dire. Après avoir sauvé Ciel de l'abattoir, elle avait maudit mille fois son propriétaire précédent au cours des semaines suivantes. Dans sa tête, elle avait traité de tous les noms cet homme qu'elle considérait comme un monstre et lui avait souhaité de vivre ne serait-ce que le quart des tourments qu'il avait infligés au cheval. À présent, il était clair qu'il en avait eu son lot.

L'homme écrasa sa cigarette sous sa semelle éculée et contempla Ciel avec un chagrin infini.

– Je suis venu ici parce que j'ai vu une photo de ton cheval dans un journal, il y a quelque temps, et que j'ai cru voir un fantôme. Je n'ai pas pu me sortir cette image de la tête depuis. Tu comprends, Cyclone d'Argent comptait davantage que ma propre famille, à une époque. Si je savais…

Sa voix se brisa.

– Si je savais qu'il est vivant, quelque part, qu'on s'occupe de lui et qu'il est heureux, je pourrais mourir en paix.

Casey s'approcha de Ciel, colla sa joue contre la sienne et lui caressa le chanfrein. Le cheval tremblait, mais au contact de la jeune fille, sa respiration s'apaisa.

– Pour ce qui est de votre Cyclone d'Argent, je ne sais pas, mais je peux vous assurer que mon Ciel, je l'aime plus que tout au monde, dit-elle. Je serais prête à me battre contre des lions pour le protéger.

Elle ajouta sur un ton de défi :

– Jamais rien ni personne ne me le prendra.

Une ombre de sourire effleura les coins de la bouche sèche et triste de l'homme.

– Merci. Merci, Casey Blue. C'est tout ce que j'avais besoin d'entendre.

Là-dessus, il tourna les talons et s'éloigna en boitillant.

Casey savait qu'elle ne le reverrait jamais.

Sur la route, en rentrant du Northamptonshire, elle annonça triomphalement à Mrs Smith :

– Je connais l'identité de notre mystérieux sponsor.

La Land Rover fit une embardée, et le van qui y était accroché oscilla dangereusement. Mrs Smith donna un coup de klaxon.

– Il y a des gens qui ne devraient pas avoir le droit de conduire.

Puis elle jeta un coup d'œil perçant à Casey.

– Ah oui ?

– D'accord, je ne suis pas sûre à cent pour cent que ce soit lui qui est derrière Ladyhawke Enterprises, mais j'en suis sûre à quatre-vingt-dix-neuf pour cent.

Et elle raconta à Mrs Smith son entrevue avec le vieil homme.

À la fin de son récit, son amie garda le silence. Casey lança :

– Alors ? Qu'en pensez-vous ?

Mrs Smith mit son clignotant et changea de file.

– Je ne sais pas trop. Ça paraît peu probable de la part d'un homme en si mauvaise santé, et il ne semble pas avoir ce genre de moyens s'il se promène en costume élimé. Et puis qu'aurait-il à y gagner ?

Casey dut faire un effort pour dissimuler son irritation. N'était-ce pas évident ?

– Il se sent coupable. Il veut compenser ses anciens méfaits.

La bouche de Mrs Smith se tordit dans une grimace.

– S'il y a une chose que j'ai apprise au cours de mes soixante-trois ans d'existence, c'est que l'argent n'efface jamais le passé.

– Mais ça aide, insista Casey.

Son amie sourit.

– Oui, admit-elle, c'est sûr que ça aide.

18

Cela faisait maintenant dix-huit mois que Casey faisait de la compétition, mais Roland Blue n'avait jamais assisté à un seul concours hippique. Ce n'était pas qu'il ne voulait pas la voir à cheval, avait-il expliqué. Il n'aimait rien tant que la voir dresser Ciel à White Oaks. C'était juste qu'il avait affreusement peur de la voir tomber.

— Si je t'avais vue patauger dans cette mare à l'East Shore Classic, je n'aurais pas pu m'empêcher de plonger à ta rescousse. En plus, je fais à peine la différence entre le devant et le derrière d'un cheval. Je ne veux pas te faire honte.

— Tu ne vas pas me faire honte, lui assura Casey. Du moment que tu ne plonges pas dans des mares pour me sauver… Et qu'est-ce que ça peut faire, si tu n'y connais pas grand-chose en chevaux ? Moi, ça m'est égal. Je t'invite à venir regarder, pas à répondre à un questionnaire sur les chevaux.

Il rit.

– D'accord, d'accord. Je viendrai te voir à Cambridge.

– Ce n'est pas à Cambridge, papa, c'est près d'Oxford[1]. Le concours international de Blenheim Palace a lieu dans l'Oxfordshire.

– OK. Je te verrai là-bas.

Deux semaines plus tard, elle attendait l'arrivée de son père au côté de Peter dans l'ombre du Blenheim Palace, lieu de naissance de Winston Churchill. Quand il apparut, et pendant qu'il traversait le parking pour la rejoindre, accompagné de Mrs Ridgeley, de Moth et d'un groupe de clients du club épique de Hope Lane, elle eut honte d'éprouver un pincement d'embarras.

Mrs Ridgeley marchait en tête, tel un général replet, avec sa tignasse plus jaune que jamais, suivie de Roxanne Primley, qui faisait un lieutenant imposant. Venaient ensuite Moth, un garçon châtain habillé comme un croque-mort, Gillian dans sa plus belle tenue d'équitation, Jin avec un T-shirt de l'Amateur Gold Tour, et plusieurs habitués de leur club dans une variété de tenues mal ajustées ou carrément bizarres. Sue Dodd portait un pantalon noir et un haut à paillettes argentées – « En l'honneur de Ciel », expliqua-t-elle plus tard. Son père, en jean des pieds à la tête avec ses éternelles bottes de cow-boy,

---

1. Cambridge et Oxford sont deux universités réputées d'Angleterre.

215

fermait la marche. Ils étaient tous venus dans un minibus de location.

À ce moment-là, Casey eut un aperçu de l'effet que Mrs Smith, Moth et elle avaient dû faire à Anna Sparks et son équipe quand ils avaient débarqué à Brigstock, dix-huit mois plus tôt. Elle avait l'impression qu'une éternité s'était écoulée depuis. Peter, qui se réjouissait de rencontrer son père et avait donc ignoré délibérément les lourdes allusions de Casey au fait qu'il avait sans doute « des tas de chevaux à ferrer », marmonna :

— Voilà la cavalerie…

— Bonjour, Casey ! lança Mrs Ridgeley. Tu as drôlement grandi et tu sembles scandaleusement en forme. Je vois que tu t'es payé une belle culotte d'équitation.

Casey rougit.

— Je… Oui, merci.

Elle n'était pas sûre que ce soit un compliment.

Il y eut une fraction de seconde d'embarras mais Gillian brisa la glace en lui sautant au cou.

— Tu es superbe ! Nous sommes tellement fiers de toi !

— Vraiment ?

La surprise de Casey était sincère. Elle ne s'était pas séparée du club épique de Hope Lane en bons termes. Mrs Ridgeley avait accepté bon gré mal gré que Ciel reste encore deux mois en pension chez elle en échange du chèque de cinq cents livres de Ladyhawke Enterprises, mais elle avait continué à leur compliquer la vie et à grommeler que leur projet était insensé. Finalement, Mrs Smith s'était mise en colère et l'avait accusée d'être jalouse de Casey, « tout ça parce que cette jeune fille a su réussir là où tu as échoué. À seize ans, elle a le courage de ses convictions. Et elle a le sponsor que tu refusais de croire qu'elle pouvait obtenir ».

Après cette dispute, elles avaient dû déménager Ciel quinze jours avant la date prévue. Au grand agacement de Mrs Ridgeley, Moth avait tenu à les conduire à White Oaks. Elle l'avait pratiquement accusé d'être un traître. Elle était si contrariée que lorsque Casey était allée lui dire au revoir, elle avait à peine levé les yeux de ses livres de comptes.

Malgré tout, Casey n'avait jamais oublié que sans la bienveillance initiale de Penelope Ridgeley, elle n'aurait jamais eu les moyens de garder Ciel, sans parler de participer à des concours avec lui. Elle avait également tiré un bénéfice immense de sa période de bénévolat au club épique. Pour cette raison, elle était prête à pardonner n'importe quoi à sa directrice. Quand son père l'avait appelée, une semaine plus tôt, pour lui dire qu'il avait rencontré Mrs Ridgeley par hasard dans la rue et qu'elle avait aussitôt proposé qu'ils prennent leur journée pour aller soutenir Casey au concours de Blenheim, la jeune fille avait été touchée. Elle était particulièrement heureuse de voir Jin.

– Oui, nous sommes fiers de toi, renchérit Mrs Ridgeley avec chaleur, avant d'embrasser Casey à son tour. Extrêmement fiers. Je ne peux plus accéder à mon ordinateur, au club épique, avec le nombre de personnes qui font la queue pour regarder tes performances sur YouTube… oui, y compris celle où tu te débats dans la gadoue comme un rat qui se noie.

Elle gloussa.

– … Bah, tu sais, on ne peut pas avoir ce qu'on veut à chaque fois. Sérieusement, ma grande, je te tire mon chapeau. Tu m'as démontré que j'avais tort. Tu as relevé le plus gros défi possible pour une cavalière et tu es en train de réussir. Pourvu que ça dure. C'était quelque chose de te voir en concurrence directe avec Anna Sparks au concours trois étoiles de Hartpury. Dommage qu'elle t'ait coiffée au poteau, mais bon, elle a un talent exceptionnel. Diamant Brut et elle forment un duo de rêve, n'est-ce pas ?

– Bravo, Casey, intervint Roxanne Primley en lui broyant la main. C'est formidable de voir une fille de notre quartier en remontrer aux gens de la haute. Mais bon, j'aurais dû acheter Ciel quand il n'était pas cher. Je ne sais pas ce qui m'a pris. Gillian l'aurait mis dans le droit chemin en un rien de temps.

Son regard tomba sur Peter, qui se tenait légèrement en retrait, observant la scène avec un sourire.

– C'est ton copain ? Il est mignon, en tout cas.

Casey aurait voulu rentrer sous terre.

– Je suis désolée. J'aurais dû vous présenter plus tôt. C'est Peter.

– Le garçon qui te plaît ? insista Roxanne, en

serrant si fort la main de Peter qu'il se demanda s'il pourrait à nouveau ferrer un cheval un jour.

– Je suis son copain au sens d'ami qui est un garçon, dit-il avec un rictus. Pour savoir si je suis son *petit copain*, il faut demander à Casey.

Casey devint cramoisie. Son père lui épargna d'avoir à répondre : il s'avança et, après avoir subi à son tour une des poignées de main fracassantes de Roxanne, serra celle de Peter avec respect.

– Très heureux de faire ta connaissance, mon grand. J'ai beaucoup entendu parler de toi. Casey est intarissable à ton sujet.

– Ah oui ? fit innocemment Peter. Quel genre de choses dit-elle de moi ?

Casey décida qu'elle allait exploser s'ils continuaient à la mettre mal à l'aise.

– Je lui dis que tu es le meilleur maréchal-ferrant du monde.

Elle prit le bras de son père et sourit à la troupe rassemblée :

– Bien, je suis sûre que vous ne voulez pas passer la journée sur le parking. Ça vous dirait d'aller voir un peu d'action sur le terrain de cross ?

À trois heures moins dix, Roland Blue regardait tristement l'épreuve de saut d'obstacles dans la carrière Marlborough. Mrs Ridgeley et son équipe étaient parties en quête de quelque chose à manger, et Casey était en train de seller Ciel. Il était fier de sa fille, il n'aurait pas pu être plus fier. Quand elle sortit du van avec la veste de saut d'obstacles qu'il lui avait faite sur mesure, elle était si belle, elle paraissait si adulte qu'il en eut les larmes aux yeux et dut faire mine d'avoir un caillou dans sa chaussure le temps de se ressaisir. Il aurait donné n'importe quoi pour que sa mère la voie, en cet instant.

En outre, il était fier de l'avoir encouragée à réaliser son rêve, même s'il avait eu peur pour elle bien des fois, en particulier quand le sponsor anonyme s'était manifesté. Pourtant, le directeur de Ladyhawke Enterprises avait tenu parole : il s'était montré très généreux et payait toujours à l'heure. De plus, la société n'avait rien exigé en retour, sinon que Casey arbore son logo sur son tapis de selle et fasse de son mieux à tout moment.

Casey était donc heureuse. Hélas, il ne pouvait pas en dire autant de lui. Il se sentait seul. Certains parents attendent impatiemment que leurs enfants quittent la maison. Roland, lui, avait toujours éprouvé le contraire. Il espérait secrètement que sa fille serait de ceux qui habitent toujours chez papa et maman à trente ans. Mais elle avait été embarquée bien trop jeune dans un monde où il ne pouvait pas la suivre. Sa matinée à Blenheim Palace le lui avait prouvé.

Certes, l'endroit était spectaculaire. Quand ils étaient arrivés au bout de l'allée, ce matin-là, le palais baignait dans une lumière onirique, d'un gris rosé. Il était si magnifique que Roland s'était senti profondément patriote et nostalgique. C'était une merveille architecturale, un festin pour les sens. De longues années plus tôt, lors de ce qui devait être la seule folie de sa vie d'époux, il avait emmené Dorothy à Paris pour leur lune de miel dans le seul but de voir le château de Versailles. Blenheim était tout aussi grandiose. À côté, Buckingham Palace, le légendaire palais de la reine d'Angleterre, ressemblait à un abri antiatomique.

Mais face à tant d'opulence, Roland se sentait tout petit, et tous ces poseurs en tweed, qui se promenaient sur ces pelouses impeccables avec leurs chiens de race, l'intimidaient encore plus. La dernière fois qu'il avait été aussi mal à l'aise, c'était lors de sa première nuit à la prison de Wandsworth.

Voilà les pensées qui lui occupaient l'esprit quand il s'aperçut brusquement que son voisin le dévisageait.

– À voir votre tête, vous devez ressentir la même chose que moi, dit l'homme, qu'il crut vaguement reconnaître.

Il sourit, dévoilant des dents de porcelaine qui avaient dû coûter cher ; leur blancheur éclatante contrastait avec son bronzage.

– Je finis toujours par avoir l'impression d'être un violoncelliste dans un concert de heavy-metal, lors de ces concours. À moins que ce soit le contraire ? Je ne m'habille pas comme il faut, je n'ai pas l'accent qu'il faut, je ne comprends pas le jargon. On prend quatre points de pénalité pour un refus et trois pour avoir fait tomber une barre, ou c'est le contraire ? Ou c'est bien quatre points, maintenant, pour un refus ?

Roland Blue s'esclaffa.

– Je n'en sais rien. Je suis totalement inculte en ce qui concerne les chevaux. Je n'arrive à suivre que le golf. C'est ma fille, l'experte.

– Ne vous inquiétez pas. Je fais honte à la mienne avec mon ignorance du monde de l'équitation. Elle m'interdit de venir à la plupart des concours.

– Je vous comprends, commenta Roland Blue avec une touche d'amertume.

Il avait remarqué la lueur d'embarras qui était passée sur le visage de Casey lorsqu'il s'était approché d'elle, avec la bande du club épique de Hope Lane, et cela l'avait blessé.

– Ma femme est pareille, disait l'homme. Ma carrière lui fait honte. C'est pour ça qu'elle a gardé son nom de jeune fille, Sparks. Nous avons trouvé un compromis en convenant qu'Anna porterait son nom à elle et que notre fils porterait le mien. C'était une erreur. Moins on parle de lui, mieux ça vaut.

– Vous êtes le père d'Anna Sparks ? s'écria Roland Blue, ravi.

Casey ne l'ayant pas éclairé à ce sujet, il ignorait qu'il était en train de frayer avec l'ennemi.

– Votre fille a battu la mienne à Hartpury en août, continua-t-il. Vous avez dû être fier comme Job quand elle a gagné. Elles étaient à égalité après le dressage et

222

le saut d'obstacles, mais Casey a fini dans les derniers après avoir récolté des points de pénalité en cross. Elle m'a expliqué qu'elle avait pris le chemin le plus long par prudence.

Les dents blanches réapparurent.

– Vous êtes le père de Casey Blue, si je comprends bien ? Lionel Bing. C'est un honneur de vous rencontrer, monsieur.

– Roland. De même. Enchanté. Dans quelle branche travaillez-vous donc ?

Lionel écarta les bras. Il y avait des auréoles de transpiration sous les manches de son costume en lin crème.

– Lionel Bing, le roi de la moquette, pour vous servir.

Alors Roland Blue réussit enfin à le situer. Lionel Bing était ce type mielleux, genre marchand de voitures d'occasion, qui fourguait des moquettes et des parquets de luxe à la télévision. Il avait le charme d'un présentateur de journal sur les chaînes d'information câblées, même si ses longs cheveux noirs striés de mèches blanches avaient besoin d'une bonne coupe, mais Roland avait toujours trouvé affreuses ses publicités pour Carpet King, le « roi de la moquette ».

– Ah.

Il n'avait rien trouvé d'autre à répondre. Ce fut un soulagement lorsque Casey entra sur le terrain d'entraînement, avec Mrs Smith à son côté, leur offrant enfin un autre sujet de conversation que les revêtements de sol. Lionel lui avait proposé vingt-cinq pour cent de réduction sur du noyer de Norvège. Roland essaya d'imaginer la tête de ses voisins, dans la tour Redwing, s'il leur disait qu'il allait remplacer le lino déchiré du numéro 414 par du parquet en bois exotique, et l'expression du roi de la moquette quand il amènerait ses larbins pour le poser.

– Une belle bête, commenta Mr Bing pendant que Casey sautait un obstacle d'entraînement avec Ciel. Vous allez bientôt chercher à le vendre, j'imagine. C'est ce qui se fait dans le business des chevaux. Il n'y a pas de place pour les sentiments si on veut pouvoir s'élever dans la hiérarchie et payer l'entretien de ces animaux. Les cavaliers passent leur temps à changer de monture. Ils utilisent l'argent pour acheter de jeunes chevaux qui ont du potentiel, et ils empochent la différence. Une cavalière de talent comme Casey peut faire un gagnant de n'importe quel cheval.

– Je ne sais pas, dit Roland d'un ton dubitatif. Elle est très attachée à Ciel. Elle l'adore.

– Ce ne sont pas des animaux de compagnie ! aboya Lionel Bing. Voilà la première chose que les cavaliers professionnels doivent apprendre. C'est là que vous et moi, en tant que parents, devons parfois intervenir. Ces bêtes sont des gouffres financiers. Anna aime beaucoup Diamant Brut, elle aussi, mais elle sait que si elle veut conquérir le monde, il va falloir prendre des décisions difficiles.

– Oui, mais Ciel n'est pas n'importe quel cheval. C'est l'ami de Casey. Elle l'a sauvé de l'abattoir, vous comprenez. L'a payé un dollar.

Lionel Bing siffla.

– Un dollar ? Vous vous fichez de moi. Je suppose que vous voulez dire une livre sterling ?

– Non, je parle bien d'un dollar américain. C'était tout ce que j'avais sur moi à ce moment-là. J'avais laissé mon portefeuille à la maison, ajouta-t-il vivement, de peur que Lionel le croie miséreux.

Mais Lionel s'intéressait plus à Ciel qu'à l'état des finances de Roland.

– Alors voyons si j'ai bien compris. Votre fille a sauvé ce cheval, mais c'est vous qui l'avez payé, donc techniquement, il est à vous.

Roland fronça les sourcils.

– Je n'avais jamais vu les choses sous cet angle. C'est moi qui ai signé les papiers de changement de propriétaire à l'abattoir, alors je suppose que vous avez raison, mais vous savez, jamais je ne…

Lionel cracha une bouffée d'air parfumé à la menthe.

– Ouaouh ! Vous devez penser que c'est une mine d'or, ces concours hippiques, maintenant que la valeur de Ciel monte en flèche.

– Oh, je ne dirais pas ça. Ça me paraît bien coûteux, comme sport, si vous voulez mon avis… Que vouliez-vous dire à propos de sa valeur ? Une dame du club londonien où Casey mettait Ciel en pension

225

a proposé quelques centaines de livres pour l'acheter, mais Casey a refusé.

Lionel Bing éclata d'un rire incrédule.

– Quelques centaines de livres ? Combien pensez-vous qu'il vaut aujourd'hui ?

– Quelques milliers ? suggéra Roland, espérant qu'il n'allait pas se ridiculiser.

– Eh bien moi, je paierais un quart de million dès demain pour l'avoir. Ou même aujourd'hui, d'ailleurs. En liquide.

Roland Blue pâlit.

– Deux cent cinquante mille livres de bénéfices sur un dollar…, s'émerveilla Lionel. Un sacré investissement. Un homme comme vous me serait bien utile dans ma branche.

Roland retrouva la parole.

– Vraiment ? demanda-t-il avec espoir.

Il adorait son nouveau métier et avait grand plaisir à travailler avec Ravi Singh, mais c'était toujours agréable de recevoir des propositions.

– Oui, lui assura Lionel Bing. Vraiment.

Il tira une boîte en argent de sa poche et en sortit une carte.

– J'ai été ravi de bavarder avec vous. Passez-moi donc un coup de fil un de ces jours. Nous pourrions aller boire un verre à mon club.

Lorsqu'on annonça le nom de Casey et qu'elle entra en piste au petit galop, Roland Blue décida qu'il s'amusait bien, finalement. Il était enchanté d'avoir fait bonne figure lors d'une conversation avec un homme d'affaires aussi éminent. Peut-être devrait-il assister plus souvent à des concours. Ravi lui répétait toujours que la clé de la réussite était d'établir des contacts.

19

Casey se dirigeait vers le paddock pour échauffer Ciel avant leur heure de départ, quinze heures vingt, quand brusquement, Mrs Smith chancela et s'accrocha à une étrivière pour ne pas s'écrouler. Son visage était livide. Casey mit aussitôt pied à terre. Elle glissa un bras dans les rênes de Ciel et, en soutenant Mrs Smith de l'autre, elle l'entraîna vers un banc à l'ombre.

– Ça va très bien, lui assura celle-ci. Ne fais pas tant d'histoires. Tu vas bientôt passer, tu as besoin de te concentrer. C'est l'un des jours les plus importants de ta vie.

– Je m'en fiche. Rien n'est plus important que votre santé. Ça va aller, ici, pendant que je cours chercher de l'aide dans la tente de premiers secours ?

Les joues de Mrs Smith retrouvaient des couleurs.

– Je n'ai pas besoin d'aide. Ce qu'il me faut, c'est juste la réponse à une question. Mais ne t'inquiète pas de ça pour le moment. Je veux que tu commences à t'échauffer.

— Je n'irai nulle part avant d'être sûre que vous allez bien, déclara Casey d'un ton ferme, alors autant me poser votre question maintenant.

— Très bien. Qui est cet homme qui parle avec ton père ?

Casey mit la main en visière devant ses yeux. À l'autre bout du paddock, son père était en pleine conversation avec un homme qui avait manifestement assisté à trop de banquets somptueux. Quand elle le reconnut, elle faillit s'évanouir à son tour.

— C'est le père d'Anna Sparks, Lionel Bing. Je le sais parce qu'il a débarqué à Hartpury dans sa Jaguar en faisant gronder son moteur pour apporter quelque chose à Anna, et que Peter me l'a montré. J'aimerais bien qu'on réponde à mes questions, moi aussi. Pourquoi parle-t-il à papa ? Que peuvent-ils bien avoir en commun ?

Les joues de Mrs Smith avaient repris leur pâleur mortelle.

— Lionel Bing est le père d'Anna Sparks ?

— Vous n'avez pas l'air bien du tout, dit Casey en jetant un coup d'œil furtif à sa montre et en constatant avec panique qu'elle avait moins de cinq minutes pour s'échauffer. Au moins, laissez-moi vous acheter une de ces boissons isotoniques pour sportifs.

Puis, quand elle intégra enfin ce que son amie avait dit :

— Pourquoi ? Vous le connaissez ?

— Non. Enfin, nos chemins se sont croisés une fois

229

ou deux il y a de longues années, mais je pense que je ne l'aurais pas reconnu si j'étais tombée sur lui dans la rue. C'est idiot, je l'ai pris pour quelqu'un d'autre… un fantôme du passé. Ma vue doit se dégrader. Pourquoi Anna et lui ont-ils un nom de famille différent, d'après toi ?

– Qui sait ? Peut-être que c'est son beau-père, ou quelque chose comme ça. Bon, si vous êtes sûre que ça va, je vais faire un ou deux sauts d'échauffement.

Mrs Smith fit un effort pour sourire.

– Ça va à merveille. C'est l'âge, rien de plus. Maintenant, file sur la piste et éblouis-nous.

Toute chamboulée, Casey entama la serpentine au petit galop sur Ciel. Mrs Smith avait menti, elle en était certaine. C'était bien Lionel Bing, ce « fantôme de son passé ». Mais qu'était-il arrivé entre eux pour provoquer une telle réaction chez elle ?

D'ordinaire, Mrs Smith était le calme incarné. « Imperturbable », la jugeait Morag. Pourtant, à la vue de cet homme, elle avait failli s'évanouir. Et Casey était sûre que c'était à cause de lui, et non d'un excès de fatigue, comme l'avait prétendu son professeur. Mrs Smith était aussi en forme qu'elle. Alors quel était donc son grand secret ?

D'après l'aperçu qu'elle avait eu de Lionel Bing à Hartpury, il était plutôt bel homme, avec ce côté mannequin en plastique légèrement lascif des animateurs d'émissions télévisées. Il lui avait donné la chair de poule. Au jugé, il avait cinq ou six ans de moins que Mrs Smith, ce qui excluait qu'il puisse être Robert, son flambeur d'ex-mari. Mais, bien que cette idée soit horrifiante, il n'était pas totalement impossible qu'elle ait eu une liaison avec lui à une époque. Elle n'avait pas très bon goût en matière d'hommes.

Anna Sparks arriva au trot sur le terrain d'entraînement, illuminant cette journée grise de ses cheveux blonds et de son sourire solaire. Le cheval à la robe de feu qu'elle montait attira presque autant de regards admiratifs. Casey trouva à Diamant Brut l'air encore plus las et désenchanté que jamais, mais Peter et elle étaient les seuls de cet avis. L'alezan recevait autant de lettres de fans que sa cavalière.

Casey avait prévu de faire deux sauts d'entraînement, mais au milieu du cirque qui entoura l'arrivée d'Anna, elle n'en eut pas le courage. À la place, elle caressa Ciel, lui chuchota des mots tendres à l'oreille et se dirigea vers le commissaire au paddock. John Stanley, le cavalier qui la précédait, fit voler la combinaison en éclats. Il fallait qu'elle chasse Mrs Smith de son esprit et se concentre. Ciel avait exécuté une performance de rêve lors de l'épreuve de dressage et n'avait fait que huit fautes de temps au cross. S'ils effectuaient un sans-faute à présent, ils auraient la garantie de finir dans le premier quart des concurrents, ce qui signifiait que Ciel quitterait Blenheim Palace tout près de devenir un cheval quatre étoiles.

En attendant que l'on reconstitue l'obstacle, Casey

jeta un coup d'œil à son père. Quand elle vit qu'il était toujours en pleine conversation avec Lionel Bing, elle fut si stupéfaite qu'elle faillit tomber de sa selle. Quel que soit le sujet de leur échange, ça ne pouvait pas être bon. Ou bien Lionel informait son père au sujet de sa querelle avec Anna, ou bien… Ou bien quoi ?

Lionel souriait de toutes ses dents comme un crocodile. Le cœur de Casey se mit à battre la chamade. Que pouvait bien lui avoir dit son père ? Un homme comme lui, qui voyait toujours les gens sous leur meilleur jour et qui, même si elle rechignait à l'admettre, se faisait facilement manipuler, ne ferait pas le poids face au père PDG d'Anna. Pourvu qu'il n'ait pas été assez naïf pour mentionner son passé de détenu !

Les propos du commentateur s'insinuèrent dans son esprit :

– Casey Blue, qui monte Ciel d'Orage…

Casey savait que son père était assez naïf, hélas. C'était sa nature confiante qui lui avait attiré des ennuis. Il avait une foi puérile en la bonté naturelle de l'homme.

Alors qu'elle saluait les juges puis talonnait Ciel pour le faire passer au petit galop, une vague de nausée l'assaillit. Elle regarda fixement les obstacles. Tout d'un coup, son tour de reconnaissance n'était plus qu'un lointain souvenir. Les lignes droites, les courbes et le nombre de foulées qu'elle avait si soigneusement retenus se perdirent dans la brume de son cerveau.

Elle se rappelait à peine le tracé jusqu'au premier obstacle. Ciel allait trop vite, mais elle n'avait pas la force de le retenir. N'ayant guère le choix, elle le laissa rênes longues.

– C'est à toi de gérer, mon grand, dit-elle alors qu'il se préparait à sauter. Tu es le seul à pouvoir nous sauver, maintenant.

Pendant les semaines qui suivirent le concours de Blenheim Palace, les gens ne parlèrent que de la performance d'Anna Sparks au saut d'obstacles. Malheureusement, c'était pour de mauvaises raisons. Certains chuchotaient que c'était la faute d'Anna. Quand Diamant Brut s'était dérobé devant le double, elle l'avait cravaché avec un peu trop d'énergie, suscitant des cris étranglés parmi la foule. Mais la plupart jugeaient l'alezan responsable ; d'après eux, il avait craqué nerveusement. Il avait percuté de front le premier et le deuxième élément de la combinaison, foncé vers le troisième puis pilé si violemment qu'Anna s'était envolée au-dessus de l'obstacle.

Sa chute avait été amortie par un bac à fleurs. Elle s'était relevée tant bien que mal et s'était approchée de Diamant Brut pour tenter de l'apaiser. Inexplicablement, il s'était écarté d'un bond, si terrifié qu'on lui voyait le blanc des yeux, démolissant le mur par la même occasion. Dès lors, il avait semblé perdre la raison. Il était parti au galop sur la piste, paniqué, cherchant désespérément une issue pour s'échapper, et il se cabrait ou ruait si on s'en approchait. C'était

233

un miracle qu'aucun des organisateurs ou des spectateurs qui avaient tenté de l'attraper n'ait été piétiné.

La pagaille et les dégâts semés sur le parcours avaient entraîné beaucoup de retard, ce qui avait décontenancé de nombreux cavaliers. En outre, plusieurs chevaux avaient été déstabilisés par les hennissements de rage de Diamant Brut et l'arrivée tumultueuse de Raoul, d'une Livvy Johnston hystérique et d'une équipe de vétérinaires. Diamant Brut avait reçu des sédatifs avant d'être emmené pour « un examen plus poussé ».

D'après Peter, l'alezan serait maintenu loin d'Anna jusqu'à ce qu'il ait à peu près retrouvé la raison, avant d'être vendu discrètement à un étranger sans méfiance, dans un pays lointain. En attendant, Diamant Brut avait eu sa revanche. Et son comportement avait eu pour conséquence indirecte de faire grimper le nom de Casey Blue de plus en plus haut dans le classement au fil de l'après-midi.

Le commentateur s'était emballé. Quand il avait semblé possible que Casey et Ciel raflent la première place au concours de Blenheim Palace, il avait débité un long chapelet d'expressions toutes faites :

— Eh bien ça, c'est un jour à marquer d'une pierre blanche. Quel coup de théâtre ! Oh là là, ç'aura été un vrai pavé dans la mare. Les dés sont jetés, maintenant, et qui aurait cru que la gagnante puisse être l'improbable Casey Blue, de Hackney, dix-sept ans la semaine prochaine, sur son cheval sauvé de l'abattoir !

En fait, le tout dernier concurrent de la journée, Alex Lang, avait effectué un parcours superbe et remporté le trophée. Malgré tout, quand on annonça qu'elle arrivait en deuxième place, Casey avait failli être étouffée par les embrassades extatiques de la bande du club épique, de son père, de Mrs Smith et de Peter. Elle pétillait de bonheur. Mais depuis, elle avait du mal à effacer de son esprit le regard de haine à peine dissimulée que lui avait jeté Anna quand elle l'avait croisée devant l'espace réservé à la presse.

– On se reverra à Badminton avec ta bétaillère, avait marmonné Anna entre ses dents.

Agaçant Mrs Smith au plus haut point, la plupart des journalistes préféraient parler des raisons pour lesquelles Anna Sparks avait perdu, plutôt qu'analyser la victoire d'Alex Lang et l'exploit qu'avait accompli Casey en terminant première des jeunes cavaliers. Ils trouvèrent des excuses à la chouchoute des médias, invoquant «des obstacles mal conçus» et «un public chahuteur», et prétendirent que Diamant Brut avait toujours montré des signes de faiblesse psychologique malgré sa perfection apparente. D'après eux, les gens allaient se battre pour proposer à la jeune championne un autre cheval quatre étoiles. Il était inconcevable que la star incontestée des jeunes cavaliers ne participe pas au concours de Badminton.

Il y eut une exception notable : Jackson Ryder, du magazine *New Equestrian*. Il détestait franchement Anna Sparks depuis le jour où elle était arrivée avec deux heures de retard pour une interview et avait passé le plus clair de son temps à envoyer des SMS à ses amis, avant de sortir en le traitant de « gros imbécile qui n'y connaît rien aux chevaux » quand il lui avait posé des questions gênantes au sujet du mors qu'elle utilisait pour Diamant Brut. Indignée par ses allusions, elle avait menacé d'appeler ses sponsors pour qu'ils retirent leurs publicités de son magazine.

Même s'il n'avait pas eu le courage de raconter l'incident, calculant qu'être poursuivi en justice par l'éminent père d'Anna Sparks revenait à un suicide professionnel, Jackson prit un immense plaisir à dresser la chronique de ce qu'il appela « l'irrésistible ascension de Casey Blue ». D'après lui, la jeune fille de presque dix-sept ans serait très certainement l'héritière de la couronne de Miss Sparks.

— Et ce n'est pas trop tôt, marmonna-t-il pour lui-même en tapant son article.

Il le conclut avec sa phrase préférée : « Nous avons entrevu l'avenir des concours hippiques, et il est merveilleux. »

20

Par une matinée pluvieuse et froide de février, Casey se réveilla raide et glacée dans son lit de Peach Tree Cottage. En voyant le déluge, dehors, elle eut envie de remonter les couvertures sur sa tête et de se rendormir, mais Ciel devait avoir faim et attendre son petit déjeuner. Avec un soupir, elle se leva bon gré mal gré et se traîna jusqu'à la douche. Cinq minutes plus tard, elle en ressortit tremblante. Morag avait encore utilisé toute l'eau chaude.

Rien n'était plus pareil depuis la troisième semaine de janvier, quand Mrs Smith avait annoncé, au milieu d'une leçon de dressage, qu'elle allait rentrer à Londres pour un mois ou deux. Elle ne se sentait pas bien depuis un moment, avait-elle dit, et son médecin lui avait conseillé de faire des examens médicaux. Elle devait également s'occuper de quelques affaires. Casey serait admirablement bien prise en charge par la fine équipe de White Oaks. Morag pourrait les entraîner, Ciel et elle, et était disposée à emménager

237

à Peach Tree Cottage pour tenir compagnie à Casey pendant la semaine.

Casey avait été atterrée. Mrs Smith n'était pas dans son assiette depuis un moment, mais elle n'avait jamais fait la moindre allusion à la possibilité d'être malade. Hormis des maux de tête occasionnels, son état moral était le seul indice visible que quelque chose ne tournait pas rond. Elle était d'humeur sombre et avait perdu sa joie de vivre habituelle. Souvent, lorsque Casey lui parlait, elle semblait totalement ailleurs.

Au début, Casey avait pensé que c'était à cause du père d'Anna Sparks. Mrs Smith paraissait indisposée depuis le concours de Blenheim Palace, au mois de septembre, où elle avait eu cette réaction si vive en voyant Lionel Bing. Quand Casey avait tenté de la sonder à ce sujet, elle avait ri et réitéré qu'elle l'avait « croisé une fois ou deux il y avait à peu près un demi-siècle ».

— C'est comme si quelqu'un te demandait dans cinquante ans si tu te souviens d'Anna Sparks. Tu ne sauras plus qui c'était.

— Mais si, assura Casey. Même dans cent ans, je me souviendrai d'elle. J'aimerais mieux l'oublier, mais je sais que je m'en souviendrai.

Quoi qu'il en soit, son amie n'avait rien voulu révéler.

Après Blenheim, elles avaient décidé d'accorder une longue pause à Ciel pendant l'hiver afin qu'il soit parfaitement reposé à la saison suivante. Le jour de son dix-septième anniversaire, Casey avait annoncé qu'elle abandonnait définitivement ses études. Mrs Smith et elle s'étaient soudain retrouvées avec une tonne de temps libre et ne savaient pas trop quoi en faire. Quand Mrs Smith semblait tendue, Casey le mettait sur le compte de cette oisiveté inaccoutumée, bien que cela ne cadre pas du tout avec sa personnalité : son amie appréciait les moments calmes, qui étaient pour elle l'occasion de méditer ou de lire sur des sujets aussi variés que l'égyptologie, le réchauffement climatique et la philosophie bouddhiste. Elle avait fait mine de continuer, mais Casey avait remarqué qu'elle passait plus de temps à regarder par la fenêtre qu'à se concentrer sur les pages. Un jour, elle avait même passé une heure entière à faire semblant de lire un livre qu'elle tenait à l'envers.

Noël fut loin d'être aussi amusant que l'année précédente. Son père, si du moins c'était possible, était encore plus distrait et tendu que Mrs Smith. Ses efforts pour se montrer guilleret n'étaient pas convaincants. Casey avait l'impression que quelque chose le préoccupait, mais il la rassura, répétant encore et encore qu'il adorait son boulot de tailleur chez Half Moon, qu'il se débrouillait très bien sans elle dans la tour Redwing et qu'il allait lui faire pour Badminton la plus belle queue-de-pie de dressage qu'elle ait jamais vue.

Elle ne le croyait pas du tout. Si cela n'avait pas été Noël, elle aurait essayé de trouver le courage de lui demander si sa nervosité avait un rapport quelconque avec Big Red et les autres escrocs du Gunpowder Plot. Cela faisait bien plus d'un an que Mrs Smith et elle l'avaient aperçu en train de boire un verre avec eux, mais comme il n'avait jamais mentionné cette entrevue, elle n'avait pas cessé de craindre que ces rendez-vous continuent. Elle lui rendait rarement visite à Londres. Big Red et lui pouvaient se voir tous les soirs, elle n'en saurait rien. Et elle ne voulait pas l'interroger à ce propos.

Casey était affectée par l'ambiance morose de Peach Tree Cottage, mais ce n'était pas la seule chose qui la déprimait. Elle s'était habituée à recevoir des SMS de Peter entre les concours. Il parlait avec humour et perspicacité des gens et des chevaux qu'il rencontrait, des endroits qu'il traversait en faisant la tournée des haras, des foires et des championnats du pays de Galles et de l'Angleterre avec son père ; elle attendait toujours le message suivant avec impatience. La moitié du temps, absorbée par quelque chose en rapport avec Ciel, elle oubliait d'y répondre, mais ils ne manquaient jamais de la faire sourire. Puis, vers la mi-octobre, ils avaient cessé d'arriver.

Elle avait patienté une semaine avant de lui envoyer un message désinvolte :

Salut, toi, comment ça va ?

Voyant qu'il ne répondait pas, elle se persuada qu'il

y avait eu un problème technique et que Peter ne l'avait pas reçu, car il lui répondait presque toujours dans l'heure. Elle lui adressa donc un autre message plus expansif :

Salut Peter, comment va la vie au soleil du pays de Galles ? Au fin fond du Kent, on gèle. Et c'est mortellement calme après les hauts et les bas de cette saison. J'envisage de m'installer dans le box de Ciel pour me réchauffer et me distraire !

Elle hésita longuement à ajouter *Bisous* à la fin. Ce mot qu'elle avait toujours employé lui semblait désormais lourd de sens. Finalement, elle se contenta de xx et cliqua sur « envoyer » avant de pouvoir changer d'avis.

Il ne répondit toujours pas. Elle se plaignit à Mrs Smith pendant une demi-journée, imaginant que son portable ne marchait plus. L'idée que Peter soit trop occupé à s'amuser pour lui répondre ou, pire, l'ignore délibérément était difficile à admettre. Quand elle reçut un SMS, ce soir-là, elle brisa une tasse à café en essayant de courir vers son téléphone, mais découvrit que ça venait de Morag. La directrice de White Oaks préparait sa commande mensuelle de nourriture pour chevaux et voulait savoir si Casey avait besoin de quelque chose de spécial.

La conclusion évidente était que Peter avait une petite amie. Casey s'étonna que cette idée la dérange

autant, et pas seulement parce qu'une nouvelle relation risquait de gâcher leur amitié – peut-être l'avait-
elle déjà fait, d'ailleurs, à en juger d'après son silence.
Ça la minait. Elle se surprit à veiller la nuit en se
demandant qui était la fille. Une fois ou deux, elle
se réveilla après des rêves fébriles où elle lui avouait
qu'elle était un peu amoureuse de lui, et où il lui riait
au nez en disant qu'il ne sortait qu'avec de belles
filles sophistiquées. Dans ces rêves, il partait avec le
bras autour du cou de Vanessa, la copine d'Anna
Sparks.

En réalité, Casey savait que Peter ne supportait
pas les filles superficielles, cruelles et trop maquillées
comme V, mais ça ne l'empêcha pas de s'abandonner
à son imagination. S'était-il entiché d'une fille de
ferme toute fraîche de son village du pays de Galles ?
Ou bien était-ce une autre cavalière de haut niveau ?
Il y avait une Irlandaise d'une beauté à tomber par
terre autour de laquelle tout le monde semblait se
pâmer. À moins que la fille d'un des riches proprié-
taires de haras qui étaient les clients de son père lui
ait tapé dans l'œil ?

Pour être honnête, elle devait admettre que la question de ce qu'elle devait faire avec Peter la tourmen-
tait depuis Blenheim. Il était venu lui parler pendant
qu'elle préparait Ciel pour le voyage de retour, après
avoir terminé à la deuxième place. Persuadée qu'il
allait faire une blague au sujet du commentaire de son
père, qui avait dit qu'elle parlait tout le temps de lui,

ou rebondir sur la question sans détour de Roxanne, qui avait voulu savoir si c'était son copain ou juste un ami, elle avait préparé tout un discours. Elle avait décidé de lui annoncer avec douceur et fermeté que jamais elle ne sortirait avec lui. Que leur amitié comptait trop pour elle et qu'elle tenait énormément à lui, mais seulement d'une manière platonique.

Hélas, les choses ne s'étaient pas passées tout à fait comme prévu. Peter était ravi de son succès et l'avait félicitée, mais il n'avait pas abordé le sujet de leur relation. Il semblait soucieux. Il l'avait aidée à faire monter Ciel dans le van et, d'après Casey, c'était là que la catastrophe avait eu lieu.

Ils avaient avancé tous les deux au même moment pour attacher la longe. Ils s'étaient retrouvés à quelques centimètres l'un de l'autre, si près que Casey avait senti la chaleur qui émanait de lui. Les pupilles de Peter étaient devenues presque noires et elle avait été certaine qu'il s'apprêtait à l'embrasser. Et elle avait eu un choc en s'apercevant qu'elle en mourait d'envie. Le détachement qu'elle avait éprouvé quelques instants plus tôt, quand elle se préparait à lui dire qu'elle n'avait pas de sentiments pour lui, s'était évaporé instantanément. Elle désirait tellement qu'il la prenne dans ses bras qu'elle en avait les jambes en coton.

Pendant une fraction de seconde, ils s'étaient immobilisés, comme si le temps s'était arrêté. Puis Peter avait lâché :

– Casey, j'ai quelque chose à te dire, quelque chose que je redoutais de te dire.

Incapable d'ouvrir la bouche, elle avait juste hoché la tête.

– Je ne vais pas pouvoir ferrer Ciel avant la saison prochaine – avant février ou même plus tard. On a eu une année terriblement chargée et papa est épuisé. Pour être franc, je n'aurais rien contre une petite pause, moi aussi. Est-ce que ça ira si je te recommande un bon maréchal-ferrant près de White Oaks ?

Pour Casey, la déception avait été si cruelle qu'elle en avait eu le souffle coupé. Quelques minutes plus tard, Peter l'avait embrassée de façon impersonnelle pour lui dire au revoir.

– À l'année prochaine ! avait-il lancé gaiement avant de s'éloigner à grandes enjambées sur le parking.

Ç'aurait été moins dur si Ciel avait travaillé, monopolisant son temps et son énergie, mais elle avait eu tout le loisir de réfléchir. Elle avait été follement soulagée lorsque le mois de janvier était arrivé et qu'elle avait pu se concentrer de nouveau sur l'entraînement de son cheval.

Puis Mrs Smith avait annoncé cette nouvelle qui lui avait fait l'effet d'une bombe.

Casey s'en voulait à mort de ne pas avoir remarqué que son amie était mal en point, mais il n'y avait pas eu de symptômes physiques évidents. Elle n'osait penser aux conséquences d'une absence prolongée de

Mrs Smith sur ses préparatifs pour Badminton, mais elle ne pouvait guère parler de ça. Un concours complet n'était rien comparé à la santé de sa meilleure amie, même si c'était le plus célèbre des concours complets.

Elle n'avait pas imaginé la solitude qu'elle éprouverait sans le soutien de Mrs Smith. Morag était une femme adorable et une excellente prof, mais elle était conventionnelle. Elle ne citait pas *Le Guerrier pacifique*[1], W. H. Auden ou le *Traité du zen et de l'entretien des motocyclettes*[2] au cours d'une même reprise, tout en portant un pardessus qui lui donnait une allure de nomade tibétaine, ou un grand chemisier en batik dans lequel elle évoquait une version élégante d'une groupie de Woodstock.

Morag portait une tenue d'équitation tous les jours, même à Noël. Elle était même habillée comme ça le jour de son mariage, ce que son ex-mari avait cité parmi les raisons de leur divorce.

Comme Mrs Smith, Morag pensait que Casey avait un don. Elle trouvait aussi la jeune fille extrêmement sérieuse, agréable et bien élevée. Mais contrairement à Mrs Smith, Morag considérait depuis longtemps que le style de Casey était singulier et imparfait, et que Ciel était perpétuellement sur le point de s'emballer.

---

1. Autobiographie romancée du champion de gymnastique Dan Millman et bestseller (1980).
2. Roman de Robert Pirsig (1974), mêlant récit autobiographique d'une traversée des États-Unis à moto et traité philosophique, qui fut également un best-seller.

Elle avait attendu avec impatience de pouvoir « rectifier le tir » avec eux deux.

Mais les rectifications ne se déroulèrent pas comme prévu. Casey et Ciel ne tardèrent pas à se rebeller. Morag nota avec surprise que le cheval et sa cavalière avaient presque le même tempérament. Ils étaient tous deux passionnés, sensibles, rétifs, têtus et frondeurs. Et tous deux avaient été profondément blessés par la vie. Il fallait user de délicatesse pour que s'exprime leur talent naturel.

Malheureusement, Morag ne pouvait pas consacrer ses journées entières à Casey et Ciel, comme Mrs Smith l'avait fait. Elle avait des dizaines d'élèves. Le cheval débordait d'énergie après sa longue période de repos et les choses commencèrent bientôt à se dégrader. En regardant le duo tourner au galop sur la piste d'Aldon (Casey avait des bleus et mal partout parce que Ciel l'avait désarçonnée deux fois sur le chemin de leur reprise de dressage), Morag arriva à la conclusion que leurs chances d'être sélectionnés pour participer à Badminton dans moins de trois mois étaient nulles.

Ce qui l'agaça tout particulièrement, c'est que Casey imputa leur lamentable performance au fait qu'elle avait perdu une broche en forme de rose ayant appartenu à sa mère. Comprenant que c'était un objet irremplaçable et doté d'une grande valeur sentimentale, Morag compatissait, mais elle avait horreur de la superstition.

— Tu n'arriveras jamais au sommet si tu n'assumes pas la responsabilité de tes actes, déclara-t-elle sévèrement à Casey. Ce n'est pas une question de chance ou de malchance. Tu ne peux pas attribuer tes déconvenues à la perte d'un bijou. Tu as mal monté aujourd'hui, c'est aussi simple que ça. Ton cœur n'y était pas et Ciel l'a senti. Je te conseille d'oublier Badminton pour quatre ou cinq ans, ou même pour toujours. Un peu de lucidité ! La dure réalité, c'est que seule la crème de la crème parvient à se qualifier pour Badminton. Nous autres, nous devons accepter de ne voir ce concours qu'à la télévision.

21

Le mois de mars amena la pluie. Beaucoup de pluie. En sortant voir Ciel un matin, Casey tenta d'ouvrir un parapluie en guise de bouclier, mais il s'affaissa sous la force du déluge. Elle dut l'abandonner avant d'être arrivée au bout du jardin de Peach Tree Cottage. Elle pataugea à travers les prés, tête baissée, de plus en plus glacée et trempée. Certes, Aldon avait été un désastre, mais Riverton, à la fin de février, avait été encore pire.

Son père avait proposé de venir. Même s'il n'avait pas si nettement manqué d'enthousiasme, elle l'en aurait découragé. Elle ne voulait pas qu'il la voie s'humilier – ce qu'elle n'avait pas manqué de faire. Le seul point positif de cette débâcle avait été que Raoul et Anna Sparks n'avaient assisté à aucun des deux concours, et qu'elle avait réussi à éviter Livvy. Cela n'avait pas été une surprise qu'Anna ne vienne pas. Elle sortait rarement avant les premières jonquilles, disait-on, et une rumeur prétendait qu'elle n'avait pas encore trouvé de cheval convenable pour Badminton.

Casey avait surtout été pressée de voir Peter. Ce serait la première fois depuis cinq mois qu'elle le verrait. Quand elle l'avait repéré à l'autre bout du parking, peu après son arrivée, son cœur s'était mis à voleter frénétiquement dans sa cage thoracique, comme un oiseau prisonnier.

Elle s'était sermonnée intérieurement. *Ne sois pas ridicule!* C'était seulement Peter. Avant l'incident du van à Blenheim, elle n'avait jamais éprouvé le moindre intérêt pour un garçon, à part les beaux gosses qu'elle voyait de temps en temps dans un film ou un clip. Dans son lycée, la plupart étaient d'odieux fanfarons qui appartenaient à un gang ou des ringards maigrichons et couverts d'acné. À présent, les hormones avaient tout chamboulé.

Ne voulant pas que Peter la surprenne dans cet état de trouble, elle se cacha derrière le camion de Mark Todd et l'observa de loin pendant qu'elle recouvrait ses esprits.

Peter n'avait pas un physique à faire tourner les têtes. S'il avait des bras bronzés et musclés, et le genre de pectoraux qui ornent les pages des magazines pour hommes, en général, son corps était caché sous un T-shirt extra-large ou un pull marin aux coudes troués. Il avait des dents blanches, bien qu'un peu tordues, et un visage avenant sans être d'une beauté de top model.

Non, ce qui rendait Peter sublime, c'était sa personnalité. Ses mouvements languissants ; sa douceur et son respect à l'égard des animaux ; les plis au coin de ses yeux couleur chocolat fondu quand il souriait ; et sa façon de l'écouter et de la regarder vraiment, comme si elle était la seule personne sur terre.

Pourquoi lui avait-il fallu si longtemps pour remarquer tout cela ? Pourquoi avait-elle fait si peu de cas de lui ? Voilà presque deux ans qu'elle le connaissait, et elle l'avait traité comme un frère pendant tout ce temps. Ce qui ne correspondait pas vraiment à ce qu'elle ressentait pour lui désormais.

Casey se mit à marcher vers lui, tout excitée, mais avant qu'elle l'ait rejoint, une fille élégante avec de longs cheveux bruns, un imperméable rouge vif et des cuissardes noires s'approcha de lui. Elle lui fit une bise appuyée. Une conversation animée s'ensuivit. Casey aperçut Morag, qui la cherchait. Elle était censée préparer Ciel pour le dressage et tâcher de refaire ses tresses désordonnées, mais elle tenait à parler à Peter avant sa reprise.

La fille mit une éternité à s'en aller et toucha tant de fois le biceps de Peter entre-temps que Casey était d'une humeur de dogue quand elle l'aborda enfin.

– C'est ta nouvelle copine ? demanda-t-elle sans lui dire bonjour.

L'air à la fois surpris et ravi qu'il avait affiché en la voyant fut remplacé par une expression goguenarde.

– Bonne année à toi aussi, Casey. Franchement, ça ne te regarde pas, mais c'était Lavinia Gordon.

– C'est ta copine ? demanda encore Casey.

Il eut un rictus.

– Pourquoi, tu es jalouse ?

Elle le fusilla du regard.

– Inutile de te faire des films. Je t'ai dit depuis le début que je n'avais pas de temps pour les garçons, encore moins pour les fils de maréchal-ferrant.

Le sourire de Peter s'effaça aussitôt.

– Je ne suis pas assez bien pour toi, c'est ça ?

En se rendant compte qu'elle était allée trop loin, elle répondit hâtivement :

– Peter, ce n'est pas ce que je voulais dire et tu le sais bien.

Mais il s'éloignait déjà.

L'oiseau qui s'était cogné de tous les côtés dans la cage thoracique de Casey semblait avoir abîmé quelque chose. La douleur qu'elle ressentit était fulgurante. Des vers d'une chanson de Janis Ian lui vinrent à l'esprit. Ils disaient à peu près : « À dix-sept ans, j'ai découvert la vérité / L'amour est réservé aux reines des prix de beauté »…

Morag accourut en soufflant de gros nuages de vapeur blanche.

– Casey, où étais-tu passée ! Tu es en retard pour le dressage. Si tu n'es pas là-bas d'ici dix minutes, tu seras disqualifiée.

Pliée en deux sous la pluie glaciale en traversant les prés du Kent pour gagner le centre équestre de White Oaks, Casey éprouva une immense gratitude envers Ciel. En cette période tourmentée, il était tout ce à quoi elle pouvait se raccrocher. Elle l'adorait un peu plus chaque jour. Casey jugeait rarement Ciel selon son comportement. Qu'ils progressent ou non dans leur entraînement, Mrs Smith lui avait appris que c'était le cavalier qui avait le devoir de comprendre le cheval, et non l'inverse.

– Ciel éprouve toute la gamme d'émotions que nous connaissons et il a ses raisons de réagir de telle ou telle façon, comme toi, lui avait dit son professeur lors d'un de ses appels hebdomadaires. Vous n'êtes pas si différents que ça, toi et lui. Aucun de vous deux ne fait facilement confiance aux gens, mais une fois que vous l'avez accordée, vous êtes d'une loyauté absolue. C'est une belle qualité.

Lorsque Casey ne supportait plus l'absence de Mrs Smith, la situation avec Peter et tout ce qui allait de travers, elle prenait une couverture et s'allongeait sur l'épaisse couche de copeaux du box de Ciel avec Willow, le gros chat de gouttière, dans les bras. La compagnie de son cheval bien-aimé ne manquait jamais de lui remonter le moral.

Ciel appréciait particulièrement qu'elle lui fasse la lecture. La présence de la jeune fille et le son de sa voix semblaient l'apaiser. Souvent, il se postait au-dessus d'elle et somnolait. Un après-midi, il s'allongea à côté d'elle et du chat, et les trois amis s'endormirent ensemble. Les filles qui travaillaient à l'écurie en parlaient encore des jours après. Elles n'avaient jamais rien vu d'aussi mignon, disaient-elles.

Cette idée réconforta Casey, qui hâta le pas. Elle ne vit pas trace de Morag ou des filles. Elle supposa qu'elles étaient en train de prendre leur petit déjeuner dans le bureau de White Oaks. Alors qu'elle marchait rapidement vers le box de Ciel, elle nota quelque chose d'étrange. La tête d'un cheval bai, et non gris foncé, dépassait au-dessus de la porte. Elle s'interdit de paniquer. Personne ne s'occupait jamais de Ciel à part Mrs Smith et elle, mais il y avait peut-être eu une raison majeure de le déplacer. Un robinet qui fuit ou quelque chose de ce genre. Mais si tel était le cas, pourquoi y avait-il un autre cheval dans son box ?

Elle se dit qu'il fallait rester calme et qu'il devait y avoir une explication logique, mais ne put s'empêcher de se mettre à courir quand elle traversa la cour en direction du bureau. Morag était bien là, au chaud ; elle discutait à voix basse avec deux des filles d'écurie, Lucy et Renata. Elles regardèrent toutes Casey d'un air coupable quand elle entra.

Casey les dévisagea tour à tour avec un malaise grandissant.

– Que se passe-t-il ? Où est Ciel ?

Renata se mit à danser d'un pied sur l'autre.

– Ton père ne te l'a pas dit ? Ils l'ont emmené.

– Mon *père* ? Qu'est-ce que tu racontes ? Mon père

253

est à Londres. Qu'est-ce qu'il vient faire dans cette histoire ? Qui a emmené Ciel ? Tu plaisantes, n'est-ce pas ? Vous l'avez mis dans un autre box ou quelque chose comme ça.

Elle avait conscience d'être au bord de l'hystérie ; elle tâcha de se maîtriser. C'était un simple malentendu. Tout allait s'arranger.

– Quelqu'un peut-il me dire où est Ciel ? Pourquoi vous me regardez toutes comme ça ?

– Casey, avant que tu commences à faire des reproches à quelqu'un, je vais t'expliquer, intervint Morag, sur la défensive. Ce n'est pas la faute des filles. Des hommes sont venus tard hier soir avec tous les papiers nécessaires. Ils ont prétendu que tu avais expressément demandé à ce qu'on ne te réveille pas. Les filles ont pensé que c'était parce que tu étais triste de le voir partir. Je t'avoue que j'ai été stupéfaite d'apprendre que Ciel avait été vendu, mais je suppose que ton père et toi avez décidé qu'il était temps que tu acquières un meilleur cheval, ou du moins un cheval moins dangereux. La bonne nouvelle, c'est que tu es désormais la propriétaire de Méridienne, la merveilleuse jument baie que Livvy Johnston montait l'année dernière.

Casey fixa Morag comme si elle parlait cantonais. D'une seconde à l'autre, elle allait se réveiller dans son lit de Peach Tree Cottage et s'apercevoir avec un soulagement infini que ce n'était qu'un ignoble cauchemar, qui allait disparaître au lever du jour.

Miraculeusement, elle parvint à remuer les lèvres :

— Je n'ai pas parlé à mon père. Quels hommes ? À qui Ciel…

Sa voix se brisa.

— À qui Ciel a-t-il été vendu ?

— Au père d'Anna Sparks, dit Morag. Il a été vendu au père d'Anna Sparks.

22

Roland Blue, assis à la table en pin dans la cuisine de l'appartement 414 de la tour Redwing, essayait de faire un château avec ses cent mille livres sterling en billets tout neufs. Dehors, il pleuvait à verse. Le mauvais temps renforça son désarroi.

Il avait cru que l'argent arrangerait tout. Que dès la minute où il l'aurait en main, l'avenir se teinterait en rose. Il se sentirait plus grand et plus important. Il pourrait donner à Casey le genre de choses qu'il avait toujours voulues pour elle : de beaux vêtements, une belle maison, des repas sans ingrédients qui manquent. Hier encore, un montant pareil lui paraissait une fortune inimaginable. Vingt-quatre heures après, il lui semblait que c'était une somme dérisoire. Curieusement, il se sentait plus riche, et plus heureux, quand il n'avait que un dollar.

Certes, il pouvait dilapider l'argent dans des vacances aux Caraïbes et la BMW dont il avait toujours rêvé, mais il finirait par être obligé de rentrer à la tour Redwing, où ce faste serait mal vu de tous et où on lui volerait sans doute sa voiture. Sinon, il pouvait acheter un appartement dans un des quartiers les plus délabrés et les plus excentrés de Londres, mais ça ne le changerait pas beaucoup. Et théoriquement, au moins la moitié de l'argent revenait à Casey, parce que c'était elle qui avait si bien dressé le cheval.

Son estomac se souleva quand il imagina la réaction de sa fille lorsqu'elle apprendrait la vente de cet animal qu'elle aimait de tout son cœur. «Ciel n'est pas n'importe quel cheval. C'est l'ami de Casey», avait-il dit à Lionel Bing, mais le père d'Anna était parvenu à le convaincre que Casey serait mieux sans ce cheval. Qu'il était dangereusement imprévisible et n'avait pas les bonnes bases pour faire de la compétition sérieusement, et que lui, Roland, serait totalement irresponsable s'il continuait à laisser faire sans réagir.

– Sans vouloir manquer de respect à l'entraîneuse de Casey, Mrs Smith, elle est âgée, avait souligné Lionel. Et, si je peux me permettre, elle n'est plus dans le coup. D'après Anna, Casey et elle abordent Badminton comme si c'était un conte de fées. Mais ce n'est pas le cas du tout, Blue, mettez-vous bien ça dans la tête. Badminton, c'est pour la fine fleur de l'équitation. C'est du sérieux. Je n'insisterai jamais assez sur le fait qu'une gamine comme votre fille risque de se blesser, voire même de se tuer si elle y va avec un cheval aussi imprévisible et mal entraîné, qui est une vraie bombe à retardement. Vous voulez vraiment avoir ça sur la conscience ?

À la fin de ce discours, Roland s'était convaincu que l'argent n'avait rien à voir avec sa décision. Se débarrasser de ce cheval le plus tôt possible était son devoir de père. Rétrospectivement, il voyait qu'il avait été poussé par une manœuvre d'intimidation à prendre une décision hâtive alors qu'il aurait pu au minimum consulter Mrs Smith mais, pendant un moment, il avait vu l'entraîneuse de Casey à travers le regard de Bing, comme une retraitée éblouie qui s'était aventurée dans un sport dangereux et s'était laissé dépasser.

Non qu'il ait quoi que ce soit à reprocher à Lionel. C'était sa responsabilité à lui seul.

Il vérifia que son portable était éteint.

— Laissez-lui le temps de se calmer et de se rendre compte qu'elle a mis la main sur un véritable trésor, avec Méridienne, avait suggéré Lionel Bing. Une jument merveilleuse. Solide et sûre, mais tout de même de taille à affronter n'importe quel obstacle. L'année prochaine ou la suivante, Casey aura ses chances de gagner à Badminton. La prochaine session appartient à Anna.

Roland Blue se mit à arpenter la cuisine, désespéré. Rien de tout cela ne serait arrivé s'il n'avait pas perdu son emploi chez Half Moon, et ce pour une faute qu'il n'avait pas commise. Deux jours avant la date où il devait rejoindre Casey et Mrs Smith à Peach Tree

Cottage pour Noël, Ravi Singh l'avait convoqué dans son bureau et l'avait accusé d'avoir volé de l'argent dans la caisse.

Ce serait un euphémisme de dire qu'il avait été anéanti. Non seulement Roland considérait Ravi comme son meilleur ami mais, en plus, il était passionné par son travail. Ravi avait fini par le convaincre qu'il était un tailleur-né. C'était un art, de fabriquer des vêtements. Créer l'ordre à partir d'un tas de tissu, de boutons et de fils pêle-mêle dans l'arrière-boutique de Half Moon était aussi gratifiant que de voir le visage des clients s'illuminer quand ils essayaient une veste cousue à la main par Roland Blue.

En vain, il avait plaidé son innocence auprès de Ravi. En même temps, il pouvait comprendre que le tailleur n'ait pas d'autre choix que de le renvoyer. Pendant des mois, Ravi avait fait mine d'ignorer les petites sommes d'argent qui disparaissaient de la caisse, mais quand trois cents livres s'étaient évaporées à un moment où Roland était seul dans la boutique, il avait été forcé d'agir.

Roland Blue n'avait pas trouvé la force de gâcher le Noël de Casey en lui avouant qu'il avait été accusé de vol une fois de plus. Craignant qu'elle doute de sa parole, il avait décidé qu'il valait mieux trouver un nouvel emploi, puis faire comme s'il avait quitté Half Moon de son propre chef. Il n'avait pas imaginé qu'il serait encore au chômage deux mois plus tard. Ni qu'il serait forcé d'inventer quotidiennement de nouveaux mensonges. Faire croire à Casey que tout allait bien avec Ravi était devenu terriblement pénible.

Un soir, alors qu'il contemplait un énième dîner constitué d'une pomme de terre en robe des champs, il eut la surprise de recevoir un appel de Lionel Bing. Celui-ci n'avait pas fait de civilités :

– J'irai droit au but. Je suis prêt à vous payer deux cent mille livres pour Ciel.

– Il n'est pas à vendre, avait répondu machinalement Roland.

Puis, après un instant d'hésitation :

– Je croyais que vous aviez dit que vous étiez prêt à payer un quart de million.

– C'était avant qu'il finisse avec les tocards à Aldon. Maintenant, il vaut cinquante mille livres de moins. Les chevaux, ça perd de la valeur aussi facilement que ça en prend, vous savez. Vous auriez dû accepter mon offre tout de suite, Blue. Je vous l'avais dit, qu'il n'y a pas de place pour les sentiments dans le business des chevaux. Si Ciel d'Orage fait une mauvaise prestation à Riverton, il vaudra encore moins. Alors, vous allez vous défaire de cet animal, oui ou non ?

– Il n'est pas à vendre, avait hâtivement déclaré Roland Blue – puis il avait raccroché avant de changer d'avis.

Une semaine plus tard, Casey et Ciel avaient réalisé une performance désastreuse à Riverton, dans le Cambridgeshire, et c'était une chance inespérée qu'ils aient quand même obtenu quelques points. Quand

Casey avait téléphoné à la maison après le cross, elle avait une voix déprimée.

– Ça ne marche pas en ce moment, papa. Entre Ciel et moi, il n'y a pas de déclic. C'est peut-être parce que Mrs Smith n'est pas là, ou parce qu'on est encore un peu rouillés après l'hiver, mais on rate pratiquement tout. Notre reprise de dressage, aujourd'hui, c'était une farce. Je monte mal, et Ciel fait des siennes à chaque tournant. Cette deuxième place à Blenheim, j'ai l'impression que c'est arrivé à quelqu'un d'autre dans une autre vie. Parfois, je me demande si je suis la bonne cavalière pour Ciel. On a réussi l'impossible, on s'est qualifiés pour le concours de Badminton, mais si notre forme ne s'améliore pas, tout ça n'aura servi à rien. Tout cet argent, tout cet espoir, tout ce temps que Mrs Smith nous a consacré auront été gaspillés en vain.

Ce soir-là, Roland Blue sortit avec les garçons et but plus que d'habitude, en dépensant les allocations de chômage qu'il venait de toucher. À la fermeture du pub, quand ses copains se déclarèrent fatigués, il prit la funeste décision d'aller au Gunpowder Plot. Là, il tomba sur son pote Big Red et sa bande – les auteurs du coup qui lui avait valu son séjour en prison.

Il savait bien que Casey ne les aimait pas, et à juste titre. On pouvait certes déplorer leurs activités criminelles, mais en plus, elle affirmait qu'ils l'appréciaient uniquement parce qu'il avait payé pour eux sans les dénoncer. Il refusait de le croire. L'expression

261

« honneur de voleur » lui venait toujours à l'esprit quand il les voyait. C'était par pure malchance s'il avait été le seul à ne pas pouvoir s'échapper de la propriété avant l'arrivée de la police. Et, pire encore, si le propriétaire s'était réveillé et avait essayé de le tabasser à mort avec un tisonnier, comme dans un roman d'Agatha Christie. Roland avait été obligé de l'assommer avec une lampe pour se tirer d'affaire. L'homme s'était relevé et mis à hurler moins d'une minute après, mais l'incident avait sérieusement alourdi la peine de Roland.

— On a essayé de te faire signe, avait assuré Noël Fox, dit Foxy, par la suite. Tu n'as pas entendu mes hululements de chouette ?

Ayant évité la prison grâce à Roland Blue, qui n'avait pas balancé les copains comme ils le redoutaient, Big Red était extrêmement bien disposé à son égard. Quand il le vit au Gunpowder Plot, il lui apporta un verre, lui passa un bras autour des épaules et le considéra d'un air grave et bienveillant, comme un père donnant un conseil à son fils préféré.

— Blue, j'ai une affaire à te proposer. On devrait en parler, quand tu auras un moment.

Malgré son appréhension immédiate, connaissant Big Red et son penchant pour les affaires louches, Roland s'était surpris à sourire comme un gamin, tout simplement flatté que quelqu'un ait envie de l'embaucher.

— Ce serait super, Big Red. Jeudi prochain, ça t'irait ?

Il était libre plus tôt, bien sûr, mais il voulait donner l'impression d'être très demandé.

Il regretta vite d'avoir accepté un rendez-vous, mais c'était déjà trop tard. Big Red avait disparu au milieu d'une horde de joyeux fêtards du samedi soir. Roland se sentait bien seul, quand un homme sympathique l'invita à s'asseoir à une table dans un coin. Dans la nuit, pendant que son nouveau copain lui payait généreusement des whiskies, Roland se retrouva à déballer ses ennuis.

Ce n'est que le lendemain matin, quand il se réveilla avec un volcan fumant sous le crâne, qu'il se rendit compte que cela n'avait peut-être pas été très avisé de parler de Ravi Singh et de son passé de détenu à un parfait inconnu. Le plus inquiétant, c'était que l'homme n'avait cessé de griffonner des notes sur une serviette en papier. Quand Roland lui avait demandé ce qu'il faisait, il avait prétendu écrire un poème pour sa petite amie. Dans les brumes de l'ivresse, cela lui avait paru plausible, mais à présent, il priait pour que ce type n'ait pas été un journaliste.

Il se consola en songeant que, vu les résultats pitoyables de Casey et Ciel, aucun journal ne s'intéresserait à eux. La baisse de forme catastrophique de Ciel était bien plus préoccupante. À chaque performance médiocre, sa valeur dégringolait un peu plus. Peut-être était-il temps d'intervenir avant que le cheval ne vaille plus que un dollar, comme au départ. Il était le chef de famille, après tout. Et Casey elle-même avait admis qu'elle n'était peut-être pas la cavalière idéale pour Ciel. Une fois que le cheval ne serait plus là, songea-t-il, il retrouverait peut-être sa place centrale dans la vie de sa fille… mais il rejeta aussitôt cette idée. S'il commettait l'impensable, ce serait pour le bien de Casey, pas le sien.

Le lundi, Roland composa le numéro indiqué sur la carte de visite que Lionel Bing lui avait donnée. Bing décrocha aussitôt, mais il se montra peu amène.

– Que puis-je faire pour vous, Blue ? Faites vite, si vous pouvez. Je suis débordé.

– C'est à propos de Ciel. Nous sommes disposés à le vendre finalement.

– Nous ?

– Enfin, moi. Je n'en ai pas encore parlé à Casey. Mais comme vous l'avez dit, nous, les parents, nous devons parfois prendre les décisions difficiles. Ce cheval ne lui convient pas. J'ai sincèrement peur pour sa sécurité.

Lionel Bing devint nettement plus enjoué.

– Vous faites le bon choix, Blue, vous faites le bon choix. Je ne peux rassembler l'argent pour vous aujourd'hui. Cent cinquante mille en liquide.

Roland Blue fut décontenancé.

– La dernière fois que nous en avons parlé, vous avez dit deux cent mille, après avoir annoncé un quart de million.

– C'était avant que Ciel d'Orage fasse le parcours de cross de Riverton comme une mule avec une hanche malade. Maintenant, cent cinquante mille, c'est généreux. Et Casey va avoir besoin d'un cheval de remplacement, en plus. J'ai pile ce qu'il lui faut. Une jument adorable appelée Méridienne. Un cheval à une étoile. Elle a fait pas mal sensation sur le circuit cette année. Il n'y a pas une once de méchanceté en elle. Elle est douce comme un agneau et sera nettement plus adaptée à une jeune fille que ce monstre caractériel échappé de l'abattoir. Je veux bien vous céder Méridienne pour cinquante mille. C'est dix mille livres de moins que ce qu'elle vaut, je vous signale, alors vous faites une affaire, parce que ça me paraîtrait malhonnête de facturer le prix total à un ami.

– Comme vous le savez, je n'y connais rien en concours hippiques, dit Roland, qui commençait à se sentir dépassé, mais je sais que Ciel s'est qualifié pour les concours quatre étoiles, désormais. Casey veut à tout prix gagner à Badminton cette année. Elle a besoin d'un cheval qui ait les capacités requises.

– Ne soyez pas sot, mon vieux ! tonna Lionel Bing dans le combiné. Les gamines de dix-sept ans ne gagnent pas à Badminton. La plupart des gagnants ont la trentaine, la quarantaine ou même la cinquantaine. C'est un truc terrifiant, mortellement dangereux. Vous voulez vraiment que votre petite finisse dans un fauteuil roulant ?

– Et Anna, alors ? protesta Roland. Vous ne vous inquiétez pas pour elle ?

– Anna a de l'ex-pé-rience, rétorqua Lionel en détachant chaque syllabe comme si Roland était un étranger qui comprenait mal l'anglais. Elle participe à des concours depuis plus de dix ans. C'est une des meilleures cavalières du monde. Si une personne de dix-huit ans peut battre le record et devenir la plus jeune à avoir jamais gagné à Badminton, c'est bien ma fille. Malheureusement, nous venons d'apprendre que son cheval, Diamant Brut, n'a pas la force mentale nécessaire pour les plus grands championnats, et il a fallu s'en débarrasser. En ce moment même, il est en route pour Dubaï. Ciel d'Orage n'est pas du tout du même calibre que Diamant Brut, mais il a une certaine ténacité qui doit être la signature de cette race hybride et Anna aura peut-être le temps de faire des miracles avec lui.

Il s'interrompit un instant avant de reprendre :

– Bien. Je suis un homme occupé, Blue. Allons-nous faire affaire ou pas ? Si la réponse est oui, vous pourrez passer prendre les cent mille livres en liquide à mon bureau cet après-midi. Nous vous amènerons Méridienne en échange de Ciel quand nous viendrons le chercher. La transition se fera sans heurts. Faites-moi confiance, dès que Casey se sera familia-risée avec cette jument exceptionnelle, elle oubliera Ciel en un rien de temps.

Roland éprouva un pincement de mauvaise cons-cience, mais l'idée de quitter la solitude de son appartement de la sinistre tour Redwing à l'heure du déjeuner et de revenir environ une heure plus tard avec plus d'argent qu'il n'en avait gagné de toute sa vie était irrésistible.

– Marché conclu, dit-il, soudain euphorique.

Il espérait une invitation au club de Lionel Bing – peut-être un bon déjeuner pendant qu'ils régleraient les détails de la vente –, mais l'homme retrouva soudain un sérieux tout professionnel.

– Je laisserai l'argent et les documents légaux à mon assistante. Vous pourrez prendre le paquet quand vous voudrez après quatorze heures. Mes gars passeront chercher le cheval mercredi soir. Ah, Blue, moins vous en direz à Casey d'ici là, mieux ça vaudra. Si jamais il y a une scène monstrueuse qui nous empêche d'emmener le cheval, mes gars passeront à votre appartement pour reprendre mon argent… *avec les intérêts.*

Roland Blue donna un coup de poing rageur dans son château à cent mille livres. L'après-midi précédent, il avait retrouvé ses esprits et passé un coup de fil paniqué à Bing pour tenter de l'arrêter avant qu'il ait pris Ciel. Quand il eut supplié maintes fois l'assistante du roi de la moquette, Bing avait pris l'appel personnellement pour lui dire en termes totalement dénués d'ambiguïté que la vente était conclue. Et il avait bien fait comprendre à Roland qu'il ferait mieux de ne plus jamais téléphoner chez Carpet King s'il tenait à la vie.

Tout ce que Roland pouvait faire, à présent, c'était attendre la tempête qui n'allait pas tarder à éclater.

Il y eut des coups martelés à la porte. Il n'eut que le temps de ramasser l'argent et de le fourrer dans un tiroir avant que Big Red, s'apercevant que la porte n'était pas fermée à clé, débarque dans l'appartement. Il portait un survêtement rouge vif et tenait un journal roulé sous le bras. Son crâne chauve était moucheté de gouttes de pluie luisantes.

— Qu'est-ce que tu fabriques ? demanda-t-il en regardant autour de lui d'un air soupçonneux.

— Rien, mentit Roland Blue. Je réfléchissais à ce que j'allais préparer pour le dîner.

— À trois heures de l'après-midi ? Tu es comme une vieille dame. Il faut que tu sortes un peu plus, mon pote. Justement, j'ai le boulot idéal pour toi. Un plan juteux. Un entrepôt qui n'est pratiquement pas surveillé. Tu entres, tu ressors. Ni vu ni connu.

Roland Blue était aux abois. L'autre était un véritable colosse : un mètre quatre-vingt-dix, et costaud, avec ça. Ses bras musculeux étaient noirs de tatouages. Et s'il prenait mal que Roland refuse ?

— Merci, Big Red, j'apprécie beaucoup. Tu n'imagines pas à quel point. Mais le cambriolage, c'était juste pour une fois. Je me tiens à carreau, maintenant. Ma fille se débrouille bien en équitation, et je ne veux pas…

Big Red partit d'un grand éclat de rire qui fit cliqueter les tasses à café. Il déplia son journal, le *Sun*, et l'étala sur la table de la cuisine. Sur les pages centrales, il y avait une grande photo de Casey embrassant son trophée gagné à Blenheim Palace. À côté, on avait reproduit une photo plus petite montrant Roland Blue ivre et radieux au Gunpowder Plot. Le gros titre s'étirait en haut de la page :

UN MENTEUR INVÉTÉRÉ : LE PÈRE CAMBRIOLEUR
DE LA CAVALIÈRE VEDETTE ACCUSÉ DE VOL

— Tu te tiens à carreau, vraiment ? railla Big Red. Tu es rentré dans le rang ?

Il y eut un bruit de clé dans la serrure. Avant que Roland Blue ait trouvé la force de se lever, Casey entra. Elle était trempée jusqu'aux os et avait le visage tellement bouffi à force de pleurer qu'elle y voyait à peine.

Elle courut vers son père et jeta les bras autour de son cou.

— Ils m'ont volé Ciel, papa ! sanglota-t-elle. Anna Sparks et son équipe de malfrats, ils m'ont pris mon trésor adoré. Tout au long de la saison, ils ont essayé de saboter nos chances pour Badminton, et maintenant, ils ont réussi. Papa, il faut que tu m'aides. À White Oaks, les filles d'écurie prétendent que… Oh, papa, elles ont dit que tu étais responsable. Elles prétendent que tu as vendu Ciel à Lionel Bing. Je leur ai dit que tu ne ferais jamais ça, alors que tu m'as aidée à le sauver, alors que tu sais à quel point j'y tiens…

269

C'est à cet instant que Roland Blue prit brutalement conscience de l'énormité de son crime.

Remarquant soudain qu'ils n'étaient pas seuls, Casey s'écarta de lui. Elle jeta sur Big Red un regard méprisant.

– Qu'est-ce qu'il fait là, *lui* ?

Avant que l'un des deux hommes puisse répondre, elle vit le journal à scandale ouvert sur la table. Sa main vola vers sa bouche.

– Oh non. Oh mon Dieu. C'est vraiment toi, papa, hein ? C'est toi qui m'as trahie. Tu as vendu Ciel.

Elle recula, un masque d'horreur sur le visage.

Roland Blue marmonna d'une voix faible :

– Je peux t'expliquer... Tu comprends, en décembre, Ravi m'a accusé de vol. Casey, il faut me croire quand je te dis que ce n'était pas vrai, mais j'ai perdu mon boulot. J'avais du mal à joindre les deux bouts et, tu sais, Lionel m'a convaincu que tu n'avais pas assez d'expérience pour concourir à Badminton et que le tempérament imprévisible de Ciel pouvait causer votre mort à tous les deux. Il a dit que ton cheval perd de la valeur parce que vous n'obtenez pas de bons résultats et...

Il s'arrêta là.

Les yeux gris de Casey avaient l'éclat brûlant de la foudre. Même Big Red s'agita nerveusement sur sa chaise. Elle ne pleurait plus. Tout d'un coup, elle faisait bien plus que ses dix-sept ans.

– Je ne veux pas entendre tes excuses, papa. Je

ne veux pas de ton prétendu amour. Je ne veux rien d'autre que mon cheval. Je ne sais pas ce qu'on t'a payé en échange et je m'en fous. Si tu veux me revoir un jour, il va falloir le récupérer. Si tu échoues… eh bien, adieu.

Là-dessus, elle ressortit sous la pluie.

23

Casey ne cessa de courir avant d'avoir atteint la grande maison de style victorien[1] où se trouvait l'appartement de Mrs Smith. Elle était étourdie, nauséeuse et aussi glacée que le jour enneigé de février où elle avait vu Ciel pour la première fois, un peu plus de deux ans auparavant. Ses yeux étaient secs, mais elle avait la vue brouillée à cause de la pluie et de toutes les larmes qu'elle avait versées. De retour à Londres, elle vivait un choc culturel, trouvant la ville sinistre, bruyante, agressive. C'était pour elle une violence de chaque instant qui ne faisait qu'aiguiser sa douleur.

En titubant dans les flaques d'eau, elle répétait comme un mantra :

– Mrs Smith va tout arranger. Mrs Smith saura quoi faire. Elle sait toujours quoi faire.

---

1. Datant du XIXᵉ siècle, à l'époque du règne de la reine Victoria (1837-1901).

Elle ne pensait pas à son père. Elle ne voulait plus jamais penser à son père.

Il n'y eut pas de réponse quand elle sonna à la porte de l'appartement du rez-de-chaussée, même si deux chats affamés accoururent en miaulant avec espoir. Après tout ce qu'elle venait d'endurer, ce fut la goutte d'eau qui fait déborder le vase. Casey s'appuya contre la porte et se laissa lentement glisser au sol. Elle se roula en boule sur le paillasson comme un animal errant.

Elle se réveilla quand on la secoua. Une vieille dame avec de petits yeux bruns pétillants et des jambes grêles comme des pattes de rouge-gorge se tenait au-dessus d'elle et la dévisageait.

— Tu m'as fait une belle frayeur, ma jolie. Pendant une minute, j'ai cru que tu étais morte.

— J'aimerais bien, marmonna Casey.

— Souhaiter la mort, c'est un privilège de la jeunesse. Plus on vieillit, plus on s'accroche à la vie.

Elle fronça les sourcils.

— Tu es Casey, la fille qui fait du cheval, c'est ça ? Mrs Smith est drôlement fière de toi. Elle ne parle que de toi. C'est Casey par-ci, Casey par-là…

Ensuite, comme si elle venait seulement de le remarquer, elle ajouta :

— Tu es trempée, ma jolie. Ton vœu ne va pas tarder à se réaliser si tu ne retires pas ces vêtements. Angelica est à l'hôpital pour des examens de routine ; elle ne va pas rentrer de sitôt, si j'en crois ma propre expérience. Je sais que ça ne la gênerait pas que je te fasse entrer. Elle ne me le pardonnera pas si je te laisse attraper une pneumonie.

L'appartement était aussi impeccable que d'habitude, mais le fait qu'il soit inhabité créait une ambiance étrange. Ursula était partie vivre chez sa sœur juste avant Noël et, de toute évidence, Mrs Smith avait été trop occupée par ses visites à l'hôpital pour en faire le foyer paisible et ensoleillé que c'était normalement.

Casey donna à manger aux chats suppliants mais, en dépit de sa promesse à la voisine, elle négligea de prendre un bain chaud et de se faire du thé. Elle savait que Mrs Smith n'y aurait pas vu d'inconvénient – au contraire –, mais son amie était si réservée que cela lui paraissait déplacé. En revanche, elle se mit en quête d'aspirine. Elle avait l'impression qu'on lui avait scié le haut du crâne sans anesthésie.

Elle trouva des cachets dans le deuxième tiroir du meuble de cuisine dont elle examina le contenu. Ils étaient posés sur une pile de papier bleu clair. Casey était en train d'avaler un comprimé avec un verre d'eau quand quelque chose attira son attention. Elle faillit le recracher.

Comme dans un rêve, elle rouvrit le tiroir. Elle se sentait oppressée. Le papier arborait l'aigle bleu et blanc aux ailes déployées du logo de Ladyhawke Enterprises.

Le mécanisme se mit en marche en grinçant dans

274

le cerveau fatigué de Casey. Quelque chose ne collait pas, mais quoi, au juste ? Pourquoi Mrs Smith avait-elle le papier à lettres de son sponsor dans sa cuisine ? Cela signifiait-il qu'elle en savait plus qu'elle ne voulait bien l'admettre ? Connaissait-elle l'identité du directeur ?

Dans le salon, sur son bureau, une table de maître d'école récupérée dans une décharge, il y avait un vieil ordinateur portable et une imprimante. Casey s'en approcha au ralenti. Sous la table, une corbeille était pleine de boules de papier bleu ciel chiffonnées. Elle en prit quelques-unes. Elles lui étaient toutes adressées.

Chère Casey,

Étant ton sponsor, je me suis tout naturellement inté-ressé aux concours auxquels tu as participé pour t'entraî-ner avant Badminton. Je t'en prie, ne te laisse pas abattre si tu n'as pas obtenu de bons résultats…

Chère Casey,

J'espère que tu vas bien. Je me doute que tu dois être un peu déçue de ta performance à Riverton, mais je vou-lais juste te dire que tes résultats ne sont pas à l'image de ton talent pour l'équitation ou des énormes progrès que Mrs Smith et toi avez clairement faits avec Ciel en dressage…

Chère Casey,
Je voudrais simplement…

Il y eut un petit bruit. Elle leva les yeux. Mrs Smith se cramponnait à la poignée de porte comme si c'était la seule chose qui l'empêchait de s'écrouler au sol. Son visage, d'ordinaire si radieux, était grisâtre.

Casey brandit une des lettres inachevées, et déclara d'une voix neutre, sans émotion :

– C'était vous depuis le début, pas vrai ? Ladyhawke Enterprises n'existe pas. Ciel et moi n'avons jamais eu de sponsor qui croyait en nous. White Oaks, Peach Tree Cottage, les tapis de selle et la couverture avec le logo dessus… tout était bidon. C'est vous qui avez écrit toutes les lettres ; c'est vous qui avez ouvert un compte à la sellerie ; et vous avez fait semblant de vous verser un salaire. Tout, absolument tout était un mensonge.

Mrs Smith s'avança.

– Casey, je vais t'expliquer.

La jeune fille eut un rire méprisant.

– Il va falloir faire la queue. Vous êtes la troisième personne à me dire ça aujourd'hui. Vous, Morag, mon père… vous avez fait semblant de vous soucier de moi, mais tout ce que vous avez fait, c'était pour des raisons égoïstes. Vous et mon père, vous êtes pareils. Vous êtes des rêveurs. Eh bien, je vous déteste, vous et vos rêves stupides. Je ne veux plus jamais vous revoir.

Évitant la main que lui tendait Mrs Smith, elle

reprit vivement son manteau mouillé et marcha à grands pas vers la porte.

– Tu me détestes parce que j'ai trouvé un logement pour Ciel et pour toi quand Mrs Ridgeley allait vous jeter à la rue ?

Mrs Smith avait parlé si bas que Casey faillit ne pas l'entendre.

La jeune fille s'arrêta net et se retourna à contre-cœur.

– Non. Non, pas pour ça.

– Tu me détestes pour avoir cru en toi ?

Casey s'affala sur le canapé et se prit le visage entre les mains.

– Bien sûr que non. Vous et papa, vous avez cru en moi quand personne d'autre n'y croyait.

Mrs Smith s'assit à côté d'elle.

– Eh bien alors ?

Casey releva la tête.

– Mais vous m'avez menti. Vous m'avez dupée. Vous avez créé un monde illusoire dans lequel un sponsor imaginaire avait repéré que Ciel et moi avions du talent et a cru si fort en nous qu'il était prêt à nous sponsoriser jusqu'à Badminton. Est-ce que vous savez seulement à quel point ça a compté pour moi ? C'est parce qu'il croyait en moi que j'y ai cru aussi. Et l'argent… Vous semblez toujours en avoir si peu. Je n'aurais jamais accepté un seul sou de votre part si j'avais su.

Mrs Smith acquiesça.

277

– Je m'en doutais. Alors que voulais-tu que je fasse, Casey ? Qu'aurais-tu fait à ma place ? Pendant ton premier été avec Ciel, après l'avoir sauvé, je t'ai vue te demander avec angoisse comment tu allais faire pour trouver de quoi le garder. Tu travaillais vingt heures par jour, tu ne dormais pas et tu devenais plus squelettique et cernée d'heure en heure, et tu rentrais à peine dans tes frais. Il était évident qu'il viendrait un moment où tu serais forcée de vendre Ciel, que ce soit parce que tu ne pouvais pas payer les factures de vétérinaire ou de fourrage, ou bien parce que Mrs Ridgeley avait rendu ta… *notre* situation au club épique intenable.

– Je me serais débrouillée, marmonna Casey sans conviction. D'une façon ou d'une autre. Je suis sûre que j'aurais trouvé une solution.

Son professeur eut un sourire triste.

– Je n'en doute pas, mais ce n'est pas le destin que je voulais pour toi. Je ne voulais pas que tu y arrives de justesse, sans pouvoir t'offrir du matériel ou un entraînement correct, en donnant du foin poussiéreux à ton précieux cheval. Au fil des mois, j'avais eu tout le loisir de vous observer, Ciel et toi, et ce que j'ai vu m'a époustouflée. Tu es furieuse contre moi parce que le sponsor qui a cru en vous était le produit de mon imagination, mais ce que t'a écrit le directeur de Ladyhawke Enterprises, c'est vraiment ce que je pensais, Casey. Je croyais en toi. Je crois toujours en toi. Ça ne changera jamais.

La jeune fille laissa échapper un sanglot étranglé.

– Je le sais, et je me sens d'autant plus mal. Tous ces espoirs déçus, toutes ces dépenses inutiles.

Mrs Smith se méprit sur le sens de cette remarque.

– Mais ne vois-tu donc pas que ça n'a pas été inutile ? Casey, quand je t'ai rencontrée, j'étais en train de mourir intérieurement. Je ne suis pas faite pour les futilités, la monotonie. Ces trente dernières années, j'étouffais lentement. Par moments, j'avais l'impression d'être enterrée vivante, de glisser doucement vers la mort. Les hommes, je pouvais m'en passer, mais les chevaux et la trépidation des concours me manquaient tellement que je ressentais une douleur physique. Ciel et toi, eh bien, je n'exagère pas quand je dis que vous m'avez sauvé la vie en me donnant une raison de continuer. Quand Mrs Ridgeley a menacé d'y mettre fin, j'ai eu le sentiment que je devais intervenir. Pour moi comme pour toi.

– Et l'argent… d'où venait-il ?

Casey songea soudain avec horreur que son père l'avait peut-être volé pour le donner à son professeur, et que Mrs Smith et lui pouvaient bien être de mèche dans cette affaire.

Mrs Smith lut dans ses pensées.

– Uniquement par des moyens honnêtes, je peux te l'assurer. Tu te rappelles, je t'ai dit que mon mari, même s'il a mis la main sur la majeure partie de mon argent, ne m'a pas tout pris.

Casey s'essuya les yeux et hocha la tête.

– Au bout de quelques semaines de mariage, j'ai compris que j'avais fait une erreur et que Robert n'était pas, disons, le meilleur gestionnaire financier. Si seulement je m'étais rendu compte, à ce moment-là, qu'il était purement et simplement un escroc ! Peut-être d'instinct, je lui ai caché deux choses : un dégrèvement d'impôts de mille livres auquel je ne m'attendais pas, et un tableau – le préféré de mon père – que j'ai mis dans un coffre. Ces mille livres, c'est ce qui m'a sauvée quand Robert a perdu au jeu tout ce que je possédais. C'est ce qui m'a aidée à démarrer une nouvelle vie à Londres. Quant au tableau, j'ignorais totalement sa valeur jusqu'au lendemain du jour où Mrs Ridgeley t'a lancé un ultimatum. Là, je l'ai porté chez Sotheby's, la maison de ventes aux enchères.

– Non ! s'écria Casey. Je vous en supplie, dites-moi que vous n'avez pas vendu le tableau de votre père pour que je puisse garder Ciel ? Je ne le supporterais pas.

Mrs Smith sourit.

– Si, je l'ai fait et je n'ai aucun regret. Je peux te dire sans hésitation qu'il aurait approuvé. Il a toujours eu un faible pour les nobles causes. Disons simplement que c'est entièrement grâce à lui si nous avons eu de l'aide pour atteindre notre objectif de parvenir à Badminton, toi et moi. Je sais que tu m'en veux de t'avoir dupée. Et je ne doute pas que ton père sera furieux aussi. Mais je n'avais pas le choix. Vous êtes tous les deux si fiers. Comme tu viens de l'admettre, tu n'aurais jamais accepté un seul sou de ma part. J'aurais été obligée de te regarder souffrir sans rien faire pendant que ton rêve s'écroulait. Ainsi, j'ai pu vous rendre heureux, Ciel et toi, et connaître un sentiment d'euphorie et de réussite bien plus grand que lorsque je concourais moi-même. Tu ne peux pas savoir à quel point ça a compté pour moi. Je me sens de nouveau vivante.

Elle prit la main glacée de Casey.

– Si tu trouves en ton cœur la force de me pardonner, nous pouvons continuer comme avant. Si Ciel et toi réussissez aussi bien que je le prévois à Badminton, vous n'aurez plus besoin de mon aide. Vous trouverez plein de vrais sponsors.

À ces mots, les événements de la matinée revinrent à l'esprit de Casey comme un boomerang. Elle se leva d'un bond.

– Badminton, c'est foutu, parce que je n'ai pas de cheval. Ciel est la meilleure chose qui me soit jamais arrivée, et maintenant, il n'est plus là, il a été vendu à une fille qui va sans doute le renvoyer à l'abattoir quand elle n'aura plus besoin de lui.

Mrs Smith la regarda avec des yeux ronds.

– Comment ça, Ciel n'est plus là ? Que se passe-t-il ? Quelle fille ? Qui l'a acheté ?

– Le père d'Anna Sparks. Il a été acheté par le père d'Anna…

Casey n'alla pas plus loin car Mrs Smith s'était évanouie. Elle reprit connaissance en moins d'une

281

minute, mais son visage resta livide et elle tremblait comme si elle était en crise d'hypothermie.

Casey prit une couverture sur le lit et l'enveloppa dedans.

– Ne bougez pas, ordonna-t-elle. Je vais vous faire une tasse de thé sucré. Non, n'essayez pas de parler pour le moment.

Après quelques gorgées de Darjeeling brûlant et sucré, Mrs Smith reprit des couleurs, mais elle n'arrivait pas à cesser de trembler.

– Tout ça, c'est ma faute. C'est à cause de moi. Oh, pourquoi ne t'ai-je pas mise en garde ?

Casey se sentit de nouveau sur le point de défaillir. Elle n'arrêtait pas de découvrir de nouvelles trahisons.

– Mise en garde contre quoi ?

– Le père d'Anna Sparks, Lionel Bing – je n'ai pas été totalement sincère quand tu m'as questionnée à son sujet. Je le connais, en effet. Avant de le remarquer de l'autre côté du paddock, à Blenheim Palace, je ne l'avais pas vu depuis trente ans, mais à une époque, je ne l'ai que trop bien connu. Nous étions des adversaires acharnés sur le circuit de dressage. Il a fait croire à ton père qu'il n'y connaissait rien en chevaux, mais c'était juste un de ses millions de mensonges. C'est lui qui a acheté mon cheval, Insouciant, à mon ex-mari et c'est son palefrenier qui l'a tué. Lionel avait prévu de prendre ma place aux Jeux olympiques. Si Insouciant était resté en vie, il y serait allé. Mais mon cheval bien-aimé est mort. Il y a eu une enquête suite aux allégations de mauvaise gestion et de cruauté dans son écurie. Rien n'a jamais été prouvé, mais peu après, il a disparu de la scène hippique et s'est créé une nouvelle identité de chef d'entreprise. Je pense que c'est ça, la véritable raison pour laquelle Anna Sparks veille tant à cacher le passé équestre de son père marchand de moquette. Ça m'étonne que les médias n'aient jamais découvert le lien, ne serait-ce que par hasard, mais peut-être qu'ils le savent et qu'ils ont peur de lui ou rechignent à embarrasser une jeune cavalière si talentueuse.

Casey avait le tournis. Elle avait eu assez de chocs pour toute une vie. Trente ans plus tard, l'histoire se répétait, mais cette fois, Lionel se servait de sa fortune pour rafler un cheval pour sa fille, et non pour lui. Brièvement, Casey raconta à Mrs Smith sa journée de cauchemar depuis qu'elle avait découvert la disparition de Ciel en arrivant à White Oaks.

Mrs Smith se couvrit les yeux. Elle garda le silence si longtemps que Casey se demanda si elle avait refait un malaise. Mais elle finit par relever la tête. Elle avait une expression sombre et déterminée.

– Tu me fais confiance pour t'aider ?

Casey la dévisagea longuement. L'un après l'autre, tous les adultes auxquels elle avait fait confiance l'avaient déçue : Mrs Ridgeley, son père, Morag, et maintenant Mrs Smith. La différence entre celle-ci et les autres, toutefois, était que depuis le jour où Casey et elle s'étaient découvert une passion commune pour les chevaux en bavardant au Tea Garden, elle avait toujours agi dans l'intérêt de la jeune fille. Ses intentions étaient profondément altruistes. Tout ce qu'elle avait fait, elle l'avait fait avec amour.

– Oui, finit par dire Casey. Je vous fais confiance.

24

Mrs Smith prit l'escalator pour sortir de la station Liverpool Street avec les cent mille livres en liquide dans un sac en plastique recyclable. L'argent de Roland Blue était enveloppé dans du papier kraft et recouvert d'un vieux pull. Les voleurs qui rôdaient dans la City ne risquaient guère de deviner qu'elle transportait une fortune pareille, mais cela ne l'avait pas empêchée d'imaginer que chaque passager du métro lorgnait son sac avec l'intention de lui arracher pour filer avec.

Après six semaines à se faire examiner sous toutes les coutures par des spécialistes et piquer comme une pelote à épingles par des infirmières, elle n'était guère en état d'affronter son ennemi de toujours, mais elle était prête à le faire pour Casey. Elle récupérerait Ciel même si elle devait le payer de sa vie. Ce qui était un risque non négligeable.

Les examens qu'elle avait subis n'avaient pas été concluants. On en avait fait d'autres ce matin-là, pour couronner une semaine déjà très éprouvante. Elle n'était pas entrée dans ce genre de détails avec Casey, qui avait bien assez de soucis. Elle lui avait juste dit qu'il était difficile de déchiffrer le jargon des médecins, mais que d'après ce qu'elle avait pu comprendre, il n'y avait pas de raison de s'inquiéter. Elle n'était pas disposée à lui confier qu'elle avait fait promettre à son spécialiste de ne lui faire parvenir ses derniers résultats d'examens qu'après le concours d'équitation de Badminton, la première semaine de mai.

Le docteur Mutandwa avait été horrifié.

– Angelica, je suis fermement convaincu qu'il vaudrait mieux ne pas procéder de cette façon. Ça pourrait avoir des conséquences graves.

– Docteur, avait-elle rétorqué en se moquant gentiment de son ton sentencieux, je suis fermement convaincue que mon corps m'appartient. J'ai donc le droit de décider de son sort. Si mes services sont requis à Badminton, ce qui est malheureusement incertain, j'aurai besoin de toutes mes capacités de concentration.

En tenant fermement le sac en plastique, sans trop le serrer pour éviter que des voleurs ne devinent qu'il contenait un bien précieux, Mrs Smith consulta un plan, puis partit dans Bishopgate.

Pauvre Casey, elle ne méritait pas tous ces malheurs. Angelica savait très bien que Roland Blue aurait préféré mourir plutôt que de faire du mal à sa fille, mais il fallait avouer qu'il était un peu trop influençable, sans parler de son impulsivité, et ce qu'il avait fait là était profondément idiot. Il n'était absolument pas garanti que l'on puisse revenir en arrière. Elle craignait que sa fille ne lui pardonne jamais si Ciel était perdu pour toujours. Les blessures de jeunesse peuvent mettre toute une vie à se refermer. Pour Casey, durant les trois jours qui avaient suivi la vente de son cheval, il avait été hors de question de parler à son père, et encore moins de le voir. En attendant que la situation de Ciel soit résolue, elle dormait sur le canapé chez Mrs Smith.

Le siège de Carpet King se trouvait au trente-huitième étage d'un bâtiment de verre en forme de hibou. La réception était garnie d'une épaisse moquette en bambou dans des tons dorés chatoyants. Dans les couloirs, des lambris en chêne de Californie dégageaient des effluves mêlés de bois de santal et de cire d'abeille.

La réceptionniste, une blonde au bronzage chocolat et aux dents d'une blancheur surnaturelle, fut parfaitement claire. Pas de rendez-vous, pas d'entretien.

— Je regrette, le carnet de rendez-vous de Mr Bing est complet pour plusieurs semaines. Désolée si vous vous êtes déplacée pour rien.

Mrs Smith s'installa confortablement dans un fauteuil de designer.

— Oh, il va me recevoir. Soyez-en sûre.

— Qu'est-ce qui vous fait croire ça ?

— Parce que je sais où les cadavres ont été enterrés, déclara Mrs Smith d'un ton acerbe.

287

Quelques instants après, la porte du bureau s'ouvrit et un homme voûté au visage de rat grisâtre en sortit en trottinant. Il jeta un regard plein de ressentiment à Mrs Smith avant d'être avalé par l'ascenseur.

La réceptionniste menaçait d'asphyxier Mrs Smith avec son parfum capiteux.

– Mr Bing est prêt à vous recevoir, maintenant.

Mrs Smith eut la plus grande difficulté à coordonner ses mouvements pour traverser l'océan de moquette dorée jusqu'à l'antre du directeur. La porte se ferma derrière elle avec un petit cliquetis. Lionel Bing avait le dos tourné quand elle entra. Il portait un pantalon noir et une chemise rose à col blanc, et semblait absorbé par quelque chose dans la rue, en contrebas. Lorsqu'il se retourna et qu'elle vit son visage et ses cheveux poivre et sel tartinés de brillantine pour la première fois en près de trente ans, Mrs Smith fut prise d'une terrible envie de fuir cette pièce en hurlant.

– Ah, Angelica, dit Lionel d'une voix traînante. Comme on se retrouve.

Mrs Smith avait soigneusement répété son discours, mais Lionel Bing, désormais calé dans son fauteuil en cuir noir, les bras derrière la tête, se lança le premier :

– Permets-moi de t'épargner l'humiliation de me supplier de vous rendre Ciel d'Orage. Cette pauvre andouille de Blue l'a déjà fait et je l'ai envoyé sur les roses. Le cheval n'est pas à vendre. Quel que soit le prix.

Mrs Smith posa le sac en plastique sur le bureau en cerisier.

– Voici les cent mille livres que tu as données au père de Casey. Il n'y manque pas un penny. Tu sais aussi bien que moi que tu l'as roulé ; Ciel vaut au moins deux fois ça. Toutefois, si tu nous autorises à reprendre le cheval et à vous ramener Méridienne à nos frais – Méridienne que votre vétérinaire, si je ne m'abuse, a déclarée inapte à la fin de la saison dernière –, nous n'en parlerons plus.

Lionel s'esclaffa.

– Tu m'as toujours amusé, Angelica. Trois décennies plus tard, tu n'as pas changé d'un pouce. Toujours du côté des perdants. Toujours à traiter le cheval comme s'il était l'égal de l'homme. Je te le répète, la réponse est non. La gamine mal dégrossie de Roland Blue a autant de chances de gagner à Badminton que moi de faire du monocycle sur la lune. Son père a fait de la prison pour vol, bon sang ! Par je ne sais quel prodige, elle a eu la chance de trouver un animal à peu près correct. Entre les mains de ma fille, Ciel d'Orage va être métamorphosé. D'ici six semaines, Anna sera la plus jeune cavalière de l'histoire à gagner le plus prestigieux des concours complets.

– En faisant ton autopsie, quand tu seras mort, on va découvrir que tu avais une machine à la place du cœur, Lionel. Ou peut-être une tarentule. Tu ne comprends donc pas que Ciel n'est pas juste un cheval pour Casey ? Elle ne le voit pas comme quelque chose qui pourrait l'aider à battre un record ou à gagner un championnat. C'est son meilleur ami. Je te donnerai le double de ce que tu as payé pour lui. Ça te fait un bénéfice de cent mille livres en trois jours. Je suis sûre que ça suffit, même pour un homme d'une cupidité sans limites comme toi.

Lionel Bing avait une expression d'écolier qui regarde un papillon se tortiller au bout d'une épingle. Il eut un rictus.

– Désolé, Angelica. Pas moyen. Ciel d'Orage appartient à ma fille. Anna a jeté son dévolu sur cette bête. Casey Blue va devoir reporter son affection sur un autre cheval, c'est tout.

Mrs Smith ouvrit la poche intérieure de son manteau, en sortit un document et le posa sur le bureau.

– J'espérais que nous n'aurions pas besoin d'en arriver là.

Lionel s'en empara et jeta un coup d'œil dans son dos avant de le lire, comme si un oiseau pouvait l'espionner en volant devant sa fenêtre. Il piailla d'une voix aiguë :

– Où as-tu trouvé ça ?

Mrs Smith sourit.

– Oh, il y en a encore plein d'autres. Quand tu as aidé Robert à me dépouiller de ma fortune, tu as laissé beaucoup de traces papier de tes fraudes. Ce sont des lectures fascinantes, même s'il vaut mieux ne pas être

290

cardiaque. Je suis sûre que les journaux à scandale seraient enchantés de mettre la main dessus.

– C'est du chantage ?

– Pas du tout. Je continue simplement la partie selon tes propres règles.

Le PDG de Carpet King dut s'avouer vaincu.

– Ajoute mille livres et je te cède ton précieux cheval, mais à une condition. Je veux l'argent tout de suite, avant que tu quittes mon bureau. Tu peux utiliser mon téléphone pour appeler ton banquier et arranger ça. C'est seulement quand j'aurai vu tout l'argent – au penny près – apparaître sur mon compte en banque, et quand tu auras signé un contrat t'engageant à ne plus jamais parler de mes affaires avec ton ex-mari et à me remettre tous les documents compromettants d'ici demain midi au plus tard, que j'autoriserai ma chef d'écurie à vous laisser Ciel d'Orage.

Venir se placer près de l'homme qui avait gâché sa vie en anéantissant d'un seul coup son cheval et son rêve olympique, et ce afin de se servir de son téléphone pour le rendre encore plus riche, fut la chose la plus difficile qu'Angelica Smith ait jamais faite. Elle prouva son amour pour Casey et Ciel en s'exécutant avec son efficacité habituelle.

– Pourquoi tu fais ça ? lui demanda Lionel quand elle raccrocha. Ça ne te rendra pas Insouciant.

Mrs Smith pinça les lèvres.

– Non, mais quand Casey gagnera à Badminton,

j'aurai la satisfaction de voir ton sale sourire disparaître.

Lionel ricana en tapant ses coordonnées bancaires.

– Tu peux rêver, Angelica. Tu peux rêver.

Son regard s'illumina quand l'argent apparut sur son compte.

– C'est un plaisir de faire affaire avec toi, chérie. Si tous mes clients étaient aussi généreux que toi, je pourrais construire des gratte-ciel en or, comme Donald Trump.

– Profites-en pendant que tu le peux encore, lui conseilla Mrs Smith en se dirigeant hâtivement vers la porte.

Elle était pressée de sortir de là. Elle avait la migraine.

– … Tu ne l'emporteras pas avec toi.

Lionel la gratifia d'un de ses sourires carnassiers.

– N'en sois pas trop certaine. Ah, il y a une chose que je ferais mieux de te dire avant que tu t'en ailles. C'est au sujet de Ciel d'Orage…

Mrs Smith sentit son sang se glacer dans ses veines.

– Oui ?

– Il a pété les plombs quand Anna a essayé de le monter. Il l'a désarçonnée et l'aurait piétinée si le palefrenier ne l'avait pas frappé. Après ça, il a attaqué Raoul comme un chien enragé. Mon gars est maintenant à l'hôpital avec un bras dans le plâtre, trois côtes cassées et un pied écrasé.

Elle se retourna vers lui, furibonde.

– Espèce de monstre perfide…!

Elle eut du mal à terminer sa phrase.

– Et le cheval? Qu'est-il advenu de Ciel?

– Je ne te l'avais pas dit? Il est boiteux. Il a marché sur un clou en courant après Raoul. D'après le véto, il va rester HS pendant au moins six mois. Casey Blue n'ira pas à Badminton.

25

– Je suis venu dès que j'ai su.

Casey faillit avoir un malaise. La dernière personne qu'elle s'attendait à voir apparaître à la porte du box de Ciel, c'était Peter. Voyant qu'elle n'ouvrait pas la bouche, il entra sans attendre qu'elle l'y invite. Alors elle se remit en mouvement ; elle se précipita vers lui et le serra dans ses bras sans un mot – d'abord timidement, puis de plus en plus fort, comme si elle ne voulait plus jamais le lâcher. Dans son désespoir, la force et la solidité de Peter étaient aussi bienvenues qu'une île déserte pour le survivant d'un naufrage.

– Je suis désolé, marmonna-t-il dans les cheveux de la jeune fille. Je suis vraiment, vraiment désolé. Je ne peux pas imaginer ce que tu es en train de vivre.

– C'est moi qui suis désolée, répliqua Casey en s'écartant à contrecœur. Ce que je t'ai dit la dernière fois que je t'ai vu est impardonnable. J'ai été stupide.

Il sourit.

– Oublie ça. Je l'ai bien oublié, moi.

Il tendit lentement la main vers Ciel, et le cheval poussa un petit hennissement de plaisir. Sa résilience était une source d'émerveillement quotidien pour Casey : malgré la cruauté et les trahisons que Ciel avait subies de la part des humains, il se souvenait de ceux qui le traitaient bien.

La veille, en allant le chercher à l'écurie des Sparks avec Mrs Smith, elle était terrorisée à l'idée qu'il ne lui fasse plus jamais confiance. Qu'il la juge responsable de la souffrance qui lui avait été infligée. Pourtant, même dans l'état de profonde agitation dans lequel elles l'avaient trouvé, il avait compris qu'elle venait le sauver. Elle fut la seule qu'il autorisa à le toucher, et la seule qui put le faire monter dans le van.

Casey ne l'avait guère quitté une minute depuis, notamment parce qu'elle craignait pour son état mental. Il était déprimé. Avant son accident, il ne vivait que pour galoper et sauter. À présent, on aurait dit un oiseau avec une aile cassée. Il tendit le cou vers le fils du maréchal-ferrant et tenta de marcher vers lui, mais ne parvint qu'à faire un petit bond d'infirme.

Peter ne put dissimuler à quel point il était horrifié. Il caressa tendrement le cheval.

– Pauvre Ciel. Oh, mon pauvre garçon. Que t'ont fait ces monstres ?

Il jeta un coup d'œil par-dessus son épaule.

– Inutile de préciser que mon père et moi ne ferrerons plus jamais, jamais un autre cheval pour les

Sparks. Et je m'en réjouis. Tu ne pourrais pas les poursuivre en justice ?

– J'aimerais bien. On a dû signer un accord de confidentialité comme condition pour récupérer Ciel. Mais Mrs Smith dit que le karma sert à rééquilibrer la balance de la justice pour ceux qui, comme nous, n'ont pas les moyens de se payer un avocat.

Peter fit glisser une main le long de la jambe de Ciel et souleva prudemment le pied du cheval pour l'examiner.

– Espérons qu'elle a raison. Quel est le pronostic ?

Casey répondit sans émotion. La semaine passée, elle avait tant souffert qu'elle était arrivée à un état de résignation hébétée. Tout ce qui comptait pour elle, c'était d'avoir retrouvé Ciel. Elle s'occuperait de l'avenir heure par heure.

– Le pronostic n'est pas bon. Apparemment, il y a eu un délai de vingt-quatre heures avant que la chef d'écurie des Sparks appelle le véto. À ce moment-là, le pied de Ciel s'était infecté. Ils ont encore tardé à lui retirer le clou sous anesthésie. Visiblement, son pied a subi de sérieux dégâts internes. Un véto dit qu'il a besoin de rester au repos pendant six mois et qu'il est peu probable qu'il puisse à nouveau participer à des concours un jour ; l'autre dit qu'il est hors de combat pour la saison et que, vu son tempérament, la meilleure solution serait de le mettre à la retraite si on a les moyens ou, sinon, de le faire piquer.

Peter imaginait sans peine comment elle avait pris

cette nouvelle. Il reposa délicatement le sabot du cheval.

– Et que dit Mrs Smith ?

– Elle dit quelque chose du genre : « Ces toubibs n'y connaissent rien. Nous ne devrions pas nous décourager avant d'avoir l'opinion des gens qui comprennent vraiment ces choses-là. »

– Et qui sont ces gens-là ?

Dehors, dans la cour, on entendit un bruit de moteur.

– Ton nom a été mentionné, l'informa Casey. Je crois que les autres viennent d'arriver.

Sous le soleil de la fin d'après-midi, un étrange trio sortit d'une vieille Ford Anglia bleue. La première à émerger fut Janet, la créatrice des potions vitaminées de Ciel et des mixtures malodorantes mais efficaces qui avaient aidé à le sauver lors de sa première nuit d'hiver glacial au club épique de Hope Lane. Casey ne l'avait rencontrée qu'une fois, mais elle était inoubliable.

Pour commencer, elle était d'une taille et d'une corpulence imposantes, avec ses bonnes joues rouges de campagnarde. Personne n'aurait deviné qu'elle avait passé toute sa vie en ville. Comme Mrs Smith, elle avait eu une période hippie mais, contrairement à Angelica, elle n'en était jamais sortie. Sa grande jupe violette *tie-and-dye* aurait pu servir de tente. Son chemisier blanc avait plus de froufrous que celui d'un poète romantique. Pendant qu'elle marchait, son assortiment de bracelets, de sautoirs et de colliers en perles cliquetait si fort qu'elle faisait penser à un carillon.

Puis Jin, l'amie que Casey s'était faite au club épique, sortit de l'arrière de la voiture. Toujours mince comme un fil, elle portait de vieux jodhpurs et un sweat-shirt délavé du club de Hope Lane, mais elle avait embelli. Les lunettes et l'appareil dentaire avaient disparu, et elle était devenue délicate et jolie, chose que ses vêtements usés soulignaient étrangement.

Casey fut enchantée de la voir. Pendant tous les conflits avec Mrs Ridgeley, Jin avait toujours été de son côté. Les deux filles s'embrassèrent en gloussant.

— Qu'est-ce que tu fais ici ? la questionna Casey.

— Mrs Smith m'a téléphoné. Elle m'a demandé si je voulais bien amener mon oncle.

Avant que Casey puisse lui demander pourquoi, Mrs Smith arriva et tout le monde échangea de joyeuses salutations. Enfin, Janet dut se bagarrer avec la banquette arrière pour en libérer un Chinois trapu et ridé, à la peau caramel, avec une queue-de-cheval grisonnante tombant jusqu'à la taille. Vêtu d'un kimono d'arts martiaux noir avec un dragon brodé sur la poitrine, il sortit de la voiture avec beaucoup de dignité, mais il semblait contrarié. Après avoir balayé du regard la cour de l'écurie, il déversa sur Jin un déluge de paroles en mandarin.

Jin lui répondit dans la même langue. Elle lui témoignait une déférence excessive et baissa plusieurs fois la tête, mais de toute évidence, elle faisait des efforts pour ne pas rire.

– Tout va bien ? lui demanda Casey avec inquiétude quand elle parvint à l'entraîner à l'écart pour une minute.

– Oui et non. Je veux dire, tout va bien se passer. Mon oncle – il s'appelle Eric Wu – a très peur des chevaux. Il a eu un accident quand il était petit et il en a gardé une véritable terreur.

– Alors pourquoi est-il ici ? Je veux dire, pourquoi Mrs Smith a-t-elle souhaité le voir ?

Jin haussa les épaules.

– Il l'a aidée autrefois. Elle s'était blessé le dos, elle pouvait à peine marcher, et il l'a guérie. C'est un acupuncteur, un guérisseur. À Londres, il est pratiquement inconnu en dehors de la communauté chinoise, mais à Shanghai, les gens le révèrent. Ils disent que c'est l'un des meilleurs que la terre ait jamais porté. Ses massages sont légendaires.

– Mais il y connaît quelque chose en chevaux ?

Jin secoua la tête.

– Rien du tout. Comme je te l'ai dit, il en a peur. Et il ne parle pas anglais.

Le groupe partit en direction du box de Ciel, guidé par Peter.

Casey resta en arrière et chuchota à Mrs Smith :

– Un acupuncteur qui ne parle pas anglais et qui est

terrifié par les chevaux ? Comment pourrait-il nous aider ? Qu'est-ce qui vous est passé par la tête, bon sang ?

Mrs Smith avait un sourire ravi. Eric Wu s'était remis à déblatérer, mais elle n'avait jamais eu l'air aussi détendue. Elle prit le bras de Casey.

— Je vais devoir te demander de me faire confiance une fois de plus. Tu peux faire ça ?

Casey ne pensait pas avoir le choix. Quand Mrs Smith avait réussi l'impossible en arrachant Ciel aux griffes d'Anna Sparks, elle s'était promis de ne plus jamais douter de son professeur.

— Oui, dit-elle. Oui, je peux.

Mais il lui fut difficile de ne pas être nerveuse quand Mrs Smith l'éloigna de l'écurie, laissant Janet, Jin, Peter et Eric Wu seuls avec son cheval.

— Peter va leur montrer le pied de Ciel. Il s'y connaît mieux que personne en pieds de chevaux et, si on peut faire quelque chose, il aura aussi un rôle important à jouer. Et sinon, eh bien, autant qu'on le sache le plus tôt possible.

Elles s'assirent côte à côte sur la clôture de la carrière et contemplèrent les prés verts, pendant que l'odeur des chevaux et des moutons venait leur chatouiller les narines. Aucune d'elles ne dit mot. Mrs Smith était certaine d'avoir eu raison de faire venir Janet et Eric Wu à White Oaks, et elle remerciait leur bonne étoile pour l'arrivée inopinée de Peter, qui avait fait toute la route depuis le pays de Galles justement cet après-midi-là. Mais elle souffrait affreusement, comme si souvent ces jours-ci. Elle se mordit la lèvre et pria pour que la douleur passe avant que Casey ne s'aperçoive de quelque chose, tout en espérant qu'une mauvaise nouvelle ne vienne pas aggraver son état.

Casey essayait vainement d'être optimiste. Elle se fichait de Badminton, désormais, tant pis si son rêve était parti en fumée. Tout ce qu'elle voulait, c'était que Ciel retrouve la santé et la joie de vivre. Elle ne supportait pas de le voir souffrir.

Le soleil s'était transformé en boule orange qui glissait derrière les chênes lorsque Peter, Janet, Jin et Eric Wu sortirent du box de Ciel et vinrent dans leur direction. Ils avaient la mine sombre. Le cœur de Casey se serra. S'ils ne pouvaient pas l'aider, Ciel n'avait plus d'espoir. Ce qui allait se passer maintenant, elle n'osait y penser. Mrs Smith lui avait avoué que leur situation financière était désastreuse. Elle avait dépensé tout ce qu'elle avait jusqu'au dernier penny, ou presque, pour racheter Ciel à Lionel Bing. Le succès de Casey à Blenheim l'année précédente leur avait rapporté un an de nourriture gratuite, et tant qu'il n'y avait pas trop de frais de vétérinaire, elles pourraient se débrouiller encore deux mois. Ensuite, avait admis Mrs Smith, ce serait « le moment de prendre des décisions ».

Lorsque le groupe arriva à proximité, Casey vit l'optimisme que trahissait l'expression de Peter : un coin de sa bouche se relevait. Janet prit la parole au nom de l'ensemble, en faisant de grands gestes accompagnés de cliquetis.

— Nous avons passé le pied de ton canasson au peigne fin, commença-t-elle. Il n'est vraiment pas beau à voir, il n'y a pas de doute. Je n'ai jamais rien vu d'aussi moche. Mais on pense pouvoir s'en débrouiller en combinant nos efforts. Eric Wu refuse de toucher l'animal, mais Jin, que voilà, dit qu'elle va le couvrir d'aiguilles d'acupuncture en suivant les indications de son oncle. Eric va aussi te montrer comment masser Ciel pour que sa musculature reste tonique. Quant à moi, ce que je prévois pour lui, c'est les potions n°s 28, 33 et 117, plus une série de cataplasmes à base de miel de manuka.

— Et moi, je vais lui fabriquer une sorte de chausson, ajouta Peter. Quelque chose d'aussi doux que de la peau de mouton, mais qui laisse l'air circuler et qui supprime entièrement la pression sur la fourchette. Ainsi, en théorie, il devrait pouvoir s'appuyer un peu sur sa jambe.

Pour la première fois depuis une semaine, Casey eut l'impression que quelqu'un venait d'entrouvrir la porte de la pièce sombre qu'était son cerveau pour laisser entrer un rai de lumière.

— Combien de temps ça va prendre ?

— Un mois, affirma Janet. Peter et moi, nous resterons ici la première semaine pour tout mettre en route. Ensuite, il devra rentrer au pays de Galles pour travailler avec son père, et mon mari va commencer à perdre patience. Je ferai des allers-retours quand ce sera nécessaire. Jin et Eric Wu resteront tout du long. Morag est passée quand on discutait de la logistique et a proposé de leur prêter sa caravane. Ça leur va, alors, tout est réglé.

— Pas si vite, l'interrompit Mrs Smith. Si Ciel doit avoir la moindre chance d'être prêt pour Badminton dans deux mois, on a besoin qu'il soit rétabli et capable de s'appuyer de tout son poids sur ce pied dans trois semaines.

Janet, nerveuse, fit cliqueter ses bracelets.

— Impossible. Un mois, c'est déjà court.

— Trois semaines et demie, alors.

Janet poussa un soupir exaspéré.

— Tu es dure en affaires, Angelica. D'accord, on va se fixer l'objectif de le remettre sur pied en trois semaines et demie, mais je te préviens, n'y compte pas trop. Bien. Jin, tu peux dire à ton oncle d'arrêter de faire la tête et de se mettre au travail. On a du pain sur la planche.

26

Deux jours avant le début du concours de Badminton, Mrs Smith était assise devant la cuisinière Aga, à Peach Tree Cottage, en train de boire un thé chaï aromatisé à la cannelle. Elle avait cessé de croire à l'intervention divine trente ans plus tôt en perdant sa maison, sa place dans l'équipe olympique et son cheval la même semaine. Mais depuis peu, son opinion à ce sujet avait radicalement changé. À moins d'un miracle, comment expliquer qu'un cheval avec une blessure au pied assez épouvantable pour détruire sa carrière soit en train de tourner au triple galop dans le pré de White Oaks, huit semaines plus tard, en ruant et en se cabrant comme un poulain ?

Deux mois plus tôt, quand elle avait demandé à Janet, Eric Wu et Peter d'examiner Ciel, elle espérait ardemment que leurs talents combinés puissent lui redonner, à lui ainsi qu'à Casey, un semblant d'avenir. Elle n'aurait pas osé imaginer que son pied cicatrise si bien. On ne voyait plus la moindre trace de sa blessure sur les dernières radios que le vétérinaire avait faites.

Bien sûr, le véritable test aurait lieu à Badminton, où elle verrait si oui ou non son programme d'entraînement alternatif avait donné au cheval la puissance cardio-vasculaire nécessaire pour survivre au parcours de cross de huit kilomètres. Sa guérison avait pris un tout petit peu plus de trois semaines et demie, en fin de compte ; Casey le montait donc à nouveau depuis près de cinq semaines. Elle avait fait très peu de saut, mais beaucoup de conditionnement physique. Elles s'étaient également concentrées sur les points faibles de Ciel en dressage : les changements de pied en l'air et les arrêts parfaits.

N'ayant pas les moyens d'envoyer Ciel dans un centre de rééducation spécialisé, elles avaient dû improviser. La mère de Morag était handicapée et possédait dans son jardin une piscine dotée d'une rampe d'accès pour les fauteuils roulants. Morag se sentait tellement coupable de la mésaventure de Ciel qu'elle était plus que disposée à laisser Mrs Smith l'utiliser. Deux semaines après s'être blessé au pied, Ciel avait suffisamment guéri pour qu'elles puissent le faire nager dans la piscine. Quinze jours après, il était capable de faire une version équine d'aquagym à raison de deux séances quotidiennes de quarante-cinq minutes.

Pendant ce temps, Mrs Smith passait des heures à étudier des articles scientifiques et les conseils de gourous de la remise en forme qui étaient partisans de l'entraînement anaérobie : des efforts intenses ne durant pas plus de deux minutes, répétés jusqu'à dix fois avec seulement cinq secondes de repos entre deux, pour gagner en force et en rapidité. C'était ce qu'elle cherchait à faire avec Ciel depuis le début, mais à présent, il fallait appliquer ce principe à l'extrême.

– Quand on pousse le rythme cardiaque près de sa limite par à-coups brefs, le corps n'a pas le temps d'envoyer de l'oxygène dans les muscles, avait-elle expliqué à Casey. C'est le sens du mot « anaérobie » : sans oxygène. Ça stimule le métabolisme, renforce la solidité osseuse et la flexibilité, et confère une puissance phénoménale. Bien sûr, l'entraînement aérobie – « avec air » – est important aussi pour développer l'endurance. Malheureusement, il y a des limites à ce que nous pouvons faire, alors nous allons devoir improviser.

Pour l'endurance et la musculation, elles avaient dû se contenter des brèves séances dans la piscine avec Ciel. Hors de l'eau, elles s'étaient concentrées sur le dressage, la technique de saut et le galop en montée. Après l'avoir séché, Casey le massait suivant les instructions d'Eric Wu, traduites par Jin. Trois fois par semaine, il avait reçu un traitement d'acupuncture.

Les résultats étaient stupéfiants. Même au mieux de sa forme, Ciel n'avait jamais eu une aussi belle ligne, ni une musculature aussi ondoyante. Quand il marchait, la lumière brillait sur lui comme le soleil sur une mer argentée. Mais c'était la métamorphose de son mental qui était particulièrement saisissante. Provoquant l'hilarité des filles d'écurie, Mrs Smith avait tenu à faire écouter *La Passion de saint Mathieu* à Ciel pour qu'il reste calme. Et chaque jour, Casey lui lisait au moins deux chapitres de l'un de ses livres préférés sur les chevaux. À force d'être autant aimé, choyé et massé, Ciel avait acquis une assurance qu'il n'avait jamais eue avant. Il semblait carrément se pavaner.

On frappa à la porte de la maison. Mrs Smith consulta sa montre. Il était à peine six heures. Son estomac fit un bond. Pourvu qu'il ne soit rien arrivé à Ciel…

C'était le facteur.

– Désolé de vous tirer du lit, ma chère, dit-il en voyant la robe de chambre de Mrs Smith. Livraison spéciale pour vous. Je vais devoir courir dans tous les sens, aujourd'hui, et j'avais peur que vous n'ayez ça que demain si je ne vous le portais pas maintenant. J'espérais que vous vous seriez levée aux aurores.

Mrs Smith signa le reçu pour prendre sa lettre.

– Ne vous excusez jamais d'être en avance, jeune homme. C'est d'arriver en retard qui est un crime.

En buvant du thé devant la cuisinière, elle étudia calmement l'enveloppe. Elle arborait le cachet de l'hôpital. Ainsi, il avait retrouvé sa trace. Angelica avait pris soin de ne pas donner l'adresse où il pourrait lui envoyer ses résultats d'examens, mais il avait réussi à la découvrir. Dans le coin en haut à gauche de l'enveloppe, il avait écrit « URGENT ! » et l'avait souligné plusieurs fois.

Nerveuse, elle but une autre gorgée de chaï. Quand le téléphone sonna dans la maison, elle sursauta si violemment qu'elle renversa du thé partout sur sa robe de chambre. Elle prit un torchon et répondit en tamponnant le tissu trempé, contente de cette diversion.

– Angelica à l'appareil.

– Mrs Smith, Dieu soit loué ! C'est Roland. Désolé de vous appeler si tôt. Il fallait absolument que je vous parle. J'aimerais que vous passiez un message à Casey.

Angelica Smith essuya les dernières éclaboussures de thé sur le fauteuil et s'assit, en regardant tristement sa robe de chambre tachée. Elle espérait que ce ne serait pas de mauvaises nouvelles. Casey en avait eu son lot. Elle n'avait pas revu son père depuis le jour où elle avait découvert qu'il avait vendu Ciel. Ils avaient communiqué exclusivement par l'entremise de Mrs Smith. Roland Blue avait le cœur brisé mais, en même temps, il comprenait la colère de sa fille.

– Quel genre de père ferait une chose pareille ? avait-il dit et répété à Mrs Smith.

– Un père qui se fourvoie, lui avait-elle répondu. Qui essaie tellement de faire ce qu'il faut qu'il fait le contraire.

Elle n'avait pas encouragé ni dissuadé Casey de parler à son père. Sa protégée était assez grande pour prendre ses décisions toute seule, et Angelica estimait qu'elle s'était bien assez mêlée des affaires des autres cette année.

Elle inspira à fond.

– Qu'y a-t-il, Roland ?

Il semblait fou de joie.

– Il s'est passé quelque chose d'absolument merveilleux, incroyable, stupéfiant. La seule chose qui pourrait être mieux qu'une victoire de Casey à Badminton.

Mrs Smith soupira. Cela risquait de durer un moment. Elle aperçut la lettre de l'hôpital sur la table de la cuisine et ferma les yeux pour chasser cette image.

– Vous êtes là ?

– Oui, Roland, je suis là. Allez-vous me dire ce que c'est que cette chose incroyable et stupéfiante, ou bien est-ce que je dois le deviner ?

– Excusez-moi, je cesse de tourner autour du pot. Tard hier soir, vers onze heures et demie, on a frappé bruyamment à ma porte et, quand j'ai ouvert, je suis tombé sur... Devinez qui ? Ravi Singh en personne, le propriétaire de Half Moon, l'atelier de couture où je travaillais, avant... Bref, il est entré et je lui ai fait du café et il m'a demandé pardon à peu près un million de fois...

– Venez-en *au fait*, Roland...

– Oui, j'y viens. Pour résumer, son entreprise déclinait depuis mon départ et de l'argent continuait à disparaître. Ravi a fait installer une caméra de surveillance pour essayer de comprendre ce qui se passait, et devinez ce qu'il a découvert ?

Mrs Smith sentait poindre un violent mal de tête.

– Je suis désolée, je ne sais pas.

– C'était son neveu. Vous le croyez ? Son propre neveu le volait. Le garçon avait mis au point un système assez ingénieux, d'ailleurs. Ravi était furieux, non seulement de s'apercevoir que ce jeune homme à qui il faisait confiance avait mordu la main qu'il lui tendait, mais aussi parce qu'il savait combien mon boulot chez lui et notre amitié comptaient pour moi, et à quel point ça avait dû être dur pour moi, sur le plan personnel et professionnel, d'être à nouveau accusé de vol. Je vous dirai simplement qu'il m'a réengagé avec une énorme prime d'embauche – plus que l'équivalent du salaire que j'aurais touché si j'avais continué à travailler là-bas ces cinq derniers mois. Bon, je ne suis pas sûr que ça change quoi que ce soit aux sentiments de Casey à mon égard, mais je vous serais reconnaissant de lui faire passer le message.

Mrs Smith sourit.

– Avec plaisir, Roland. Et félicitations. Je suis ravie pour vous.

Une marche grinça. Mrs Smith eut juste le temps de saisir la lettre de l'hôpital et de la mettre dans la poche de sa robe de chambre avant que Casey apparaisse sur le seuil de la cuisine, en pyjama, les cheveux ébouriffés. Elle faisait si incroyablement jeune au saut du lit ! Une fois de plus, Mrs Smith eut un poids sur la conscience. Avait-elle bien fait d'encourager une gamine de dix-sept ans à tenter le concours complet d'équitation le plus difficile au monde ? Mais elle ne pouvait plus rien y changer désormais, le sort en était jeté.

— On se croirait dans la gare de Grand Central ici, ce matin, marmonna Casey de la voix rauque de quelqu'un qui vient de se réveiller. Qui a sonné ?

Mrs Smith décida que l'honnêteté partielle était la meilleure conduite à suivre.

— Le facteur. Il s'est trompé d'adresse.

— Hmm, un facteur perdu ? Il devrait envisager un autre métier. Et qui a téléphoné ?

— Ton père.

Mrs Smith lui raconta leur conversation.

Le changement chez Casey fut immédiat.

— Il faut que j'aille le voir. Est-ce que je peux prendre le train pour Londres cet après-midi quand j'aurai fini de travailler avec Ciel ? Je pourrais passer la nuit à Hackney et revenir demain matin.

Mrs Smith la serra dans ses bras.

— Bien sûr. Nous nous débrouillerons très bien sans toi pour une soirée.

Quand Casey retourna à l'étage, l'air soulagée d'un grand poids, Mrs Smith ressortit de sa poche la lettre de l'hôpital. Elle ouvrit le compartiment à bois de la cuisinière et déposa l'enveloppe sur les braises rougeoyantes. Le papier s'embrasa quelques secondes avant de se réduire en cendres.

– Un souci de moins, marmonna Mrs Smith pour elle-même.

Il s'était mis à bruiner. Elle espéra que ça continuerait. Ils venaient de vivre le mois d'avril le plus chaud de l'histoire ; un peu de pluie assouplirait peut-être le terrain à Badminton. Elle prit la cannelle et se prépara une nouvelle tasse de chaï.

Depuis que Casey avait dit à son père qu'elle ne le reverrait plus si Ciel était perdu pour toujours, elle avait ressenti un immense vide affectif. La douleur qu'une personne peut vous infliger était apparemment égale à l'amour qu'on lui vouait, et comme elle n'avait plus de maman, elle avait toujours eu le sentiment d'aimer son père deux fois plus que tout le monde. Le coup qu'il lui avait porté en la trahissant avait donc été en proportion. En outre, elle avait du mal à lui pardonner d'avoir confié au reporter d'un journal à scandale son passé de cambrioleur et caché à sa propre fille qu'il avait perdu son emploi.

Elle avait honte de s'avouer qu'une partie d'elle-même l'avait cru coupable du vol dont on l'accusait. Deux mois plus tôt, elle aurait juré sur ce qu'elle avait de plus cher qu'il était innocent, mais aussi que rien ne pourrait jamais le convaincre de vendre le cheval de sa fille dans son dos. Il l'avait pourtant fait, et en plus, il avait vendu Ciel à sa pire ennemie.

Néanmoins, c'était à cause de ses fréquentations qu'elle avait fini par couper les ponts avec lui. Quand elle avait débarqué au 414 et découvert Big Red assis sur sa chaise à elle, à la table de son père, avec son visage rougeaud et ses tatouages, en train de se comporter comme s'il était chez lui, elle avait perdu pour longtemps sa foi en Roland Blue.

À présent, elle s'en voulait énormément. Son père était si heureux d'avoir été pris en apprentissage à l'atelier de couture. Il lui avait dit au moins dix fois qu'il avait le sentiment d'avoir enfin trouvé sa voie, son talent spécifique. La sublime veste de saut d'obstacles qu'il lui avait faite l'avait amplement démontré. Elle aurait dû savoir que jamais il n'aurait couru le risque de mettre en péril le travail qui faisait sa joie et sa fierté. Elle n'aurait pas dû douter de lui.

Le bus à accordéon qui transportait Casey la recracha à Hackney, pratiquement au pied de la tour Redwing. Elle avait les nerfs en pelote. Elle désirait si fort que sa relation avec son père redevienne comme avant, quand ils étaient seuls contre le reste du monde, tous les deux. Elle voulait qu'il vienne à Badminton. Qu'elle gagne ou qu'elle perde, ce ne serait pas pareil sans lui.

En montant l'escalier couvert de graffitis, elle songea soudain que son père ne serait peut-être même pas là. Elle n'avait pas voulu l'appeler avant, pour lui faire la surprise. À présent, elle se rendit compte qu'il pouvait être à l'atelier, au pub ou même chez les

Singh. Dans ce cas, elle se retrouverait le bec dans l'eau, parce qu'elle n'avait pas pris sa clé.

Quand elle arriva au quatrième étage, le duvet de sa nuque se hérissa. Pour la centième fois, elle se reprocha sa puérilité. Il n'y avait pas de croque-mitaine dans le couloir, personne ne rôdait en attendant sa prochaine victime. Jamais.

Elle s'apprêtait à frapper à la porte de l'appartement lorsqu'une main de la taille d'un gant de base-ball la saisit par le poignet et qu'une voix lui susurra à l'oreille :

– Alors, l'amoureuse des chevaux, on vient rendre visite à son papa ?

Casey fut prise d'autant de colère que de frayeur. Elle essaya de se dégager, mais Big Red avait la force d'un super méchant de bande dessinée. Le sang reflua lentement de ses doigts.

– Qu'est-ce que vous faites ici ? demanda-t-elle avec autorité. Pourquoi ne laissez-vous pas mon père tranquille ?

Le géant s'esclaffa.

– Ne me dis pas que tu as cru à ses salades, quand il a dit qu'il avait changé et qu'il serait honnête à partir de maintenant ? Aïe, à ta tête, je vois que si. Désolé, chérie, ça ne marche pas comme ça. Papounet n'a pas précisé qu'il avait accepté de faire un petit boulot pour moi dans un jour ou deux ? Ne prends pas l'air si choquée. Tu auras droit à ta part du gâteau, j'en suis sûr. C'est un passe-temps qui coûte cher, l'équitation. Tu seras contente d'avoir un peu de fric en plus.

– Je préfère mourir de faim plutôt que d'accepter un seul penny d'argent volé, cracha Casey.

Il lâcha son poignet. Elle secoua la main pour tenter de relancer la circulation.

– Fais ce que tu veux. Comme tu as pu le voir quand ton père a vendu ton cheval, il y a deux mois, Roland n'est pas forcément du même avis. Crois-en un homme qui est bien placé pour le savoir : quand on commence à voler, on ne s'arrête jamais. Bon, tu vas frapper, ou tu veux que je le fasse ?

– En fait, dit Casey, j'allais partir.

27

Dans le camion, par chance, le silence régnait. C'était un grand camion confortable et moderne que leur avait prêté un couple de champions de saut d'obstacles qui mettaient leurs chevaux en pension au centre équestre de White Oaks. Après avoir fermé la porte à clé, Casey se laissa tomber sur le lit et se prit la tête dans les mains. Elle les remercia en pensée de lui avoir fourni un refuge loin de la foule, des sourires et des questions au sujet du concours de Badminton.

Aussi loin que remontaient ses souvenirs, concourir à Badminton avait toujours été son rêve. Et pourtant, maintenant qu'elle était sur le point de le réaliser, elle n'en avait plus vraiment le courage. Oh, bien sûr, elle ferait de son mieux. Pour Ciel et pour Mrs Smith, pour Peter, pour Eric Wu et Jin, venus tous les deux dans le Gloucestershire – Jin pour aider Mrs Smith à préparer Ciel et Eric Wu pour être à disposition en cas de blessure. Il avait toujours tendance à éructer en mandarin, mais Casey le soupçonnait d'être devenu secrètement fan de Ciel, tout autant que Jin.

Pour eux, elle y mettrait donc tout son cœur, mais ce cœur avait tellement souffert dernièrement qu'elle ne trouvait pas l'énergie de se soucier du résultat pour elle-même. Si son père n'était pas à ses côtés, s'il ne l'aimait pas assez pour éviter de faire des bêtises, quelle importance tout cela avait-il ?

La nuit précédente, elle n'avait pas fermé l'œil. Elle s'était agitée et retournée des heures entières, tourmentée à l'idée que, pendant que des innocents dormaient tranquillement au fond de leur lit, son père était peut-être occupé à faire le sale « petit boulot » dont Big Red avait parlé. Qu'est-ce que ce serait, cette fois ? Un vol à main armée ? Un autre millionnaire à qui quelques milliers de livres ne manqueraient pas ?

Son père n'était pas le seul homme qu'elle avait à l'esprit. L'excitation d'arriver à Badminton en tant que participante avait été légèrement ternie à la vue de Peter traversant le parking bras dessus bras dessous avec une belle blonde.

Casey s'était pourtant surprise à espérer quand il avait rompu avec Lavinia, près de cinq semaines plus tôt, juste avant de quitter White Oaks. Pendant son séjour dans le Kent, Casey et lui avaient renoué, mais pas de la manière dont Casey l'aurait souhaité. Il avait été charmant et d'un grand soutien, mais distant. Elle avait espéré qu'il resterait au moins une semaine, mais il était reparti au bout de trois jours. Elle aurait tant voulu qu'il dorme à Peach Tree Cottage, pendant son séjour dans le Kent, et qu'un soir il oublie Lavinia et l'embrasse, elle, mais il avait préféré réserver une chambre d'hôte dans le coin et affirmait qu'il ne pouvait pas annuler.

Casey s'était imaginé qu'en la revoyant à Badminton, il recommencerait à la regarder de cette façon spéciale, un peu pensive, qui l'agaçait tant autrefois mais suscitait désormais de longues rêveries béates le soir dans son lit. Mais tous ses espoirs avaient été réduits à néant lors d'une conversation téléphonique où il lui avait raconté sa rupture :

— On était franchement mal assortis, avait-il dit de Lavinia. Pour elle, s'amuser, c'est faire les boutiques à la recherche d'un sac à main en croco ou boire des cocktails au bar américain du Savoy. Pour moi, c'est voir naître un agneau ou pique-niquer sur une plage déserte des Cornouailles.

« Moi aussi, ça me plairait, tout ça », avait songé Casey avec mélancolie.

— Bref, avait continué Peter, on s'est rendu compte à peu près en même temps, elle et moi, que j'étais amoureux de quelqu'un d'autre.

En lorgnant la blonde à l'autre bout du parking, Casey ne pouvait guère lui reprocher d'avoir craqué pour elle. Mais elle aurait fait n'importe quoi pour être à la place de cette fille. L'idée qu'elle ait pu gâcher ses chances avec Peter et qu'il ne la regarderait plus jamais autrement que comme une amie, curieusement, était tout aussi douloureuse que tout ce que son père avait fait. Ça la rendait malade.

Un cheval hennit. Par la fenêtre, Casey vit Jin mettre les touches finales au pansage impeccable de Ciel. Il était magnifique. Casey devait constamment se pincer. Cela semblait miraculeux que le pied de son cheval ait guéri – à temps pour le championnat, en plus. La veille au soir, quand Ciel et elle avaient fait leur tour au trot devant le majestueux manoir de Badminton, elle était persuadée que les inspecteurs détecteraient chez Ciel quelque chose qui lui avait échappé – un reste de douleur tenace. Mais il avait réussi l'inspection haut la main.

Elle jeta un coup d'œil à sa montre. Il était trois heures et quart de l'après-midi. Dans moins d'une heure, elle allait faire une reprise de dressage devant des milliers de personnes et elle était encore en jean. Bon gré mal gré, elle enfila sa culotte d'équitation blanche, sa chemise sans manches et ses longues bottes rutilantes, puis elle attaqua sa coiffure et son maquillage. Elle aurait tant voulu avoir la broche en forme de rose de sa mère. Pour une raison qu'elle n'aurait su expliquer, elle y puisait de la force. Et, si elle y réfléchissait bien, de l'amour.

L'amour. C'était à cela que tout se résumait. Sans l'amour, toutes les fortunes et tous les trophées du monde ne valaient rien. Elle le savait depuis le début, mais elle avait eu du mal à y croire avant de le vérifier par elle-même.

On frappa quelques coups à la porte du camion. Pensant que c'était Mrs Smith ou Jin, Casey cria :

– Entrez !

Elle vit arriver son père, grisâtre de fatigue, suivi d'un Indien en turban, vêtu d'un costume anthracite superbe, quoique inadéquat, et d'une chemise bleu clair, avec une pochette de soie assortie. Il avait un sac de sport à la main. Son père était en jean, comme d'habitude, mais il portait une chemise blanche fraîchement repassée et une élégante veste noire.

Casey laissa tomber sa brosse à mascara et se leva d'un bond.

– Papa ! Ravi ! Qu'est-ce que vous faites ici ?

Puis, se rappelant qu'elle avait fait le serment de ne plus jamais revoir son père :

– Écoute, ce n'est vraiment pas le bon moment. Je m'apprête à passer le dressage. Je ne sais pas pourquoi tu es venu. Je n'ai rien à te dire.

– C'est pour le dressage qu'on voulait te voir…, commença son père.

Il ouvrit les bras pour l'enlacer. Elle s'écarta.

Roland se décomposa, mais il avait prévu de dire un certain nombre de choses et il était décidé à le faire.

– Casey, je sais que tu es toujours en colère contre moi à cause de Ciel, que tu ne me le pardonneras probablement jamais…

Elle passa à l'attaque :

– Il ne s'agit pas de Ciel. Il s'agit de ce que tu as fait hier soir ou le soir d'avant. Je suis sûre que tu préférerais que Ravi l'ignore, mais je vais le dire quand même. Il s'agit de tes cambriolages de maisons ou de banques ou de je ne sais quoi… de ce que tu mijotes avec Big Red.

Son père était stupéfait.

– De quoi parles-tu ? C'est insensé. Qui t'a mis cette idée en tête ?

– Big Red lui-même ! s'écria Casey. Je le tiens directement de cet odieux personnage. Je venais te voir, quand il m'a appris que tu avais accepté de faire un « petit boulot » pour lui. Il a sous-entendu que tu me donnerais peut-être même une part du butin pour financer mon « passe-temps », l'équitation.

Roland Blue était un homme d'un naturel affable mais, à ces mots, il se mit à trembler de rage.

– Je vais le tuer ! tonna-t-il.

Ravi leva les yeux au ciel.

– Bravo, ça va arranger les choses !

Il prit Roland par le bras et le força à s'asseoir.

– Si tu veux bien me pardonner de vous interrompre, Casey, je pense que je me débrouillerai mieux que ton père pour les explications.

Casey garda le silence. Il alluma la bouilloire électrique et mit des sachets de thé dans trois tasses.

– Il y a deux mois, alors qu'il était saoul et désespéré – à cause de mes fausses accusations –, ton père a accepté un rendez-vous avec Big Red. Il l'a regretté aussitôt, mais comme tu le sais, Big Red n'a pas l'habitude de s'entendre dire non. Le jour où tu es montée à Londres pour t'expliquer avec ton père au sujet de la vente de ton cheval, Big Red venait juste d'arriver. Après ton départ, ton père était dans un tel état que lorsqu'il lui a demandé de conduire la voiture pour s'enfuir après le pillage d'un entrepôt…

– J'ai dit «Oui, non, je ne sais pas», pour être exact, continua Roland. D'un côté, j'avais le sentiment que j'avais fichu ma vie en l'air et que je pouvais aussi bien aller jusqu'au bout et la détruire complètement, mais d'un autre côté, j'essayais juste de me débarrasser de lui pour pouvoir réfléchir.

– Big Red a interprété ça comme un oui, reprit Ravi en tendant une tasse de thé à Casey. J'étais avec ton père quand il est revenu, il y a deux jours. Ça s'est assez mal passé quand nous avons essayé de lui faire comprendre que ton père ne rejoindrait sans doute jamais sa bande de truands. Par chance – ou par malchance –, j'ai été chef de gang dans ma jeunesse et je ne me laisse pas facilement intimider.

Casey tenta de concilier ce qu'elle savait de cet homme raffiné et courtois avec l'image d'un jeune voyou rebelle. Le seul indice de sa vie passée était une trace noire incurvée qui dépassait du col de sa chemise, sur sa nuque : un tatouage.

Ravi posa la main sur l'épaule de Roland.

– C'est vrai que ton père travaillait, ces deux dernières nuits, mais il était chez Half Moon, pas en train de cambrioler des banques. Je le sais parce que suis resté avec lui pendant ces deux nuits blanches. L'une des choses qui m'ont plu chez Roland quand je lui ai fait passer son entretien, il y a deux ans, c'est qu'il a dit qu'il voulait devenir tailleur parce qu'il rêvait de te faire une queue-de-pie de dressage quand tu te serais enfin qualifiée pour le concours hippique de Badminton. À l'époque, tu n'avais même pas de cheval et j'ai trouvé ça fabuleusement touchant qu'un homme croie tellement en sa fille. Bien sûr, il avait prévu de faire cette queue-de-pie depuis des mois. Je lui ai mis des bâtons dans les roues en le virant. C'était la moindre des choses, que je l'aide à la terminer.

Il ouvrit son sac de sport et en sortit un grand paquet enveloppé dans du papier kraft. Sans voix, Casey le lui prit. Quand Ciel était blessé, Mrs Smith et elle avaient été bien trop occupées à le soigner pour se demander comment elles feraient pour trouver un chapeau haut de forme et une queue-de-pie de dressage, si du moins elles arrivaient jusqu'à Badminton. Quand elles y avaient enfin pensé, paniquées, elles avaient réussi à emprunter l'un et l'autre à la dernière minute, mais le chapeau était trop large et Casey avait peur qu'il ne tombe, et la veste noire était trois tailles au-dessus de la sienne. Dans cette tenue, Casey avait l'air d'un Monsieur Loyal.

Après un coup d'œil à son père, qui la regardait avec appréhension, elle déchira le paquet. À l'intérieur, elle trouva une queue-de-pie bleu nuit doublée de soie rouge vif. Un vrai travail d'artiste, mais ce n'était pas la seule chose qu'elle avait de spécial.

Sur les épaules, une délicate rangée de roses rouges et roses étaient brodées, avec deux roses miniatures assorties sur chaque poignet.

Casey en eut les larmes aux yeux. Elle avait compris tout de suite ce qu'elles signifiaient et cela rendait ce cadeau encore plus précieux. C'était comme si l'amour de sa mère était cousu dans chaque point de la broderie.

— Elle est sublime.

— J'ai aidé ton père à la tailler et à la doubler, expliqua Ravi. Mais la coupe, les roses et les broderies faites main, c'est son œuvre. Roland est un tailleur exceptionnellement doué. Il trouvait un peu fade la queue-de-pie de dressage traditionnelle et j'étais d'accord. Nous avons pensé qu'elle avait besoin d'une touche de jeunesse, de gaieté et de style. Après tout, tu es la plus jeune cavalière à participer au concours de Badminton.

— Ça te plaît, ma puce ? demanda nerveusement Roland. J'étais affolé à l'idée que tu aies déjà passé le dressage. Nous étions censés arriver il y a des heures, mais deux trains ont été annulés et nous avons dû attendre une éternité qu'un taxi arrive de Bath.

Casey le serra de toutes ses forces dans ses bras.

— Je l'adore, papa. C'est la plus belle veste que j'aie jamais vue. Je ne sais pas quoi dire. Je ne pense pas la mériter.

— Je ne peux pas te reprocher d'avoir douté de moi après ce que j'ai fait, répondit-il, la voix chargée d'émotion. Tu finiras peut-être un jour par me pardonner ce qui s'est passé avec Ciel, mais moi, je ne me le pardonnerai jamais. En revanche, je peux te promettre une chose, Casey. Tant que je vivrai, rien, mais alors vraiment rien ne pourra me convaincre de voler ne serait-ce qu'une pomme. Je t'en prie, fais-moi confiance là-dessus. Je veux te rendre aussi fière de moi que je le suis de toi, et grâce à Ravi, j'y parviendrai peut-être.

– Le chapeau ! se rappela Ravi. Donne-lui le chapeau.

Roland fouilla dans son sac à dos et en sortit délicatement un haut-de-forme enveloppé dans du papier de soie. Il le déballa et le tendit à Casey. Elle le mit sur sa tête avant d'enfiler la queue-de-pie. Les deux lui allaient à la perfection.

Des pas se firent entendre sur le marchepied. Mrs Smith entra précipitamment.

– Casey, tu es prête ? Nous sommes un peu en retard…

Elle s'arrêta. Son regard passa de Casey à Roland Blue puis à Ravi Singh, tandis qu'elle découvrait la scène. Elle salua les deux hommes d'un signe de tête.

– Ça me fait très plaisir de vous voir, tous les deux.

Elle fit le tour de Casey pour l'examiner sous toutes les coutures.

– Ma chérie, tu es superbe. Ainsi que Ciel, si je peux me permettre. Si vous ne gagnez pas des points supplémentaires pour la présentation, tous les deux, je mangerai le haut-de-forme qu'on t'a prêté. Bien, tu es prête ?

Pour la première fois depuis des semaines, le sourire de Casey illumina jusqu'à son regard.

– Quoi qu'il arrive, n'oublie pas que je ne pourrais pas être plus fière de toi, ajouta Mrs Smith.

– Bonne chance…, lança Ravi avant de se plaquer une main sur la bouche. Oups, ça porte malheur de dire ça, peut-être ? Je croise les doigts.

Son père sourit.

– Vas-y, ma grande, tu vas tous les écraser.

Un caprice du destin avait voulu qu'Anna Sparks soit la cavalière précédant Casey au dressage à seize heures dix. Perdre Ciel n'avait pas du tout affecté ses préparatifs pour Badminton. Loin de là. Lionel Bing avait fait un si beau bénéfice lors de la transaction qu'il en avait volontiers donné une partie à l'Allemand Franz Mueller, médaille d'argent aux Jeux olympiques, pour lui emprunter pendant un an son cheval de champion, Beau Témoin.

Mueller avait subi de multiples fractures quand un jeune cheval qu'il était en train de dresser avait été effrayé par un fou en voiture de sport. Au repos forcé pour le reste de la saison, il avait été absolument ravi qu'une cavalière du niveau d'Anna continue à affiner le talent déjà considérable de Beau Témoin.

Anna Sparks était tout aussi enchantée. Le cauchemar qu'elle avait vécu avec Ciel d'Orage lui semblait lointain, à présent – rien de plus qu'un cauchemar. En racontant l'incident à des amis, elle avait déclaré que Ciel était « un âne déguisé en pur-sang » et prétendu que son père le lui avait imposé. Elle ne lui en voulait pas, avait-elle confié à sa meilleure amie Vanessa, parce que dès la semaine suivante, il lui avait trouvé un « vrai cheval » qui était largement capable de gagner à Badminton.

Sur ce point, au moins, elle disait vrai. Le vendredi après-midi, son indéniable talent et l'habileté de Beau Témoin en dressage se combinèrent pour produire un effet fabuleux. Un score de trente-deux points et un dixième les propulsa directement au sommet du classement.

Quand Casey entra dans la carrière et vit Anna sur Beau Témoin, un sensationnel cheval bai avec quatre balzanes blanches, le présentateur était en pleine envolée lyrique.

– Quelle performance. Quelle performance ! Trente-deux points et un dixième. Voilà ce qu'on recherche ici, mesdames et messieurs. Voilà pourquoi Beau Témoin a remporté une médaille d'argent aux derniers Jeux olympiques et pourquoi Anna Sparks est présentée partout comme le jeune talent le plus prometteur des concours hippiques. Il est difficile d'imaginer quelqu'un battre ce score aujourd'hui.

En croisant Anna, avant qu'elle lui jette un de ses regards noirs, Casey lui glissa rapidement :

– Bravo. Superbe score.

Elle dut faire un gros effort pour se montrer fair-play mais Mrs Smith lui avait répété que c'était important de rester irréprochable sur le plan moral.

Anna fut si surprise qu'elle faillit tomber de son cheval. Elle l'arrêta.

– Merci. Bonne chance. Qu'est-ce que tu as dit il y a deux ans, déjà ? Que tu me retrouverais à Badminton et que la meilleure cavalière l'emporterait ?

– C'est ça, quelque chose dans ce goût-là.

Anna lui sourit froidement.

– Eh bien, nous y sommes. Que la meilleure gagne.

28

Le concours complet d'équitation de Badminton se déroulait dans la propriété de sept cent cinquante hectares que le duc de Beaufort possédait dans le Gloucestershire depuis 1949. À l'époque, on l'avait présenté comme le concours hippique le plus important de Grande-Bretagne. Quarante-sept cavaliers, pour la plupart officiers de cavalerie, y avaient participé l'année de son inauguration, moyennant des frais de participation de deux livres. Au cours des trois jours, cette compétition avait attiré plus de six mille spectateurs. Les gens s'asseyaient sur des bottes de foin. Le premier prix était de cent cinquante livres et le concours avait fait un profit de vingt livres.

On racontait que le premier parcours de cross avait d'abord été conçu en miniature sur un piano à queue. La technique de nombreux cavaliers de l'époque, quand ils abordaient les obstacles les plus terrifiants, consistait à fermer les yeux et à espérer en talonnant leur monture. À partir de 1951, Badminton s'était

« ouvert au monde » et il en était sorti une foule d'histoires intéressantes. Le gagnant de 1960 était un éleveur de vaches laitières australien, Bill Roycroft, montant un cheval de trait d'un mètre cinquante-deux au garrot. Ses compatriotes et lui, en allant à Rome pour les Jeux olympiques, entraînèrent leurs chevaux sur le pont du navire qui les y emmenait.

Quand il vit le parcours de cross, il dit avec un sourire ironique :

– Il y a là des obstacles dans lesquels on pourrait tomber, être enseveli et disparaître à tout jamais.

Plus surprenante encore était « l'infirmière galopante », Jane Bullen, qui avait gagné à Badminton en 1978 sur le poney familial, Our Nobby, d'un mètre quarante-cinq au garrot. L'élégante Sheila Wilcox avait remporté le trophée trois années successives, et Lucinda Green, six fois. Mais l'expérience ne payait pas toujours. Le grand champion Andrew Nicholson participait au concours de Badminton tous les ans depuis plus de trente ans et n'avait jamais gagné.

À mesure que les concours complets étaient devenus plus compétitifs et plus professionnels, le processus de qualification pour Badminton s'était fait plus draconien. La plupart des cavaliers mettaient cinq ans au minimum pour y parvenir. Des limites d'âge furent imposées. On n'avait pas le droit d'y participer avant l'année de son dix-huitième anniversaire. En raison des nouvelles réglementations, seule une poignée de cavaliers comptant parmi les meilleurs du monde obtenaient une note suffisante. C'était devenu le concours hippique le plus dur et ceux qui le sous-estimaient, ou venaient sans être suffisamment préparés, risquaient de payer le prix ultime.

Quand Casey arriva à Badminton, quatre-vingt-dix candidats sur cent cinquante avaient été retenus ; l'épreuve de dressage devait se dérouler sur deux jours. Au cours des trois jours du concours, cent vingt mille spectateurs affluèrent dans le parc. Le jeudi, le temps se gâta. Après des semaines de chaleur implacable, ce fut un soulagement. Les foules trempées échappèrent au pire de l'orage sous les tentes où l'on vendait du matériel d'équitation, des épices, des œuvres d'art représentant des chevaux, des polos, des paniers pour chiens et beaucoup de tweed.

À l'aube, le vendredi, il faisait humide et le ciel était couvert. Chez les concurrents de l'épreuve de dressage, on se réchauffa avec des cappuccinos et des bières devant un hamburger fumant ou un sandwich au fromage gratiné. Certains, comme Mrs Smith, Roland Blue et Ravi Singh, emportèrent des pots de fraises à la crème fouettée dans la tribune pour être là quand le présentateur annoncerait de sa voix tonitruante :

– Ensuite, nous avons la plus jeune concurrente sur le terrain : Casey Blue, dix-sept ans, sur Ciel d'Orage.

Après quarante-huit heures de chamboulements successifs, Casey avait eu moins de temps pour dormir et se préparer qu'elle ne l'aurait souhaité, mais quand elle entra sur la piste de dressage au petit galop rassemblé, frémissante d'excitation et de trac, elle éprouvait une tranquille assurance. Lorsqu'elle arrêta Ciel pour saluer les juges, elle avait l'impression que sa nouvelle queue-de-pie était un magnifique bouclier. La doublure de soie faisait comme un baume contre sa peau.

Mrs Smith disait souvent que pour réussir, dans un sport, il faut surmonter une série d'obstacles psychologiques. « Jusqu'à ce que Roger Bannister coure un mile[1] en moins de quatre minutes, tout le monde pensait que c'était impossible. De nos jours, n'importe quel joggeur du week-end peut y arriver. Pareil pour Edmund Hillary. Quand il a gravi l'Everest en 1953, c'était un exploit inimaginable. Aujourd'hui, on peut presque y monter en patins à roulettes. »

Elle avait répété cette théorie quand elles installaient Ciel pour la nuit, lors de leur premier soir au championnat. « Ce que je te dis, c'est de ne pas te laisser affecter par la pression d'être l'une des plus jeunes cavalières au monde à avoir participé à Badminton. Souviens-toi qu'il y a une centaine d'obstacles environ — je compte chaque figure individuelle de ta reprise de dressage — entre toi et le trophée. N'importe lequel d'entre eux peut réduire à néant les espoirs d'un cavalier. Concentre-toi exclusivement

---

1. Environ 1,6 kilomètre.

sur chaque obstacle l'un après l'autre et fais de ton mieux. Si quelque chose va de travers, passe à la suite aussi vite que possible. Oublie le classement et ce que font les autres. Une bonne technique et le lien entre Ciel et toi, ce sont les seules choses qui comptent. »

La plus grande peur de Casey, c'était d'oublier la reprise, mais Mrs Smith lui avait suggéré d'en apprendre le rythme, un peu comme une chanson. À présent, elle voyait que chaque figure découlait naturellement de la précédente. *Changement de pied au trot moyen, épaule en dedans à gauche, cercle à gauche (huit mètres de diamètre), appuyer à gauche…*

Sous elle, Ciel semblait léger comme l'air. Il avait eu peu d'expérience des concours depuis Blenheim, près de sept mois plus tôt, mais il était détendu et heureux, en pleine forme, et il débordait d'assurance. Il avait les oreilles dressées vers l'avant et les yeux brillants quand ils passèrent du trot allongé au trot rassemblé. *Épaule en dedans à droite, cercle à droite…*

Un jour, Mrs Smith avait dit que monter son cheval de dressage de haut niveau, Insouciant, c'était comme chevaucher une créature mythique. Ciel lui faisait cet effet-là, à présent – il n'était que puissance et grâce. Il paraissait flotter sous Casey tandis qu'elle lui faisait faire un changement de pied au pas allongé, un arrêt puis un reculer de cinq pas.

Jusqu'ici, tout allait bien, mais à cause de l'exubérance naturelle de Ciel, le petit galop rassemblé qui aurait dû suivre ressembla davantage à un sprint de cheval de course. Se remémorant le conseil de Mrs Smith, Casey se concentra sur la serpentine à trois boucles pour tâcher de marquer dix points, mais Ciel bouillonnait et ils ratèrent le premier changement de pied en l'air.

Roland, qui les regardait depuis la tribune, vit sa fille réorienter ses priorités. Sa posture et ses mains s'adoucirent jusqu'à ce qu'elle semble se fondre avec le cheval, ne faire qu'un avec lui.

– C'est le moment le plus dur, chuchota Mrs Smith. Une serpentine à cinq boucles, passer du galop à juste au contre-galop, puis deux changements de pied en l'air, un vrai problème avec Ciel.

Une minute après, elle dut se retenir de sauter en l'air et de crier de joie.

– Ils ont réussi ! Je n'arrive pas à le croire – ils ont réussi. Ce n'était pas parfait, mais ce n'était pas loin.

Ciel s'engagea au trot dans la longueur du milieu et s'immobilisa. Il ne remua pas une oreille. Casey salua les juges et quitta la carrière au pas, rênes longues. Ciel, l'encolure arquée et la démarche orgueilleuse, paraissait savourer les applaudissements.

– Si c'est confirmé, cette performance leur vaudra un score de quarante-quatre points et demi et les placera à la quatorzième place, annonça le présentateur.

– Qu'est-ce que ça veut dire ? demanda Roland Blue en applaudissant si fort qu'il se fit mal aux mains.

Mrs Smith répondit avec un sourire :

– Ça veut dire qu'un voyage de mille kilomètres commence avec un premier pas.

Quand le résultat de Casey Blue en dressage fut affiché, Jackson Ryder, du magazine *New Equestrian*, quitta l'espace réservé à la presse avec un laissez-passer provisoire et partit à sa recherche.

Comme il s'y attendait, elle était en train de rincer Ciel au jet d'eau elle-même, en jean et sweat-shirt. Beaucoup de cavaliers laissaient leurs palefreniers tout faire, touchant à peine leur cheval avant de se mettre en selle. Il avait deviné que Casey n'était pas de ceux-là. Il l'observa de loin pendant qu'elle discutait avec son énigmatique entraîneuse et une jeune amie asiatique. Il remarqua le fils du maréchal-ferrant, Peter, qui contourna le camion par le côté, resta un moment à regarder Casey d'un air mélancolique, puis repartit. Aucune des trois femmes ne l'avait vu.

Quand Casey quitta les autres pour emmener Ciel dans les célèbres écuries de Badminton, il la rejoignit et se présenta.

– Beau résultat en dressage. Comment te sens-tu ? demanda-t-il.

Elle lui adressa un sourire si radieux que Jackson se rappela son extrême jeunesse.

– J'ai le sentiment d'être la fille de dix-sept ans la plus chanceuse du monde. En même temps, c'est un peu irréel, tout ça. Je veux dire, regardez.

Elle entraîna le journaliste et Ciel dans la cour de l'écurie qui flanquait le manoir de Badminton, où la famille et les ancêtres du duc de Beaufort résidaient depuis quatre siècles. Des chevaux à la robe chatoyante broutaient ses pelouses. Cette écurie aurait été digne de la famille royale. Casey ouvrit la porte d'un box et Ciel la suivit dedans. Un chat de gouttière dodu sauta du rebord de la fenêtre et miaula gaiement pour les saluer.

– Willow, expliqua Casey. Le compagnon de box de Ciel.

Ciel baissa la tête pour prendre deux bonbons à la menthe dans sa main, puis la caressa du bout du nez et tâta ses poches pour essayer de lui en soutirer d'autres.

Elle le repoussa affectueusement.

– Nous sommes ici depuis seulement deux jours et il a déjà pris la grosse tête.

Jackson s'était justement demandé si sa nouvelle étiquette de «plus jeune concurrente de Badminton de tous les temps» avait donné la grosse tête à celle qui avait été «la fille aux ânes», mais si tel était le cas, cela ne se voyait vraiment pas.

– Et ça, qu'est-ce que c'est? demanda-t-il quand elle sortit quelque chose d'un sac-poubelle posé dans un coin du box.

– Mon sac de couchage.

Il écarquilla les yeux.

– Tu dors ici, avec Ciel? Pas dans le camion ou à l'hôtel?

Elle parut s'étonner de sa surprise.

– C'est une rude épreuve pour Ciel et je ne veux

336

pas qu'il se sente seul ou dépassé. Je veux qu'il sache qu'on va affronter ça ensemble et que je veillerai sur lui à chaque étape.

En retournant à l'espace presse, Jackson Ryder essaya d'imaginer Anna Sparks dormant sur le sol de l'écurie de Badminton pour que Beau Témoin se sente rassuré et protégé. C'était d'une invraisemblance comique. Il songea que tous les grands de chaque discipline, de la course de plat au dressage, avaient noué un lien très fort avec leur cheval. Ceux qui ne le faisaient pas avaient souvent à le regretter.

De retour à l'espace presse, il garda ses impressions pour lui. Ils avaient beau adorer les histoires qui font chaud au cœur, la majeure partie de ses collègues avaient fait une croix sur Casey, qu'ils jugeaient trop jeune, trop inexpérimentée et dotée de trop peu de moyens pour faire sensation à Badminton. S'il avait été propriétaire, Jackson Ryder aurait été prêt à parier sa maison qu'ils se trompaient.

29

Lloyd Barton-Jones, commentateur de la BBC, croqua sa troisième pastille au citron et au miel contre les maux de gorge et, au signal du réalisateur, se pencha en avant avec enthousiasme.

– Ça y est, la formidable Anna Sparks est partie au galop sur la piste de cross de Badminton, débita-t-il. Regardez la foule. Les nuages de tout à l'heure se sont dissipés et la journée est devenue presque caniculaire. Les fans d'équitation sont revenus en masse. Ils sont tous là, des grands-mères tombées amoureuses des chevaux après avoir vu Elizabeth Taylor dans *Le Grand National* aux parents qui ont aimé Tatum O'Neal dans *Sarah*[1], avec leurs gamins du poney-club. La plupart espèrent la victoire d'Anna, qu'ils aimeraient voir devenir la plus jeune cavalière à avoir jamais gagné ce concours. À en juger d'après la façon dont elle s'envole au-dessus des premiers obstacles sur

---

1. Suite du *Grand National*, ce film est sorti en 1978.

Beau Témoin, la monture avec laquelle Franz Mueller a raflé la médaille d'argent aux Jeux olympiques, ils ne seront pas déçus, même si le parcours de cross nous réserve généralement quelques surprises. Ces deux dernières années, nous avons vu des légendes de l'équitation, Mark Todd et Mary King, sans parler de Pippa Funnell et de William Fox-Pitt, montrer que l'expérience compte à Badminton. Toutefois, cette semaine, les plus jeunes champions du circuit semblent annoncer la relève de la garde.

Pendant que la caméra filmait la progression d'Anna, Lloyd Barton-Jones fit des signes frénétiques à un stagiaire pour qu'il lui apporte un verre d'eau. Sa gorge le piquait à nouveau.

– Bien sûr, la plus jeune des concurrents est Casey Blue, qui n'a que dix-sept ans et sept mois. Sa participation au concours de Badminton a suscité beaucoup de controverses pour des questions de sécurité. Personne ne peut nier que Ciel d'Orage et elle ont mérité d'accéder au plus grand championnat d'équitation, mais il semble utile de souligner que la majeure partie de leurs succès date de la saison dernière. Ils ont collectionné les performances désastreuses et les blessures cette saison. Malgré tout, Casey a réussi les rigoureuses épreuves de qualification pour Badminton et c'est tout ce qui compte. D'ailleurs, elle a obtenu un résultat très honorable en dressage hier, en finissant quatorzième.

« Mais le cross a la particularité de faire le tri entre

les petits garçons et les hommes… ou, devrais-je dire, entre les petites filles et les femmes. Anna Sparks n'a peut-être que dix-huit ans et deux cent vingt-cinq jours, mais c'est l'une des jeunes cavalières les plus talentueuses du monde, qui peut s'appuyer sur une grande expérience de la compétition. En plus, elle monte un cheval médaillé aux Jeux olympiques, tandis que Casey, comme tout le monde le sait, est sur son cheval à un dollar, Ciel d'Orage. Il faut admettre qu'Anna a l'avantage.

« Oh là là, regardez avec quelle facilité Anna aborde l'obstacle numéro dix, la Cuvette de Robin des Bois ! Un saut parfait par-dessus les fleurs qui ont été tellement malmenées ce matin. Beau Témoin fonce comme un TGV – un peu trop vite, peut-être, mais Anna sait certainement ce qu'elle fait.

« Elle a franchi le Fossé du presbytère et se dirige vers la Mare aux poulains. Le cheval hésite, mais il n'est pas question qu'elle le tolère. Ils passent avec force éclaboussures. Oh là là, elle s'est montrée drôlement ferme pour lui faire franchir cet obstacle très impressionnant, qui est l'un des plus difficiles du parcours ! Maintenant, Beau Témoin va encore plus vite. Elle le fait sacrément courir.

Lloyd Barton-Jones convoqua le stagiaire pour avoir un autre verre d'eau. Il se demanda s'il pouvait se permettre de sucer une pastille pour la gorge à l'antenne. Il était secrètement préoccupé par l'agressivité et la vitesse avec lesquelles Miss Sparks attaquait le cross, mais il n'était pas prêt à partager ce sentiment avec les fans de la jeune fille.

– L'expérience et le talent finissent toujours par se voir, affirma-t-il. Et peu de cavaliers en ont autant que cette jeune femme. Observez la façon dont elle pousse Beau Témoin dans le Chemin enfoncé. J'espère qu'il a du souffle, ce cheval. Ils vont vraiment vite. Mais ils ont survécu à la Quête en forêt et au bond par-dessus les camions rouges – du gâteau pour ce duo – et ils descendent vers le terrible groupe de lacs. Une foule immense s'est rassemblée ici aujourd'hui. Il y a des tonnes de paniers de pique-nique, de chiens réjouis et de fumée de viande au barbecue. Une véritable ambiance de carnaval.

« Anna a réussi à franchir le premier obstacle, la Haie ondulée – aïe, elle a un peu cafouillé, ça aurait pu mal tourner. Elle a choisi la trajectoire la plus courte. Ils font un brusque virage à gauche pour sauter la deuxième haie avant d'atterrir dans le lac et… NOOOON, C'EST INCROYABLE, ANNA EST À LA BAILLE ! Anna Sparks est dans le lac. Elle a essayé de faire tourner son cheval pour en ressortir et il a trébuché dans l'embardée. On pourrait penser qu'il l'a éjectée. Si je ne savais pas que c'est impossible, je dirais qu'il l'a fait exprès. Elle est indemne, mais une chute après un obstacle d'eau… ou n'importe quel obstacle, d'ailleurs… entraîne automatiquement l'élimination. Pour Anna Sparks, le rêve de gagner à Badminton, c'est fini.

« La voilà debout, dégoulinante de boue – elle est loin d'afficher son flegme et son élégance habituels, il faut bien le dire, mais le cross met tous les cavaliers sur un pied d'égalité. Elle n'est pas contente, c'est évident. Un jour, le célèbre golfeur Chip Beck a dit qu'un échec catastrophique, c'est « subir l'épreuve de l'humiliation ». Eh bien, voilà ce que vit Anna Sparks en cet instant, je pense.

Devant ce qui arriva ensuite, Lloyd avala tout rond sa pastille pour la gorge. Anna sortit de l'eau avec fureur tel un monstre émergeant des profondeurs, le visage strié de traces noirâtres. Quelque chose de vert lui pendait de l'oreille, mais Lloyd n'aurait su dire si c'était de la vase ou une algue. Elle empoigna la bride de Beau Témoin et se mit à le fouetter avec sa cravache. Barton-Jones resta interloqué jusqu'à ce qu'il aperçoive les gesticulations frénétiques du réalisateur et se rappelle que des millions des téléspectateurs attendaient ses commentaires.

– Oh là là, ce n'est pas bon du tout, ça, reprit-il maladroitement. Pas bon du tout. Ça ne donne pas un bel exemple pour les dizaines de milliers de jeunes cavaliers qui considèrent Anna comme un modèle. Seigneur, qu'est-ce qui lui prend ? C'est si consternant que j'en perds mes mots. Les commissaires interviennent. Ils délivrent le cheval. J'ai bien peur que les organisateurs de Badminton reçoivent un déluge de plaintes. Il va y avoir une enquête poussée. La Société protectrice des animaux va avoir son mot à dire là-dessus. De même que Franz Mueller, qui sera furieux que son cheval ait été maltraité, je pense. Oh là là, c'est terriblement décevant.

Pour le plus grand soulagement de Barton-Jones, le cameraman se rappela soudain qu'il y avait d'autres concurrents sur le parcours et fit un gros plan sur Casey et Ciel. Le présentateur glissa une autre pastille pour la gorge dans sa bouche.

– On vient de m'informer que la jeune Casey Blue est retenue au dixième obstacle. Elle n'avait vraiment pas besoin de ça, si elle est stressée…

Curieusement, Casey pensait précisément le contraire. Elle n'avait aucune idée de ce qui se passait devant, à part qu'il y avait eu un incident au lac qui allait l'obliger à patienter cinq minutes. Sa première réaction avait été de paniquer. Ils avaient franchi les obstacles d'échauffement et les premiers obstacles vraiment difficiles des FEI Classics – elle avait entendu appeler ça « du saut d'obstacles sur longue distance » – et elle avait maintenu un bon rythme avec Ciel. La dernière chose dont elle avait besoin, c'était d'être immobilisée avant un obstacle d'une difficulté évaluée à neuf sur dix : trois bacs à fleurs qui constituaient la Cuvette de Robin des Bois – sauf que ce n'étaient pas du tout des bacs à fleurs, mais des obstacles très hauts, ronds et fins, avec un fossé entre chacun d'eux.

Mais tandis qu'elle attendait, Casey pensa que ce contretemps était peut-être un coup de chance. Elle n'avait pas encore eu l'occasion de tester la forme de Ciel sur trente obstacles éprouvants en près de six kilomètres et demi ; si elle arrivait, par quelque prodige, à le maintenir échauffé et prêt à foncer, ce temps de repos lui permettrait de récupérer. Si elle ne trouvait pas le bon équilibre, en revanche, il y avait un véritable risque que Ciel se dérobe ou s'emballe, ce qui leur coûterait vingt points de pénalité à chaque fois. Pire encore, il pouvait faire un faux pas ou mal évaluer la distance des bacs à fleurs, ce qui aurait des conséquences fatales. Aujourd'hui, un des concurrents avait déjà dû être transporté à l'hôpital par hélicoptère avec des blessures potentiellement mortelles après une chute à la Mare aux poulains.

Depuis la petite tribune à côté de l'obstacle, Mrs Smith, assise avec Roland Blue et Jin, observait sa protégée avec anxiété. Elle aussi pensait que ce n'était pas une mauvaise chose si Ciel avait un court moment de répit, même s'il semblait en pleine forme. Pendant son échauffement, ce matin-là, il bondissait comme un mustang que l'on vient d'attraper dans la nature.

Mais elle ne se faisait pas d'illusions sur les dangers que représentait une interruption en plein cross, surtout avant que le cavalier doive sauter un des obstacles les plus périlleux du parcours – une vraie vacherie, d'après Mrs Smith – avec peu d'élan. Elle pria en silence : « Pitié, faites qu'ils s'en sortent sains et saufs. »

Un trait de douleur lui scia l'abdomen. Elle hoqueta. Grâce à des séances d'acupuncture secrètes avec Eric Wu, elle avait eu le bonheur de vivre sans ces «pincements», comme elle aimait à les appeler, pendant tout le mois qui venait de s'écouler, mais il l'avait prévenue qu'il ne pourrait pas repousser éternellement le problème.

Elle avait ignoré son conseil et il n'avait pas insisté. Il était aussi sceptique qu'elle au sujet de la médecine occidentale.

– Ça va, Mrs Smith? demanda Roland Blue, inquiet.

– Très bien, merci. Cette glace que nous avons mangée tout à l'heure m'a donné une rage de dents.

Avant qu'il puisse la questionner davantage, le commissaire fit un signe et Casey se remit à galoper vers le premier bac à fleurs. Mrs Smith osait à peine regarder, mais Ciel s'éleva pour franchir les deux premiers avec aisance, puis sauta par-dessus le fossé et enjamba le dernier comme si c'étaient des pâquerettes dans un jardin de banlieue.

Casey avait un sentiment d'irréalité quand Ciel et elle franchirent l'oxer du Fossé du presbytère. Elle lisait depuis son plus jeune âge des articles au sujet de cet obstacle et de quelques autres combinaisons de saut comme le Chemin enfoncé. S'envoler au-dessus d'eux sur son propre cheval de feu, c'était comme si on lui avait tendu les clés de son plus beau rêve en lui disant qu'elle pouvait le vivre.

La Cour de ferme, le numéro 15, marquait le milieu du parcours. Ciel galopait avec régularité, mais il était à son allure maximale. Casey tenta en vain de le ralentir quand ils abordèrent la longue ligne droite avant l'obstacle d'eau, sautant la Quête en forêt et les deux camions rouges en chemin.

Casey Blue était l'un des derniers concurrents sur le parcours de cross et une foule de plusieurs dizaines de milliers de personnes s'était rassemblée autour du lac, attirée par des récits de plus en plus sensationnels de l'incident avec Anna Sparks, ainsi que de quelques chutes comiques qui n'avaient pas causé de blessures, sinon des blessures d'amour-propre. Les stands de *fish and chips* et de hamburgers dégageaient des arômes mêlés de graisse chaude, de viande grillée et de vinaigre, et un haut-parleur lointain diffusait Lady Gaga à plein volume.

Quand Casey et Ciel approchèrent, la cacophonie leur parvint comme s'ils venaient d'ouvrir la porte d'une boîte de nuit souterraine, et la jeune fille sentit sa monture hésiter. Elle passa la main sur son encolure pour l'apaiser et l'encouragea à continuer à l'aide de son assiette[1] et de ses jambes. Un souvenir enfoui depuis longtemps lui revint : elle se revit à quinze ans, ado dégingandée et passionnée de chevaux dont les méthodes se rapprochaient plus du cow-boy qui fait

---

1. Poids, position et mouvement du haut du corps du cavalier (et notamment du bassin) utilisés comme aide pour donner des ordres au cheval.

du rodéo que de la future championne d'équitation, essayant de convaincre un Patchwork récalcitrant de sauter par-dessus un empilement de vieux meubles bons pour la brocante agrémenté des pots de fleurs de Mrs Ridgeley, par de sinistres soirs d'hiver, au club épique de Hope Lane. Elle s'était mis dans la tête de gagner à Badminton sans jamais vraiment y croire. Sachant très bien qu'une fille comme elle, une fille venant d'une tour dans une cité des quartiers populaires, avec un père cambrioleur, avait plus de chances de gagner au Loto. Elle s'était laissé porter par la foi de son père et bien sûr, plus tard, par celle de Mrs Smith et de Peter. Elle avait cru en Ciel, mais elle avait eu plus de difficulté à croire en elle.

Et pourtant, elle était là, en train de galoper vers l'obstacle d'eau, sur les traces de cavaliers et de chevaux de légende. L'énormité de sa prouesse lui fit un tel choc qu'elle frémit sur sa selle. Des milliers de personnes étaient venues et la plupart la regardaient, elle. Des caméras de télévision renvoyaient à chaque seconde sa progression dans des millions de foyers autour du monde. Soudain, elle se sentit ridiculement jeune et inexpérimentée. Les obstacles lui parurent trop hauts, trop larges et trop solides. Le lac était traître. Infranchissable. Ciel était un cheval à un dollar, il n'était pas de taille.

C'est là qu'elle comprit que la victoire n'avait pas d'importance. Il suffisait qu'elle soit ici. Il suffisait que Ciel et elle se soient sauvés l'un l'autre, et qu'elle galope sur un cheval si rapide et souple qu'il semblait avoir des ailes. Il suffisait que Ciel et elle fassent tout leur possible. Si ce n'était pas assez bien, tant pis.

Le premier des obstacles qui menaient vers le lac, une haie étroite en tiges de jonc touffues, se dressa devant elle avant qu'elle ne soit prête, et elle dut se cramponner à la crinière de Ciel pour garder l'équilibre. Pendant la reconnaissance, à pied, Casey avait prévu d'opter pour la trajectoire la plus simple, mais Ciel obliqua brusquement vers la gauche quand ils atterrirent dans l'eau et faillit basculer. Ils s'étaient désormais engagés sur la trajectoire la plus courte et la plus difficile.

– Elle nous refait le coup d'Anna Sparks ! s'écria quelqu'un – mais par miracle, Casey parvint à s'agripper et Ciel à se ressaisir.

Encore quatre foulées et ils s'élevèrent, franchirent l'obstacle et sortirent du lac.

– Tu es génial, mon grand, absolument génial ! dit Casey en lui tapotant l'encolure. Tu es une star.

Ils avaient peut-être échappé au bain forcé, mais ils étaient loin d'être tirés d'affaire. Quand ils entrèrent dans le Clos du chasseur, puis en sortirent et entamèrent le long galop vers la Carrière, Casey sentit que Ciel fatiguait sérieusement. Il avait le souffle court – trop court, craignait-elle. Sachant que la Carrière restait à venir, ils avaient peut-être un problème. Elle jeta un coup d'œil à sa montre. Ils étaient en train de faire un temps excellent, mais si elle poussait Ciel et qu'il tombe d'épuisement ou se blesse mortellement, elle ne se le pardonnerait jamais. C'était une décision déchirante, mais ils allaient devoir abandonner.

Elle ferma les doigts sur les rênes. Il résista, mais faiblement. Il était à bout de forces. Après quelques foulées, il passa au pas, haletant.

Lloyd Barton-Jones, le commentateur de la BBC qui regardait depuis sa cabine, était dans tous ses états.

– Ce parcours de cross a connu plus de péripéties qu'un film à suspense ! s'exclama-t-il. Quand on pensait qu'il avait épuisé toutes ses surprises, Casey Blue, qui était partie pour arriver parmi les premiers à la fin de la journée, s'est arrêtée. Elle semble craindre que Ciel s'essouffle. Elle le caresse et se prépare à mettre pied à terre. Ce sera une disqualification volontaire. On pourrait se demander s'il était sage de laisser une aussi jeune…

« Oh là là, je n'en crois pas mes yeux. Son cheval n'est pas d'accord. Il vient de s'élancer, et Casey a réussi à rester en selle de justesse. Regardez filer Ciel d'Orage ! Il fonce aussi vite qu'un gagnant du derby. C'est du vif-argent, ce cheval ! Il descend la colline vers la Carrière, l'un des obstacles les plus ardus du parcours. Ils peuvent encore échouer sur celui-là. Oh là là, Ciel d'Orage a franchi ce tronc d'arbre péniblement, on voit qu'il est fatigué. Est-il en difficulté ? Non, pas du tout. Il vole comme Pégase. De toute ma vie, je n'avais jamais rien vu de pareil. Il a sauté le Grand Buisson et Casey, qui le caresse en riant, déboule sur la piste principale pour finir le parcours.

« Dans la tribune, le public s'est levé. Les gens n'arrivent pas à croire ce qu'ils viennent de voir. Casey Blue, la plus jeune cavalière à avoir jamais concouru à Badminton, et sa monture rescapée de l'abattoir, Ciel d'Orage, ont non seulement survécu à l'un des parcours de cross les plus traîtres de la planète, mais ils s'en tirent avec les honneurs. C'est un effort héroïque, et l'on ne pourra guère s'étonner que Casey se soit effondrée dans les bras de son entraîneuse, Angelica Smith, de son père, Roland Blue, et du fils du maréchal-ferrant, Peter Rhys. Tout le monde est en larmes. Il y a des gens qui accourent depuis la tribune… Ah, on vient de me dire que ce sont des amis venus de l'ancienne écurie de Ciel, le club épique… pardon, le club hippique de Hope Lane. Ils serrent Casey et le cheval contre eux… »

Lloyd Barton-Jones tendit le bras vers une boîte de mouchoirs et tenta de se moucher discrètement.

– Bravo, Casey Blue et Ciel, dit-il d'une voix étouffée. Bien joué.

À la fin de la journée, Casey fit sensation en obtenant la troisième place derrière un cavalier américain peu connu, Sam Tide, et la fille de la princesse Anne, Zara Phillips, mais les journalistes ne parlaient que d'Anna Sparks et de la catastrophe survenue au lac.

– Casey, un peu plus tôt dans l'année, votre cheval,

350

Ciel d'Orage, a passé quelque temps dans l'écurie des Sparks. Des rumeurs prétendent qu'on vous l'a rendu boiteux, dit le reporter du *Telegraph*. Pouvez-vous le confirmer ou le démentir ?

— Sans commentaire, répondit Casey.

— Dans ce cas, pourriez-vous nous donner votre opinion sur ce qui s'est passé entre Anna et Beau Témoin dans l'obstacle d'eau ? Devrait-elle être interdite de concours pour avoir frappé son cheval ?

— Sans commentaire.

Il y eut des grognements déçus.

Jasper Simmonds, l'attaché de presse de Badminton, se pencha vers elle et lui murmura à l'oreille :

— Casey, vous venez de débuter votre carrière. Vous voulez vraiment vous lancer sur la route des « Sans commentaire » ?

Casey soutint son regard. Affublé d'un pantalon rose, d'une chemise blanche, d'une cravate rouge cerise décorée de chevaux et d'une veste en tweed, c'était une figure sympathique et fort appréciée à Badminton. Chaque fois qu'elle l'avait vu cette semaine, tout en lui respirait l'homme qui adore son métier. En plus, il avait lui-même concouru à Badminton, à l'âge de dix-huit ans, au temps où l'on se contentait « de fermer les yeux et de donner des coups de talon ».

Décidant qu'il avait raison, elle se tourna vers le journaliste du *Telegraph*.

— Je ne dirai rien sur ce qui s'est passé entre Anna et Beau Témoin. Il va y avoir des tas de gens qui vont intervenir sur ce sujet, et la plupart d'entre eux seront bien plus qualifiés que moi pour commenter l'incident. Mais je peux vous dire une chose : quand j'ai découvert Ciel, il était privé d'amour. Je lui en ai donné, de l'amour, et aujourd'hui, vous l'avez vu me rendre cet amour de tout son cœur.

Épilogue

Il était un peu plus de vingt heures, le dimanche soir, quand le camion s'engagea dans l'allée bordée d'arbres de White Oaks, et près de vingt et une heures quand Casey put se séparer de Ciel. Il avait été massé, enveloppé d'une couverture, il avait eu les jambes enduites d'argile rafraîchissante et reçu tant de carottes et de bonbons à la menthe qu'il frisait l'hyperglycémie.

– Si tu lui donnes une seule friandise de plus, il va rebondir contre le plafond de l'écurie, la taquina Peter, qui s'était plus ou moins invité à White Oaks pour le dîner après le concours.

– Je sais.

Casey fit un dernier câlin à Ciel et verrouilla bon gré mal gré la porte derrière elle.

– … C'est juste que je suis incroyablement fière de lui et que je veux qu'il se sente adoré et estimé.

– Je pense qu'en ce moment il a le sentiment d'être

le cheval le plus adoré et le plus estimé de la planète, dit Peter avec un sourire, en souhaitant fugitivement changer de place avec Ciel.

Mais il savait très bien que « le cheval à un dollar », comme l'appelait désormais la presse, méritait toute l'affection et les friandises possibles. À quatorze heures vingt-cinq, ce jour-là, Ciel d'Orage avait terminé un parcours sans faute, battant le Néo-Zélandais Ian Brewster d'une fraction de seconde. Grâce à lui, Casey Blue était entrée dans l'histoire.

Quand ils étaient arrivés à White Oaks, l'article de Jackson Ryder dans le magazine *New Equestrian* était déjà en ligne et Morag, folle de joie, était sortie du bureau en courant pour le leur montrer.

UN CHEVAL À UN DOLLAR GAGNE
À LA LOTERIE DE BADMINTON

Quand Casey Blue a sauvé un cheval affamé de l'abattoir, elle n'imaginait pas qu'un jour il la remercierait avec le galop de sa vie. Mais d'après cette fille de dix-sept ans, originaire de Hackney, qui vient de devenir, avec plus d'un an de marge, la plus jeune gagnante du concours le plus difficile au monde, c'est simplement grâce à l'amour, aux massages et à la philosophie taoïste de l'ancienne championne de dressage Angelica Smith, son entraîneuse…

Une fois que Ciel fut installé et Willow dignement récompensé par une assiette de saumon fumé, Casey et Peter prirent le sentier qui traversait les prés en direction de Peach Tree Cottage. La nuit tombait, et les chênes semblaient violets à côté de l'herbe d'un vert de plus en plus sombre et du ciel où scintillait une seule étoile. Derrière les arbres, la maison brillait d'une lueur miel.

Du coin de l'œil, Casey observait Peter, qui marchait à côté d'elle en balançant ses bras bronzés. Son jean délavé lui allait si bien, il avait un charme si troublant qu'elle se sentait près de défaillir. En plus, il avait demandé à partager son repas de victoire, elle n'avait donc pas eu à ravaler sa fierté pour le supplier de venir ; c'était la cerise sur le gâteau du jour le plus extraordinaire de sa vie. Mais chaque fois qu'elle le revoyait traverser le parking avec cette fille sublime, un éclat de verre lui transperçait le cœur.

– Je paierais cher pour savoir à quoi tu penses, dit Peter alors qu'ils passaient au milieu des moutons du pré. À Badminton ?

– Non. Je veux dire, oui.

Casey inspira en frémissant.

– Enfin, pas exactement. Je repense tout le temps à ce qui s'est passé, bien sûr, mais pas en cet instant précis.

Il rit.

– Maintenant, je suis complètement perdu !

Ils étaient arrivés devant un échalier. Casey se

355

sentit rougir. Son instinct lui dictait de trouver un prétexte pour changer de sujet mais, si elle faisait cela, elle n'aurait jamais sa réponse, et le plus douloureux, c'était l'incertitude. Elle débita précipitamment :

– Cette fille dont tu es amoureux. Elle te correspond vraiment ? Elle t'apprécie et te traite comme tu le mérites ? Je veux dire, je suis contente pour toi et tout… Enfin, peut-être pas exactement folle de joie, mais je veux que tu sois heureux, bien sûr…

Peter éclata d'un rire incrédule.

– Casey Blue, tu es peut-être une cavalière exceptionnelle, mais tu n'es vraiment pas douée pour les affaires sentimentales.

Il lui prit la main.

– Tu ne comprends donc pas que c'est toi ?

Casey le dévisagea avec des yeux ronds.

– C'est moi qui quoi ?

– Tu ne piges vraiment pas, hein ? C'est toi que j'aime. Ça a toujours été toi. Dès l'instant où je t'ai vue traverser le parking de Brigstock, toute dégingandée et mal à l'aise et incroyablement belle à ta manière pas comme les autres, je n'ai jamais pu penser à quelqu'un d'autre. Et crois-moi, j'ai essayé.

– Mais cette blonde, à Badminton ? Je t'ai vu bras dessus bras dessous avec elle. Tu avais l'air fou d'elle. Tu riais.

Pendant un moment, il eut l'air égaré, puis il comprit.

– Tu as dû me voir avec Kat – Katherine –, ma cousine. On a grandi ensemble. On est comme frère et sœur. Elle m'a envoyé un SMS pour me dire qu'elle était à Bath avec son fiancé et je les ai invités à Badminton pour boire un verre et assister à ta reprise de dressage. Ni lui ni elle ne s'intéressent un tant soit peu aux chevaux, alors ils sont partis peu après, mais c'était super de les voir.

– Ah.

Casey était contente qu'il fasse nuit, car elle ne voulait pas qu'il voie à quel point elle avait rougi. Il l'aimait. Cette idée la chamboulait complètement.

– Écoute, je sais que tu ne me verras jamais autrement que comme un ami ou une sorte de frère, mais…

Il dut s'interrompre, parce qu'elle s'était mise à l'embrasser. Sa bouche, qu'il rêvait d'embrasser depuis si longtemps, était douce et délicieuse comme de la crème glacée. Quand il la prit dans ses bras, elle s'emboîta parfaitement contre lui.

Quand ils eurent tous deux le tournis, Casey dit :

– Maintenant qu'on a établi que je ne te considère pas comme un frère, on peut entrer ?

Ils gagnèrent la maison main dans la main. Mrs Smith, amusée, haussa un sourcil, mais eut la sagesse de ne pas faire de commentaire. Roland Blue devint nerveux et fit toute une histoire au sujet des derniers préparatifs du dîner, même s'il était clair qu'Eric Wu et Jin s'en occupaient très bien. Mr Wu était absolument radieux.

– Félicitations, dit-il à Casey. Ciel tlès bon cheval. Tlès spécial.

Roland Blue ouvrit la porte du salon bondé. La table était garnie d'une nappe et de bougies et, en l'honneur de Casey et de Mrs Smith, d'un festin végétarien. Eric Wu et Jin avaient préparé des mets chinois avec du riz, Ravi Singh et sa femme avaient apporté un dhal indien, Morag avait fait une salade, Janet avait concocté un punch aux fruits, et Roland Blue avait fait un gâteau en forme de fer à cheval.

Casey fut émue aux larmes. Gagner le concours de Badminton était ce qu'il y avait de mieux au monde, mais fêter son succès avec les gens qui l'avaient aidée à faire de ce rêve une réalité était tout aussi merveilleux. C'était d'ailleurs une double célébration, parce que sa queue-de-pie décorée de roses avait fait sensation à Badminton. Son père et Ravi, qui avaient eu la prévoyance d'apporter des cartes de visite, avaient déjà reçu dix commandes fermes pour une queue-de-pie du même genre, et trente-huit personnes leur avaient demandé des renseignements. Ravi parlait d'ouvrir une boutique séparée, spécialisée dans les tenues d'équitation, dont Roland serait le directeur.

Casey posa un bras sur les épaules de son père et lui sourit.

– Ça a l'air délicieux, papa. Je doute qu'un autre gagnant de Badminton ait eu un plus beau banquet de victoire. Il manque quelque chose ?

En contemplant le visage radieux de sa fille, illuminé de joie, Roland Blue songea que sa petite fille passionnée de chevaux était devenue en grandissant une jeune femme remarquable. Il n'avait jamais été plus fier ou plus heureux qu'en cet instant.

– Non, Casey, dit-il. Il ne manque rien.

Remerciements

En écrivant ce livre, j'ai réalisé un rêve, en partie parce que j'avais toujours voulu écrire un livre sur les concours hippiques, mais aussi parce qu'à travers Casey j'ai pu réaliser un rêve d'enfant, celui de concourir à Badminton... par personne interposée, du moins ! Ça a été un pur bonheur du début à la fin.

Mais ce que j'ai préféré, c'est le travail de documentation. Je remercie Christine Knudsen, qui a eu la gentillesse de me laisser monter son cheval de concours, Lucky, ainsi que Sharon Hunt et Anna Ross Noble, qui m'ont gracieusement permis de les regarder travailler. Cependant, j'ai une dette particulière envers l'attaché de presse de longue date de Badminton, Julian Seaman (qui m'a inspiré Jasper Simmonds !), ancien champion, pour son aide, ses conseils et un luxe d'informations spécialisées sur Badminton. Un grand merci également à Paul Graham, de British Dressage, qui sait tout ce qu'il y a à savoir sur les concours hippiques, et à Susan Lamb, pour la même raison. Si la moindre erreur technique s'est glissée dans le livre, c'est exclusivement de mon fait.

Ce livre n'aurait jamais existé sans l'enthousiasme de mon fabuleux agent, Catherine Clarke, et de mon éditrice tout aussi fabuleuse, Fiona Kennedy. Je remercie aussi particulièrement Lisa Milton, Jo Carpenter, Alex Hippisley-Cox, Nina Douglas, Jane Hughes, Fliss Johnston, Alexandra Nicholas et Sarah Vanden-Abeele de chez Orion Children's Books, l'équipe éditoriale la plus zélée et la plus formidable qui soit. Merci à mes parents et à ma sœur, Lisa, de m'avoir indéfectiblement soutenue et d'avoir inspiré et encouragé ma passion pour les chevaux. Enfin, merci à Jules pour la rose de la vignette et pour sa présence, même dans l'adversité.

Lauren St John
Londres, décembre 2011

Lauren St John

L'auteur

Lauren St John voit le jour au Zimbabwe et y demeure jusqu'à ses vingt ans, dans un environnement qu'elle décrit comme « un paradis absolu ». Cette enfant timide, obnubilée par les livres, grandit aux côtés d'étonnants animaux : autruches, pythons, une girafe et huit chevaux dans une ferme au nom prédestiné qui lui inspira ses mémoires, *Rainbow's End*. D'abord vétérinaire en Angleterre, Lauren St John devient journaliste, puis se spécialise dans la rubrique sportive et suit l'actualité du golf pendant dix ans pour le *Sunday Times*. Après plusieurs biographies de groupes de folk, elle se consacre à l'écriture avec *Les Mystères de la girafe blanche*, une tétralogie best-seller publiée dans la collection Folio Junior. *Cheval d'Orage* est le premier tome d'une fascinante trilogie sur la passion de l'équitation inspirée de son histoire d'adolescente.

Du même auteur chez Gallimard Jeunesse

FOLIO JUNIOR
Les Mystères de la girafe blanche

GRAND FORMAT LITTÉRATURE
Cheval d'Orage

Découvrez d'autres livres
de **Lauren St John**

———————

dans la collection

FOLIO ⭐
JUNIOR

LES MYSTÈRES DE LA GIRAFE BLANCHE
I . LA GIRAFE BLANCHE

———————

n° 1439

À la mort accidentelle de ses parents, Juliette, onze ans, part vivre chez sa grand-mère, au cœur d'une réserve africaine. L'accueil distant de la vieille dame et les étranges secrets qu'elle découvre intriguent la jeune fille. Une nuit, Juliette croit apercevoir la fameuse girafe blanche de la légende. Bravant les dangers de la réserve, elle décide de la suivre pour mener son enquête…

II. LE CHANT DU DAUPHIN

n° 1466

Alors que Juliette a quitté la réserve d'Afrique où elle vit pour partir en classe de mer, un cyclone fait chavirer le bateau et les élèves tombent dans l'océan infesté de requins. Ils doivent leur vie à des dauphins qui les déposent sur une île déserte, où les jeunes naufragés vont devoir apprendre à survivre ! Lorsque les dauphins se trouvent en danger à leur tour, les enfants parviendront-ils à les protéger ?

III. LE DERNIER LÉOPARD

n° 1508

Juliette attend avec impatience les vacances : elle va enfin profiter de son ami Ben et de Jemmy, sa girafe blanche. Mais la jeune fille doit changer ses plans : sa grand-mère les emmène, Ben et elle, dans un hôtel déserté au Zimbabwe, tenu par une certaine Sadie Scott. Que cache la mytérieuse femme avec tant de soin à ses invités ? Leur a-t-elle tout dit au sujet de Khan, le dernier léopard à échapper aux braconniers, dont les longs rugissements déchirent la nuit ?

IV. L'ÉLÉPHANT DU DÉSERT

n° 1549

Les vacances commencent mal : la réserve est menacée par un faux propriétaire. Juliette et Ben ont treize jours pour découvrir la vérité et sauver les animaux. Leur enquête les conduit en plein désert de Namibie, où des éléphants disparaissent mystérieusement. Les voilà mêlés à un secret qui met en péril la vie des habitants et des animaux de la région.

Le papier de cet ouvrage est composé de fibres naturelles,
renouvelables, recyclables et fabriquées à partir de bois
provenant de forêts gérées durablement.

Mise en pages : Maryline Gatepaille

Loi n° 49-956 du 16 juillet 1949
sur les publications destinées à la jeunesse
ISBN : 978-2-07-065036-1
Numéro d'édition : 336930
Premier dépôt légal dans la même collection : mars 2016
Dépôt légal : mai 2018

Imprimé en Espagne par Novoprint (Barcelone)